타자의 시 읽기,
　　주체의 글쓰기

박종덕 朴鍾德

충남 예산에서 출생하여 충남대학교 국어국문학과를 졸업하고 같은 대학원에서 박사 학위를 받았다. 저서로 『백석, 흰 바람벽의 근대를 투시하다』 『김남주 문학의 세계』(공저)가 있다. 2007년 필명 박현으로 계간 시전문지 『애지』를 통해 등단하였으며, 시집으로 『굴비』 『승냥이, 울다』가 있다. 현재 충남대학교 강사로 있다.

타자의 시 읽기,
주체의 글쓰기

인쇄 · 2015년 6월 20일 | 발행 · 2015년 6월 27일

지은이 · 박종덕
펴낸이 · 한봉숙
펴낸곳 · 푸른사상사
주간 · 맹문재 | 편집 · 지순이, 김선도 | 교정 · 김수란

등록 · 1999년 7월 8일 제2-2876호
주소 · 서울시 중구 충무로 29(초동) 아시아미디어타워 502호
대표전화 · 02) 2268-8706(7) | 팩시밀리 · 02) 2268-8708
이메일 · prun21c@hanmail.net
홈페이지 · http://www.prun21c.com

ⓒ 박종덕, 2015

ISBN 979-11-308-0409-5 93810

값 24,000원

Reading Poems of the Others,
Writing of the Subject

현대문학
연구총서

39

타자의 시 읽기,
주체의 글쓰기

박종덕

푸른사상
PRUNSASANG

국립중앙도서관 출판예정도서목록(CIP)

타자의 시 읽기, 주체의 글쓰기 / 지은이: 박종덕. ―― 서울 :
푸른사상사, 2015
　　p. ;　　cm. ―― (현대문학 연구총서 ; 39)

ISBN 979―11―308―0409―5 93810 :　　24000

글쓰기

802―KDC6
808―DDC23　　　　　　　CIP2015016188

머리말

　나의 대학 시절은 80년대 끝자락에 위태롭게 붙어 있었다. 만일 내가 80년대를 가로지르는 한복판에 서 있었거나 90년대의 변방에 비껴서 있었더라면 나의 삶은 지금과 다른 모습이지 않을까 하는 쓸데없는 상상을 종종 하였다. 잔치가 파한 자리에 엉거주춤 서서 아직도 잔치가 끝나지 않은 양 그 여흥을 부여잡고, 마치 나도 당신들의 잔치에 처음부터 있었던 것처럼 스스로의 존재 가치를 인정받기 위한 몸부림은 얼마나 가엾었던가. 성인으로서의 첫 출발이 유령처럼 시작된 탓에 여전히 중심을 욕망하며 경계를 떠나지 못하고 사는 것인지도 모른다. 겉으로는 중심에서 내쳐진 주변의 것들을 연민한다고 스스로를 속이면서 말이다.

　단 하루도 제자리에 머물러 있었던 적은 없건만, 돌이켜 생각해보면 한 줄기 강물처럼 도도히 흐르지도 못한 삶을 어떻게 설명할 수 있을까. 고통의 환경을 견디며 학문의 길에 투신하여 쉼 없는 연구자의 삶을 살아온 선학들을 볼 때마다 나 자신이 연구자로 자격이 있는가 하는 질문을 끊임없이 던진다. 그것은 부끄러움을 잊기 위한 일종의 자기방어적 강박이다. 이 책은 그러한 강박의 결과물이다. 애당초 문학은 거들먹거리는 자들의 장식품이 아니라는 생각으로 공부를 시작하였으니 나의 시선에 포착된 시는 고통스러운 타자의 호소로 들렸다. 사실 내가 퍽이나 철두철미한 페미니스트여서 여성주의의 시선으로 성과물을 얻어낸 것은 아니다. 그 출발은 대학원 수업 시간에 제출해야 하는 과제물 때문이었음을 고백한다. 다만 제 잘난 체하는 꼴을 지켜보지 못하는 천품이 소위 말하는 '타자'의 목소리에 더욱 귀 기울이게 한 것이 아닌가 싶다.

이 책의 제1부에는 다섯 편의 논문을 실었다. 공교롭게도 모두 여성주의의 시선으로 텍스트를 읽고 연구한 글이다. 그래서 제목을 '타자의 시 읽기'로 붙였다. 시를 쓴 이도, 그 시의 주인공인 여성도, 그 시를 읽어낸 나도 모두 타자이기 때문이다. 주체를 욕망하지만 쉽사리 그 틈을 용납하지 않는 세계 속에서 타자로 살아내야 한다는 것은 얼마나 욕된 일인가. 「김남주 시 읽기」는 김남주의 시선에 포착된 여성의 실체를 구명한 글이다. 이 논문 이전에 나는 석사학위 논문과 「김남주 후기시 연구」라는 후속 논문 한 편을 제출하여 김남주 시에 대한 전반적 특징을 탈식민주의적 관점에서 살핀 바 있었다. 그러나 그 당시에는 김남주의 텍스트에서 여성이 균열되는 양상을 전혀 살피지 못하였다. 다시 주어진 기회에 김남주의 텍스트를 분석한 결과 여성이 등장하기는 하지만, 결코 그 여성은 말하는 주체가 아니었음을 발견할 수 있었다. 김남주가 스스로를 민중시인으로 규정하였을 뿐만 아니라 민중을 위해 시를 쓴다고 선언하였음에도 불구하고 김남주가 호명하는 민중에 여성은 포함되지 않는다는 사실은 아이러니하다.

「박노해 시 읽기」는 『노동의 새벽』에 형상화된 여성 이미지에 대한 연구이다. 이 글은 중층적 억압에 노출된 여성이 노동자 시인의 시선에 어떻게 포착되고 형상화되는가를 살핀 글이다. 「이연주 시 읽기」는 매매춘 여성의 삶을 정면에서 호명한 『매음녀가 있는 밤의 시장』을 대상으로 매매춘 여성의 삶과 자본주의적 세계의 상관성에 대한 구명을 시도한 글이다. 「나희덕과 김선우 시 읽기」는 여성의 몸에 대한 여성 작가의 인식과 태도, 그리고 세계에 대한 대응 방식을 나희덕, 김선우의 텍스트를 중심으로 살펴본 글이다. 「김혜순 시 읽기」는 지식인 여성 작가인 김혜순의 텍스트를 대상으로 여성 억압의 양면적 근원을 천착하고 그에 대한 작가의 대응 방식을 구명한 글이다.

제2부는 현장에서 글쓰기와 관련한 교과목을 강의하면서 천착했던 고민의 결과물이다. 대학 교육에서 가장 중요하다고 아우성치면서 가장 홀대하는 교과목이 글쓰기 관련 교과목이다. 자본주의의 천박함을 그대로 노정하는 교육 현장의 현실은 참담하다. 글을 쓴다는 것은 장사치가 매상을 기록하는 행위와 본질적으로 다르다. 글을 쓴다는 것은 장사치가 장사치의 논리로 설명할 수 없는 숭고한 행위이다. 글쓰기는 사유의 총체요, 철학의 현현이다. 글쓰기를 학문의 출발이요, 끝으로 인식하지 않는 대한민국은 그래서 여전히 천박하다. 천박함의 끝은 부끄러움을 모르는 몰염치이다. 제대로 된 글을 쓰지

못하는 자는 영혼이 없는 귀신과 다를 바 없다. 그래서 2부의 제목을 '주체의 글쓰기'로 붙였다.

「시 '보기'와 영화 '읽기'」는 김기덕 감독의 영화 〈봄 여름 가을 겨울 그리고 봄〉을 중심으로 이 영화의 서사를 구축하는 불교적 상상력과 그 구현 방식으로서의 은유를 고찰한 글이다. 세계는 은유로 구조화되어 있기 때문에 시적 은유를 읽는 것은 영화적 은유를 보는 행위와 같다. 시적 은유는 볼 수 있고, 영화적 은유는 읽을 수 있다는 점에서 영화 읽기는 학습자들에게 글쓰기의 좋은 교본이 될 수 있다. 「현대시로 글쓰기」는 '아버지'를 소재로 한 현대시를 활용하여 글쓰기 수업을 진행하고 그 결과를 분석한 글이다. 아버지를 노래한 시를 통해 아버지의 삶과 정서를 이해하고, 아버지와의 소통이 단절된 원인을 스스로 찾게 함으로써 궁극적으로 아버지의 '시대'에 대한 이해를 도모하고 사유하게 하려는 목적이다. 「'말하기'와 '글쓰기' 통합 수업 설계」는 글쓰기의 교수 효과를 높이기 위한 방법으로 '말하기'와 '글쓰기'를 통합하여 수업을 설계하고, 이러한 절차를 준수한 교수 방식이 학습자들의 글쓰기 능력을 향상시키는 데 실제적인 효과가 있음을 증명한 글이다. 「영화로 글쓰기」는 영화 〈박하사탕〉을 활용하여 글쓰기 교과목에 실제 적용할 수 있는 비평적 글쓰기 지도 방법을 사례화한 성과물이다.

나는 모교의 은사들에게서 공부를 배웠다. 깨달음에 이르는 시간이 오래 걸릴 뿐만 아니라 미끄러운 혀도 갖지 못해서 투박하고 촌스러운 나를 가르친 나의 은사들께 진심으로 감사한다. 은사들은 언제나 좋은 연구자가 되라고 채찍질한다. 나는 끊임없이 묻는다. '좋은'이란 무엇인가? '연구자'란 누구인가? 나는 '연구자'가 될 자격을 갖추고 있는가? 내가 '좋은' '연구자'가 될 가능성이 있는가? 질문은 말장난처럼 꼬리에 꼬리를 문다. 한동안 이 질문과 실랑이를 하다 보면 지친다. 나는 슬그머니 꼬리를 내린다. 그러면서 스스로에게 말한다. '좋은 사람'이 되어야 한다. 그것은 평생의 과업이며 나를 정결하게 하는 무기이자 나의 신앙이다.

나는 시인이다. 시인인 내 이름은 박현이다. 연구자 박종덕과 시인 박현 사이에는 수많은 박종덕과 박현이 전투적으로 살고 있다. 그러나 연구자 박종덕이나 시인 박현은 가족에게는 언제나 무용지물이다. 그것은 내가 그들의 경계를 부유하는 유령 같은 존재이기 때문일 것이다. 아내여, 아들아, 딸아, 미안하다. 두 권이나 되는 내 시집에 살아 여전히 나를 울게 하는 아버지, 그에게 기대어 쉬고 싶은 밤이다.

2015년 6월

박종덕

차례

타자의 시 읽기, 주체의 글쓰기

제1부

타자의 시 읽기

김남주 시 읽기

1. 서론

주지하는 바와 같이 1980년대는 문학의 미학성을 노래하는 시대였다기보다는 서술 의미의 중압감이 많은 작가들을 짓눌렀던 시대라할 수 있다. 민주주의의 실현이라는 당대적 목표가 생존의 문제와 직결되어 있었기 때문에 작가들은 저항의 목소리를 드러내는 데 총력을 기울일 수밖에 없었다. 그로부터 20여 년이 지난 오늘 다시 1980년대의 텍스트를 읽는 것은 시대가 야기한 흥분을 가라앉히고 텍스트를 객관적으로 보기 위한 노력의 일환이다. 그것은 전대의 반성을의미하기도 하지만, 텍스트가 내포한 가치가 과장되었거나 혹은 폄훼되었던 것에 대한 재평가의 의미를 지니는 것이기도 하다. 따라서김남주의 텍스트¹를 한 걸음 물러나 객관적으로 다시 읽기를 하되,

---

1 이 책에서 인용한 텍스트의 서지자료는 다음과 같다. 김남주, 『나의 칼 나의 피』,
    실천문학사, 2001(이하 I); 『조국은 하나다』, 실천문학사, 2001(이하 II); 『솔직히

당대적 관점에서 분석하는 것은 텍스트의 현재적 의의를 부여하여 그 공과를 재정립하는 중요한 임무가 될 것이다. 극단적이고도 다양한 평가[2] 속에서 김남주의 시는 민족 담론으로 읽어야 한다는 견해가 지배적이다. 근자에 이르러 탈식민주의적 관점으로의 접근을 시도한 성과물[3]일수록 그러한 견해는 정설로 굳어지는 듯하다. 탈식민주의적 관점에서 분석한 김남주의 텍스트는 80년대의 문학사 속에서 민족 담론, 계급 담론, 혹은 노동 담론[4]과 같은 운동의 차원에서 쓰였음

말하자』, 풀빛, 1997(이하 Ⅲ); 『이 좋은 세상에』, 한길사, 1992(이하 Ⅳ); 『저 창살에 햇살이 1』, 창작과비평사, 1992(이하 Ⅴ); 『저 창살에 햇살이 2』, 창작과비평사, 1992(이하 Ⅵ); 『나와 함께 모든 노래가 사라진다면』, 창작과비평사, 1995(이하 Ⅶ).

2 염무웅 등 여타의 글과 달리 '시대가 주는 분노와 광기'라는 소제목으로 김남주의 시를 분석하고 있는 이승하의 논문은 김남주 시에 대한 부정적 견해가 압도한다. 이승하는 "「남과 북」에서는 남한과 북한이 어떻게 다른가를 이야기하고 있다. 시인에 따르면 친일파들이 득세한 '잘못된' 세상이 남한이며, 친일파들을 처단한 '올바른' 세상이 북한이다. 아무리 폭력과 광기의 대한 비판 의식이 충만해 있다고 한들 이런 시들을 이성적 성찰의 시로 볼 수 없다. …(중략)… 잘못된 역사와 현실, 정치와 경제 상황에 대한 울분을 이기지 못해 시를 쓰다 보니 시인 자신이 제어할 수 없는 광기에 사로잡혀 있다. …(중략)… 난폭한 현실에 대해서 난폭한 대응 양식으로 시를 썼기 때문에 이성은 약화되고 감성은 충만하다. 김남주의 시가 시 같지 않다고 하여 비난할 수 없는 이유는 바로 상황이다. 상황도 인간을 광기로 몰아갔고, 시인도 광기에 사로잡혀 있던 시대가 바로 '80년대'였다."라는 평가를 내린다(이승하, 「한국 현대시에 나타난 폭력과 광기」, 『梨花語文論集』, 이화여자대학교 어문학회, 2002).

3 하상일, 「80년대 민족문학: 탈식민의 가능성과 좌절」, 『작가연구』 제15호, 깊은샘, 2003, 13~34쪽; 이형권, 「김남주 시의 탈식민주의적 연구」, 『비평문학』 제20호, 한국비평문학회, 2005; 박종덕, 「김남주 시의 탈식민성 연구」, 충남대학교 대학원 석사학위 논문, 2005; 박국희, 『김남주 시의 탈식민성 연구』, 한국교원대학교 교육대학원, 2006.

4 이 책의 목적이 민족문학과 관련된 개념의 정립에 있는 것이 아니기 때문에 상론은 생략한다. 다만 이와 관련된 논의로는 이상갑, 「예술성과 운동성의 길항관계」,

을 전제로 하여 당대적 층위를 결정하는 읽기였다고 볼 수 있다.

김남주(1946~1994)는 80년대를 대표하는 저항시인, 참여시인 등으로 알려져왔다. 이 책은 민족해방, 민주주의, 사회적 약자의 권리 옹호 등으로 요약될 수 있는 80년대 소위 '운동권 문학' 속에 나타난 여성의 실체를 여성이미지 비평(Androtext criticism)[5]의 방법으로 고찰하려는 데 그 목적이 있다. 이념 과잉의 시대이기도 했던 80년대를 돌아보며 진보적인 남성 작가의 한 사람인 김남주의 작품을 통해 당대 사회의 또 다른 약자이자 가부장적 사회의 최대 피해자인 여성이 어떤 모습으로 구현되어 있는가를 살펴봄으로써, 참여문학이 여성 문제에 대해 어떤 입장을 취해왔는가 하는 또 다른 문제의식을 발견할 수 있기 때문이다.

아감벤[6]은 "인간은 사회적 동물"이라는 아리스토텔레스의 말을 인용하면서, '인간'이라는 보편 개념 속에는 당대 사회의 노예와 여성은 포함되지 않았다는 점을 명확히 했다. 마찬가지로 80년대 운동권 문학이 지향했던 민중은 여성과 사회적 부적응자, 가령 전과자, 부랑인, 외국인 노동자 등을 제외한 남성 민중만을 함의한다. 이는 80년

『작가연구』 제15호, 깊은샘, 2003, 61~103쪽을 참조할 것.

5　여성 이미지 비평(Androtext criticism)은 남성 작가가 쓴 작품에 나타나는 여성 이미지를 분석, 비평함으로써 남성 작가의 텍스트에 나타난 왜곡된 여성의 이미지를 드러내고, 이를 통해 작품에 침윤된 남성적 이데올로기를 비판하고, 왜곡된 여성 이미지의 실체를 밝혀내는 작업이다. 이 비평 방법은 정전(canon)을 대상으로 하며, 그 정전은 현재성을 지녀야 한다는 전제를 갖는다. 김남주의 텍스트를 정전으로 규정할 수 있을 것인가 하는 부분은 또 다른 문제를 야기할 수 있으나, 적어도 1980년대를 가로지르는 실천적 담론이라는 측면에서는 충분히 논의할 가치가 있다고 생각한다.

6　조르조 아감벤, 박진우 역, 『호모 사케르―주권 권력과 벌거벗은 생명』, 새물결, 2007.

대 운동권 문학 속의 민중이 천편일률적으로 노동자, 농민의 모습으로만 호명되고 있는 데서도 은연중에 드러나는 사실이다.

아울러 김남주의 문학에 반영된 여성 이미지의 구현 양상을 살펴보려는 이 책의 의도는 80년대에 호명된 '민중'의 실체가 과연 무엇이었는가를 밝히려는 시도의 일환이며, 실천적 작가들이 창작한 민중문학이 함의하는 것은 과연 무엇인가를 성찰하는 작업이기도 하다.

2. 호명된 민중의 실체

김남주는 자신의 시론서[7]라 할 만한 『시와 혁명』에서 "나는 나의 시가 가난한 이들의 동무가 될 수 있다면 그것으로 만족한다."[8]라고 단언한다. 이 책의 문제의식은 바로 이 "가난한 이", 즉 민중의 범주에 과연 여성이 포함되었는가 하는 것에서 출발한다. 스스로를 "혁명 시인"이자, "민중의 벗"이며, "해방 전사"[9]라 자처하였던 작가의 자기규정대로라면 "혁명"은 민중을 위한 것이고, 김남주는 억압된 민중을 해방시키기 위하여 전투적 글쓰기를 시도한 것으로 볼 수 있다.

그런데 김남주가 호명한 민중의 개념[10]과 범주가 일관성이 있는지

타자의 시 읽기, 주체의 글쓰기

---

7 김남주가 생전에 직접적으로 "시론"을 언급한 적은 없다. 그러나 그의 저서(김남주, 『시와 혁명』, 나루, 1991)에는 김남주의 시작 방향과 태도 등의 내용이 충실하게 수록되어 있어 이를 토대로 김남주의 시론을 짐작할 수 있다.

8 김남주, 『시와 혁명』, 나루, 1991, 55쪽.

9 김남주, 「나 자신을 노래한다」, 『저 창살에 햇살이 1』, 창작과비평사, 1992, 43쪽.

10 사회과학적 개념으로서의 민중이 아니라 김남주가 설정한 민중의 개념은 다음과 같은 진술을 통해 확인할 수 있다. "'민중' 할 때는, 노예제 시대에는 노예였고 봉건제 시대에는 농노였고 우리나라에선 종살이였고 이제는 노동자 농민이죠. 다시 말해서 우리들에게 가장 기본적인 세 가지 해결거리인 먹을 쌀과 입을 옷과 살 집

에 대하여 반드시 짚고 넘어갈 필요가 있다. 그것은 김남주의 텍스트를 여성이 포함된 민족 담론으로 읽을 수 있는가 혹은 그렇지 않은가를 결정짓는 매우 중요한 문제이기 때문이다. 우선, 김남주가 호명하는 민중은 크게 농민과 노동자로 대별된다.

①
대지로부터 곡식을 거둬들이는 농부여
바다로부터 고기를 길러내는 어부여
화덕에서 빵을 구워내는 직공이여
광맥을 찾아 불을 캐내는 광부여
돌을 세워 마을의 수호신을 깎아내는 석공이여
무한한 가능성의 영원한 존재의 힘 민중이여!

—「민중」 부분(I, 36~37)

②
공기와도 같은 것
공기 속에 보이지 않는 산소와도 같은 것
물과도 같은 흙과도 같은 것
질소와도 같은 것
어디에나 있으면서 어디에도 없는 것

을 마련해주는 사람들이야말로 민중인 거죠. 그 외는 나는 민중이라고 취급하지 않습니다. 소시민을 민중이라고들 하는데 그 사람들은 민중의 편에 곁다리로 선 사람들이지 민중은 아니에요. 식의주야말로 인간이 뭔가를 하기 위해서 기본적으로 있어야 할 것입니다. 그거 없으면 아무것도 못해요. 굶주린 상태에선 어떤 생각도 못합니다. 아무것도 전혀 불가능합니다, 먹지 않으면. 그런데 바로 이 기본적인 것, 생존의 가장 기본적인 것을 만드는 사람, 이 사람들이야말로 저는 민중이라고 규정하고 싶어요."(시와사회사 편집위원회 편, 『불씨 하나가 광야를 태우리라』, 시와사회사, 1994, 305~306쪽).

존재하고 존재하지 않는 것
흔해빠져 아무도 눈여겨보지 않으면서도
내가 없으면, 일분 일초도 없으면
세상은 순식간에 죽음의 바다, 나는 농민이다.
…(후략)…

—「농민」부분(Ⅱ, 131)

김남주는 "민중"을 "무한한 가능성"이자 "영원한 존재의 힘"으로 인식하고 있으며 이들에 대한 긍정의 힘을 바탕으로 변혁 운동을 실천하려는 의지를 드러낸다. ①에서는 농민과 동일한 층위의 민중을 서술하고 있다. 즉 민중의 범주에는 농부와 등가를 이루는 어부와 직공, 광부, 석공 등의 노동자가 포함되는데, 그 노동의 실체는 매우 추상적이다. 또한 ②는 농민의 존재 의의를 통한 자기규정으로서, 농민은 "공기", "산소", "물", "흙", "질소"와 같은 세계를 구성하는 가장 기본적인 원소 단위와 동일한 존재임을 선언하고 있다. 이로 미루어볼 때 김남주가 호명한 민중은 일차적으로 농민과 노동자라 볼 수 있다.

김남주는 노동자를 규정함에 있어 "노동자는 전 인류의 해방자로 떨쳐 일어서서 싸울 때 자기 해방도 가능한 것이지 자기의 계급적인 편협함에 사로잡혀 전 인류의 행복을 망각하면 자기 자신의 행복도 획득하지 못합니다."[11]라고 역설하며 모든 노동자들이 "운동의 모든 전선의 선두"[12] 즉 반제 민족해방의 선두, 반파쇼 민주전선의 선두, 반핵 반전 전선의 선두, 농민의 축산물 수입 반대 투쟁의 선두, 여성

---

11 시와사회사 편집위원회 편, 앞의 책, 110쪽.
12 위의 책, 109쪽.

타자의 시 읽기, 주체의 글쓰기

들의 여권신장과 여성해방 투쟁의 선두, 빈민들의 철거 반대 투쟁의
선두, 언론인의 언론 탄압 반대 집회의 선두, 학생들의 학원 탄압에
반대하는 투쟁의 선두, 특정 교인들에 대한 정부의 차별대우와 은밀
한 압력을 반대하는 투쟁의 선두에 서기를 촉구한다.

　이와 같이 김남주는 기본적으로 호명된 민중의 범위에 노동자를
포함시키며 노동자 계급을 정치·경제·사회·문화·종교·교육
등 사회 전 분야가 안고 있는 모순을 극복하기 위한 투쟁력의 진원으
로 간주하고 그들의 계급적 정치의식을 끌어올려야 함을 강조하고
있다. 이런 주장을 실천하기 위하여 그는 노동계급에 대한 신뢰를 바
탕으로, 노동자의 단결 투쟁을 통해 현실의 모순을 극복할 수 있으리
라는 가능성을 노래하며, 그들의 투쟁을 독려하는 작품들을 창작하
기도 하였다.

①
…(전략)…
저 별은 길 잃은 밤의 길잡이이고
저 나무는 노동의 형제이고
저 바위는 투쟁의 동지이다
가자
가자
그들과 함께 들판 가로질러 실천의 거리와 광장으로
가서 다시 시작하자 끝이 보일 때까지
역사의 지평에서
의기도 양양한 저 상판때기의 검은 손들을 지우고
노동의 대지에 뿌리를 내린 투쟁과 승리의 깃발이 나부끼게 하자

―「노동의 대지에 뿌리를 내리고」 부분(Ⅶ, 158)

그러나 농민을 "천·지·현·황 삼라만상이 생긴 이래 으뜸가는 농민"(「농민」, I, 131)이라고 가치 부여를 하며 투쟁의 핵심으로 규정하고 있는 것과는 달리 노동자에 대한 인식에서는 극단적이라 할 만큼 부정적인 양상을 보이는 경우도 발견된다.

②
…(전략)…

부끄러워라 우리 노동자들
이것도 모르고 자기가 사고 팔리는 상품인줄도 모르고
오늘도 아침 여섯시에 꼭두새벽에 일어나
자본가가 벌려놓은 공장의 입으로 들어가다니
울어도 시원찮을 터인데 웃어가면서까지
검은 굴뚝 자본가의 뱃속으로 기어들어가
낮이 밤이 되도록 새까맣게 시달리다니
우스워라 우리 노동자들
이것도 저것도 모르고 자기가 노예인줄도 모르고
오늘도 아침 여섯시에 꼭두새벽에 일어나
자본가가 차려놓은 기계앞에 서다니
울어도 시원찮을 참인데 웃어가면서까지
그 기계의 기계가 되어
낮인 줄도 밤인 줄도 모르고 아이고 어지러워라 빙글빙글 돌다니
…(후략)…

— 「단결하라! 철의 규율로」 부분(Ⅲ, 131)

②는 현실 인식이 결여된 노동자에 대한 조롱투의 발화를 통해 노동자의 자기 각성을 촉구하고 있는 시이다. 김남주의 눈에 비친 노동자는 자본가의 노예로 전락한 처지로, 스스로가 상품화된 자본주의 사회에서 자신의 현재에 대한 각성 없이 자본(가)의 노예가 되고 있

타자의 시 읽기, 주체의 글쓰기

다. 김남주는 시를 통해 그러한 현실을 무비판적으로 수용하고 있는 노동자의 몰지각성을 비판하고 있다.

①과 ②의 간극을 확인할 때 김남주는 노동계급에 대한 기본적인 애정을 가지고 노동자를 투쟁의 대오로 끌어들이려는 독려의 목소리를 내고는 있으나, 노동자에게 전면적으로 신뢰를 보내고 있다고 보기는 어려울 듯하다. 따라서 김남주에게 있어 노동자는 민족해방 투쟁의 한 대오를 이룰 수 있는 수단적 계급으로서 기능할 뿐이다.

뿐만 아니라, 다음과 같은 언술을 보면 과연 김남주가 명확하게 민중이라는 것에 대한 확고한 인식이 있었는가를 되묻게 된다. 김남주는 "대중을 조직적으로 전투적으로 유물론적으로 사로잡을 때"(「환상이었다 그것은」, V, 75)를 말하면서 이렇게 열거한다.

①
들치기 날치기 소매치기 업어치기 사기꾼 협잡꾼 노름꾼 갈보 뚜쟁이
깡패 전과자 실업자 가난뱅이 부랑아……
이른바 계급의 찌꺼기들.
②
술 한 잔에 점심 한 그릇 값이면
언제라도 누구에게라도 매수될 수 있는 룸펜 프로들.
③
뱁새 걸음으로
부르조아지의 흉내를 내며 우쭐해하는
이른바 중산층이란 것들.
④
가진 것이라고는 원숭이 앞발로부터 물려받은 손재간밖에는 없어
하루라도 그것을 자본가에게 팔지 못하면
한시라도 그것으로 부자들의 배를 채워주지 못하면

그날 저녁으로 잠자리를 잃게 되고
다음날 아침이면 끼니를 걱정하게 되는 노동자들.

— 「환상이었다 그것은」 부분
(V, 71~75, 일련번호는 필자가 부여한 것임)

　1987년 6·29선언을 '파쇼정권의 사망신고서'로 받아들였던 김남주는 같은 해 대통령 선거에서 노태우가 대통령으로 당선된 직후 쓴 것으로 보이는 이 시에서 중산층과 노동계급에 대한 배신감을 표현하며 위와 같이 민중을 규정하였다. 그러나 대통령 선거의 패인이 반드시 민중의 무지라고만 볼 수 없음에도 불구하고 마치 어리석은 민중의 잘못된 선택이 패배를 불러온 양 서술하는 이러한 텍스트를 읽다 보면 과연 그가 호명하고 있는 변혁 운동의 주체가 누구인가에 대한 의구심을 갖게 된다. 이것은 노철[13]의 주장처럼 김남주의 문제의식이 근원적 토대를 명확히 지니지 못하고 있음을 방증하는 것이기도 하다.

텍스트의 시 읽기, 주체의 글쓰기

---

13 노철은 김남주의 시가 민중이 주인이 되는 나라를 이룰 수 있다는 낙관적 믿음이 바탕을 이루고 있고, 억압을 이겨내는 과정에서 내적·외적 고투를 이겨내면서 민중을 사랑하는 법을 터득하리라는 믿음도 보여주고 있지만, 민중이 주인 되는 세상에 대한 전망이 구호의 차원에 머물러 있기 때문에 김남주의 시에는 구체적인 민중이 없음을 지적하고 있다. 아울러 현실의 어려움에 부딪치고, 좌절하고, 분노하고, 타개하려는 해방의 서사가 없는데, 이는 박노해의 시가 노동자의 생활과 조직화 과정을 반영하여 노동자가 노동해방 투쟁에 나서는 과정을 그린 해방서사라는 점과 대비된다고 보았다. 뿐만 아니라, 정치투쟁에 집착한 김남주가 앞으로 전개될 남한 사회의 성격을 이해하기에는 역부족이었으며, 세계사적 변화를 읽기에는 과학적 인식이 부족하다는 점을 근거로 들어 김남주의 해방 서사를 급진적인 아나키즘이라 인식하고 있다(노철, 「김남주 시의 담론 고찰」, 상허학회, 『한국 문학과 탈식민주의』, 깊은샘, 2005).

결론적으로 김남주가 호명한 민중이란 미국이나 독재 권력에 대한 투쟁의 주체인 노동자와 농민만을 함의하고 여성은 소거되었다고 볼 수 있다. 또한 민중의 범주는 매우 모호하고, 경우에 따라서는 포괄적이거나 또는 지나치게 협소한 개념으로 볼 수 있을 만큼 일관적이지 못하다. 포괄적이라 함은 민족 해방 투쟁에 나선 모든 주체를 민중으로 간주하였을 경우를 말하는 것이고, 협소하다고 하는 것은 불신이 없는 주체로 호명된 대상은 오직 농민만으로 한정되기 때문이다.

3. 자기 관계 외의 여성에 대한 부정

3-1. 부정적 메타포로서의 여성 이미지

김남주가 인식한 민중의 범주에서 여성이 소거되었다는 것과 더불어 더 심각하게 제기되어야 할 문제는 텍스트에 보이는 여성 이미지의 문제다. 김남주가 보이는 여성에 대한 관점은 극단적이라 할 만큼 이중적이다. 작가는 텍스트 내의 여성을 사회 변혁의 주체로 호명하는 데 매우 인색한 양상을 보인다. 그의 텍스트 내에서 투쟁의 주체로 설정된 것은 주로 남성인데, 이 계열체는 상대적으로 여성이라는 타자를 소외시킨다. 소위 민중으로 호명된 타자에 대해 끊임없는 연민을 보이며, 또 그들의 결집된 투쟁력이 사회 변혁의 원동력이고 해방 투쟁의 주체가 되어야 함을 인정하고 있음에도 불구하고 김남주는 여성을 투쟁의 주체로 설정하지 않는다.

우선 여성의 이미지가 미 제국주의나 독재 권력에 의해 능욕당하는 메타포로 이용된 경우를 살펴보기로 하자.

…(전략)…

그리하여 그 동안 40년 동안 양키 제국주의자들은

야바위꾼의 손놀림으로 꼭두각시 정권을 바꿔치기 하면서

이가를 박가로 바꿔치기하고 박가를 전가로 바꿔치기하면서

떡 주무르듯 내 조국의 아랫도리를 주물러 왔다

…(중략)…

강 건너 마을의 순결한 처녀지를 집단으로 능욕했을 뿐만 아니라

끝내는 겨레의 골수까지 반공의식으로 파먹어

우리의 팔과 다리를 마비시키고 민족의 동질성까지 남남으로 갈라놓

았다

…(후략)…

— 「길 2」 부분(Ⅱ, 32)

　　인용한 시의 일 구절은 작가가 지닌 여성 의식이 심각하게 왜곡되었음을 보여준다. "양키 제국주의자들" 혹은 "식민주의자들"은 "떡 주무르듯 내 조국의 아랫도리를 주물러 왔"거나 "강 건너 마을의 순결한 처녀지를 집단으로 능욕했"던 억압의 주체이다. 이러한 형상화가 가지는 문제는 여성성의 계열체, 즉 '아랫도리-순결-처녀-능욕'과 같은 것이 언제나 하위 계급을 드러내는 약자의 형상화로 이용된다는 것이다. 타자인 하위 주체, 즉 여성은 제국의 담론을 논의하는 데 있어 하나의 은유적 기표로서 작용할 뿐, 결코 문제의 핵심부로 접근하지 못하고 있다. 이와 같이 여성이 주체화하지 못하고 '여성-약자-순결-능욕-방출'의 계열체로 확장되는 과정은 앞으로 분석하게 될 많은 텍스트에 드러난다.

내 큰 누이는 해방된 조국의 밤골 처녀

고은(高銀)식 독설을 빌리자면

미팔군 군화 밑에서 짝짝 벌어진 밤송이보지
내 작은 누이는 근대화된 조국의 신식여성
뽀이식 표현을 빌리자면
쪽발이 엔화 밑에서 활짝 벌어진 관광보지
썩어 문들어져 얼마나 빠져버렸나
흔들어 흔들어도 깨어나지 않고
꼬집어 꼬집어도 감각이 없는
아, 반토막 내 조국
허리 꺾여 36년 언제 눈뜨리
치욕의 이 긴 긴 잠에서.

— 「불감증」 전문(Ⅱ, 190)

이 텍스트를 정순진[14]은 "짝짝 벌어진", "활짝 벌어진" 등의 표현을
마치 그 일이 여성이 주체적으로 성적 자기 결정권을 행사해서 이루
어진 일인 것처럼 읽고 있다. 그러나 여기서 "벌어진"이라는 발화가
문제가 되는 것은 여성의 능동성의 문제가 아니라, "벌어"지게 한 주
체의 폭력성임에도 불구하고 김남주는 그에 대한 문제의식을 가지고
있지 않다는 점이다.

'능욕당한 조국'의 메타포는 "큰 누이", "작은 누이"이다. 여성-
큰누이는 "미팔군 군화 밑에서" 몸을 파는 양공주의 모습이고, 여

---

14 정순진은 "비속어와 욕설로 성을 표현하는 것은 참담한 우리 역사를 직접적으로
드러내고자 하는 의도"라면서도, "이 시에서 다루어진 성은 침탈이 분명한데, "짝
짝 벌어진", "활짝 벌어진" 등으로 표현함으로써 마치 그 일이 여성이 주체적으로
성적 자기 결정권을 행사해서 이루어진 일인 것처럼 왜곡"하고 마는데, 그 효과를
"남성은 자기 집단 속에 속한 여성도 지키지 못해 능욕당하게 했다는 자괴감에서
벗어날 수 있고, 능욕당한 책임까지 여성에게 떠넘길 수 있다"는 데서 찾고 있다
(정순진, 「인식의 사각지대, 여성 문제—김남주 시를 중심으로」, 『여성문학연구』
통권 9호, 한국여성문학학회, 2003, 26쪽).

성-작은누이는 엔화 획득이라는 미명하에 희생당한, 기생 관광의 희생자로 그려지고 있다. 그러다가 이 두 여성-누이는 치욕의 조국이라는 의미로 확장되는데, 텍스트의 내부에서는 여성의 희생만이 강조될 뿐, 여성의 주체적 저항은 드러나지 않는다.

따라서 김남주의 텍스트에는 '양공주'라 일컬어지던 주한 미군 부대 근처의 매매춘 여성들의 비극적 삶의 이면에 숨겨진 제국 이데올로기[15] 또는 남성 이데올로기가 어떻게 작용하고 있는가에 대한

타자의 시 읽기, 주체의 글쓰기

---

15 1970년대 초반 기지촌은 한-미 동맹이 공고했던 곳이 아니라 극단적 충돌이 내재된 곳이었다. 미군 당국은 비즈니스 걸들을 인종 갈등의 원인으로 지목했다. 실제 (기지촌은) 백인과 흑인 전용클럽은 나뉘어 있었고 백인 상대 여성과 흑인 상대 여성은 섞이지 않고 위계도 뚜렷했다. 상황이 심각해지자 박정희 대통령이 꺼내든 카드는 '기지촌 정화사업'이었다. 그는 1971년 12월 22일 기지촌 정화정책을 공식화하고 청와대가 직접 챙기도록 지시해, 각 부처 차관급을 중심으로 정화위원회가 구성됐다. 이즈음 한-미 주둔군지위협정(SOFA)의 민군관계 소위원회에서도 인종차별 금지와 성병률 감소가 주요 과제였다. 소위원회는 요구사항을 제시했고, 정화위원회는 집행했다. 일은 일사천리로 진행됐다. 미국은 병사들의 사기 진작을 꾀했고, 한국은 이미지 개선과 주한미군의 바짓가랑이를 잡는 데 효과를 거뒀다. 문제는 돈과 인력이 모두 한국 쪽에서 나왔다는 것이다. 점잖은 SOFA 소위원회에서 클럽 운영 방식과 비즈니스 걸들의 접대 방식이 심각한 논의 대상이 되기도 했다. 권고안도 나왔다. 성실한 호스티스가 손님과 어울릴 때 차별을 삼가도록 훈련하는 것, 흑인 음악 등 다양한 음악을 균형 있게 선곡할 것, 인종적으로 공격적이거나 배타적인 간판을 걸지 말 것 등이었다. 대통령이 직접 챙긴 덕에 기지촌은 점점 쾌적한 쾌락의 도시로 바뀌었다. 도로가 확장되고 가로등도 늘고 뒷골목 클럽들은 대로변으로 옮겨졌다. 범죄 단속도 강화됐다. 정화사업이 탄력을 받자, 미국은 성병 문제를 들고 나왔다. 비즈니스 걸들을 등록시켜 정기 검사를 받게 하고 성병에 걸린 이들은 격리하라는, 우리의 현행법과 정면충돌하는 요구였다. 윤락행위 등 방지법은 성매매를 금지하고 있었다. 한국 정부는 결국 이들의 요구를 들어줬다. 정기 의료검진과 성병 진료소 시설 개선, 감염 여성 억류 등의 조치가 이어졌다. 미군 상대 성매매를 '잘' 하기 위한 환경 정비에 정부가 팔 걷고 나선 모양새였다. 좋은 '서비스'에 정부가 발 벗고 나서 비즈니스 걸들은 민간 외교관으로도 활용됐다. 미군 당국은 공식 문서에서 "(성매매 형태의) 친교는 부대-지역 관계의

진지한 성찰은 배제되어 있다. 마찬가지로 일본인을 상대로 여성의 성을 팔던 '기생 관광' 속에 숨겨진, 또 다른 제국인 일본의 경제 침탈과 같은 새로운 지배 구조에 대한 심층적 문제 제기도 결여되어 있다.

결론적으로 미제국주의 침탈과정에서 희생당한 조국의 메타포를 "미팔군 군화 밑에서 짝짝 벌어진 밤송이 보지"로, 근대화의 과정에서 제국주의적 침탈의 다른 한 축이었던 일본에 의한 희생을 "쪽발이 엔화 밑에서 활짝 벌어진 관광 보지"로 제시하고 있다. 그러므로 이 텍스트에 대한 올바른 독해는 왜 희생자의 모습이 이렇게 적나라하고 처참하게 짓밟히는 여성-누이로 형상화되었는가 하는 지점을 문제 삼을 때 가능해진다.

> 잡년아 어제는
> 미친년 고쟁이로 펄럭이는 히노마루 깔고
> 쪽발이 왜발이 좆대강이 빨더니
> 아이고 무서워 아이고 무서워
> 월남이라 망국사 못 읽게 하더니
> 잡년아 오늘은
> 피 묻은 고쟁이로 펄럭이는 성조기 깔고
> 흰둥이 깜둥이 좆대강이 빨더니

핵심에 가깝다"면서 "남성-여성의 친교가 많아질수록 미국인은 한국인을 더 사랑하게 된다"고 보고하고 있다(미 8군 '인적요인조사보고서', 1965). 한국 정부도 미군의 성욕 해소가 한-미 우호를 돈독히 한다고 믿었다. 각 지역에서 비즈니스 걸들의 자치회가 조직됐고, 이들은 시장, 경찰, 보건소장 등이 주최한 교양 모임에 참석해 더 나은 '서비스'를 다짐했다. 대통령의 독려 속에 비즈니스 걸들이 한-미 동맹을 다지는 동안 세상은 그들을 '양공주'라 손가락질했다(『한겨레21』, 한겨레신문사, 2005년 2월 2일 제 546호 기사 일부 인용).

아이고 무서워 아이고 무서워

베트남이라 해방사 못 읽게 하더니

내일은 또 누구의 것 빨면서

무슨 책 못 읽게 하려나 잡년아 썩을년아.

—「전후 36년사」 전문(Ⅱ, 207)

이 텍스트에 대해 정순진[16]은 "월남 해방사나 베트남 해방사를 읽지 못하게 한 것이 성 침탈을 당한 피해 여성이라고 규정하고 욕설로 매도하는" 작품이라고 평가하고 있다. 그러나 관점을 달리하면, "잡년" 혹은 "썩을년"은 "월남"의 "망국사"를 "못 읽게 하"던 권력의 메타포이며, "베트남" "해방사"를 "못 읽게 하"던 독재 권력의 은유이다.

문제가 되는 부분은 전복의 대상인 독재 정권에 대한 메타포가 여성으로 그려지고 있다는 것인데, 이는 심리적 기저에 여성에 대한 비하의 의미가 담겨 있는 언어 표현을 작가-화자가 그대로 수용한 결과로 보인다. 이것은 가부장적 이데올로기 아래에서 여성에 대한 비하적 표현을 스스럼없이 써왔던 남성 중심의 언어[17]가 남성 작가-화자의

타자의 시 읽기, 주체의 글쓰기

---

16 정순진은 특히 "깔고", "빨고", "못 읽게 하더니" 등 능동적으로 보이는 동사를 사용함으로써 전후 36년을 여성이 주도해온 것으로 왜곡시켜 지배계급에게 퍼부어져야 할 분노와 증오를 억울하게 피해를 당한 여성에게 전가하고 있다고 보았다. 이런 현상은 심리적으로 자신을 방어하기 위해 고통의 원인이 자신임에도 불구하고 남에게 전가시키는 투사나 위협을 많이 주는 대상에게 가해져야 할 위협을 덜 주는 대상에게 분출하는 전위에 해당되는 것으로 해석하고 있다(정순진, 앞의 논문, 26쪽).

17 우리말의 속담을 살펴보면, 여성과 관련된 긍정적 표현이 그리 많지 않음을 확인할 수 있다. "미친년 밥 먹듯", "미친년 널뛰듯", "미친년 달래 캐듯" 등의 속담이 그 사례이다. 뿐만 아니라 남성과 달리 여성은 언제나 규정되어야 하는 존재이다.

의식을 폭력적으로 지배하고 있기 때문이다. 이러한 언어적 지배가 여성에 대한 인식을 왜곡시키고 있음을 보여주는 텍스트를 살펴보자.

> 그해 봄에 병실 앞에 뜨락에
> 추하게 지는 어떤 꽃을 보면서
> 하룬가 이틀인가 화사한 햇살에
> 탐스럽게 피었다가는
> 바람에도 실바람에 간드러지게 웃기도 하다가는
> 하루아침에 꺾어지고 마는
> 어떤 꽃을 보면서
> 나는 어떤 생각을 하게 되었다
> 꽃에 대해서
> 자본주의 사회의 어떤 여자들에 대해서.
>
> ─「어떤 생각」 전문(II, 312)

즉자적 의미 그대로 작가는 병실 앞뜰에 피어 있는 봄꽃을 바라본다. 이 꽃은 "하룬가 이틀"의 "화사한 햇살"에 "탐스럽게 피"어나는 존재이며, "실바람에도 간드러지게 웃"다가 "추하게 지는" 꽃이다. 이를 통해 작가는 "자본주의 사회의 어떤 여자들"에 대해서 생각한다. 그 여자들의 실체는 밤거리의 여자이거나, 육체를 밑천 삼아 욕된 삶을 이어가는 윤락녀일 것으로 추정된다.

"꽃=여자"라는 등식은 '여자는 꽃과 같이 아름답다'거나 '아름다워야만 한다'라는 관념이 조작한 허상이다. 이는 역으로 '아름답지 않은 꽃'은 꽃이 아니듯, '아름답지 않은 여자'는 여자가 아니라는

여왕, 여성 총리, 여성 장관 등의 사례를 들 수 있다.

철저한 이분법적 사고의 발로이다. "하룬가 이틀인가" "간드러지게 웃"다가 "하루아침에 꺾어지고 마는/어떤 꽃"의 기표는 '순간성-헤 픔-순결의 상실-버려짐' 등의 의미로 확장되고, 나아가 "추하게 지는 어떤 꽃=자본주의 사회의 어떤 여자"라는 언술은 자본주의 사회 의 모든 여성들을 남성들의 뭇 유혹에 쉽사리 넘어가버리는 무주체 성의 존재로 인식하는 작가-화자의 왜곡된 여성 의식에서 기인한 다. 그러므로 작가-화자는 "하루아침에 꺾어지고 마는 꽃"에 대해 서 "생각"을 할 것이 아니라 왜 그 꽃들이 하루아침에 꺾이고 말았 는가를 '성찰'했어야 하지만 김남주의 텍스트는 그러한 근원적 문제 의식을 비껴간다.

3-2. 매매 대상으로서의 여성 이미지

김남주의 텍스트에서 여성은 팔려간 물건이나 시대의 모순에 의해 희생당한 모티프로 그려지기도 한다. 그렇지만 매매의 대상이 되는 여성은 화자와의 관계에 따라 그 인식의 편차가 극심하다. 다시 말하 면, 작가-화자와 관련이 있는 매매된 여성은 희생적 존재로 그려지 고 있는 반면에 관계가 없는 여성은 자본주의 사회에서 타의에 의해 성적 노리개로 전락한 것이 아니라 자발성에 의해 매매춘을 선택한 것으로 그려진다. 그렇기 때문에 전자는 동정의 대상이 되지만, 후자 는 철저하게 비난과 지탄의 대상으로만 인식된다. 먼저 여성-누이가 동정의 대상이 되는 다음의 텍스트를 살펴보자.

…(전략)…
달은 저리 밝고

밤새워 야경은 담을 도는데
한 번 해볼까 마지막으로 한 번만
한 번 넘어 부잣집 담 한 번만 넘어
우리 누나 순이 누나
술집에서 빼낼 수만 있다면
…(후략)…

— 「도둑의 노래」 부분(Ⅱ, 50)

생략된 서사를 소략하면 여성-누이는 현재 술집에서 일을 하고 있다. 그 여성-누이를 위하여 남성-화자는 월담을 시도한다. 부잣집 담을 넘어 도둑질을 하는 목적은 술집에서 일하는 여성-누이를 구출하기 위해서이다. 이 남성의 부도덕한 행위는 여성-누이를 위해 스스로를 희생하는 것으로 인식되면서 그 행위에 면죄부를 받는다. 그러나 어디에도 왜 여성-누이가 술집으로 팔려가야 했는지, 여성-누이가 어떻게 남성 이데올로기에 의해 억압받고 있는지에 대한 천착은 드러나지 않는다. 다만 남성-아우는 구출의 주체이고, 여성-누이는 구출되는 대상에 지나지 않는다는 인식이 있을 뿐이다. 결국 여성이 매매춘의 대상으로 전락할 수밖에 없었던 사회구조적 모순에 대한 성찰이 드러나지 않는 이러한 작품들을 통해서 민중으로 호명되지 못한 여성을 발견하게 된다.

술먹이기 화투를 치다가
외화벌이 관광 수입을 위해 정부가
수십 억 수백 억을 투자하였다는 요정에서
옷벗기기 화투를 치다가
일본놈 장사치와 한국놈 장사치의 가랑이에 끼여
노래하고 술마시고 화투치고 그러다가

왜놈 앞에서는 한국놈이 보는 왜놈들 앞에서는

술마시고 죽으면 죽었지

죽어도 벌거숭이로는 열아홉 처녀를 보이기가 싫어

화투쳐 질 때마다 옷벗기 대신 술을 마시다가

열잔 째 스무 잔째 벌주를 마시다가

가슴이 파열되어 죽었다는 어느 호스테스의 뒷이야기를 듣다가 나는

떠올렸다 십 년도 전의 일을

…(중략)…

머리 좋아 일류대학 나와서

달라에 엔화에 싸여 유학 갔다 와서

자본가의 이윤추구에 우리네 처녀들을 이용해 먹는 화이트칼라 신사들

개새끼들아 개새끼만도 못한 사람새끼들아

가난 때문에 순결을 팔고

첫사랑의 추억에 우는 항구의 여자를 생각하면

가난 때문에 순결을 팔고

타향에서 억지 술에 가슴이 터지는 바닷가의

처녀를 생각하면

나는 미치겠다 네놈들 화이트칼라들을 자본가들을

한입에 못 씹어먹어 환장하겠다 환장하겠다.

— 「항구의 여자를 생각하면」 부분(Ⅱ, 356)

인용한 부분의 서사를 요약하면 이렇다. ① '나'는 어느 자리에서 벌주(罰酒)를 마시다가 죽은 호스테스의 이야기를 듣다가 십 년 전에 어느 항구에서 만났던 여자를 떠올렸다. ② 고향이 해남인 어떤 여자가 술집에서 뛰쳐나와 부둣가에서 서럽게 울고 있었다. ③ 그녀의 오빠는 월남에서 전사를 했고, 아버지는 병석에 누워 있으며, 남동생은 야간 상고를 다니고 있다. ④ 고향을 떠난 그녀는 공장에서 일을 하

기도 했지만 결국엔 다방으로, 술집으로 전전하게 되었다. ⑤ '나'는 그녀의 이야기를 들으며 이렇게 순결한 처녀들을 능욕하는 화이트칼라 자본가들을 타도하지 못하는 것이 환장할 만큼 고통스럽다.

과거(③)와 현재(④)사이에 생략된 내용은 충분히 짐작할 만하다. 그녀는 병석에 누운 아버지의 약값과 야간학교에 다니는 동생을 뒷바라지하기 위해 삶의 현장에 투신한 것이다. 나중에 그녀는 다방이나 술집을 전전하게 되는데 이 과정은 70년대 산업화, 근대화의 전사로 미화되었던 여성 노동자들의 삶이 어떻게 왜곡되는가를 짐작하게 한다.

문제는 왜 그녀가 매매춘의 대상으로 전락할 수밖에 없었는가에 대한 사회구조적 문제 제기가 결여되어 있다는 것이다. 텍스트 내에서 '나'는 그녀를 능욕한 자본가 화이트칼라 지식인들, 소위 '시카고의 자식들(Chicago's Boys)'[18]에 대한 증오를 보이며, 그녀를 위해 복수를 하지 못했음을 억울해할 뿐이다. 여성이 아버지―가부장과 남동생―가부장을 승계할 남성 때문에 희생당하고, 질곡의 삶으로 밀려난 여성을 다시 능욕하는 주체가 남성이라는 핵심적 문제 의식이 철저하

18 미국의 세계적인 명문 대학에서 교육을 받은 라틴아메리카와 아시아의 경제학자들은 자기 나라에 돌아가 고위 관료가 되거나 학계·재계에서 하나의 폐쇄적 써클을 형성하여 막강한 영향력을 행사하였다. 칠레 삐노체뜨 정권하에서 자유주의 경제정책을 옹호한 일군의 경제학자들이나 볼리비아의 시장 개방을 추진한 경제학자들을 '시카고의 자식들'이라고 지칭한다. 이들은 미국의 교육 영향으로 자유시장과 자유무역을 신조처럼 믿는 사람들로서, 이들을 육성하는 미국의 제국주의정책은 제임스 쿠가 말하듯이 제국의 마인드를 현지에 그대로 실천한다는 점에서 일종의 "두뇌이식"이라고 볼 수 있다. 즉 미국에서 교육받은 현지 엘리트는 인종적으로는 그 나라 사람이지만, 지적으로는 미국인이다(김동춘, 『미국의 엔진, 전쟁과 시장』, 창비, 2004, 158쪽).

게 배제되어 있는 것은 여성을 '(가부장을 위한 당연한)희생자—약자'
의 계열체로 바라보는 김남주의 의식의 편단을 여실히 보여주고 있
는 것이다.

　그러나 이와 반대로 희생(자)의 이미지가 결여된 여성, 즉 "자본주
의 사회의 어떤 여자들"의 실상은 극단적으로 부정적이다.

> 들리는 바로는 요즈음
> 얼굴 밴밴하고 다리 미끈한 여자는
> 거개가 서비스업으로 몰린다지
> 좀 삼삼하다 싶은 여자에게 물으면
> 너 이담에 무엇이 되고 싶냐고 물을라치면
> 모델이 되고파요 스튜어디스가 됐으면 해요 탤런트가 될 거예요
> 이런 대답이 십중팔구라지
> 자본주의 사회에서는 모든 게 상품이지 섹스도 상품이지
> 웃음 팔고 몸 팔아 먹고 있는 게 아냐
> 허벅지와 유방이 쾌락의 도구로 팔리고
> 밤이면 그것을 팔아 여자들이 입고 먹고 사는 거지
> 요즈음 술집에는 홀랑 벗고 팔지 않으면 손님이 오지 않는다지
> 이발소에서는 한낮에도 여자가 그것을 팔아 돈을 번다지
> 나라에서는 관광자원의 활성화를 위해
> 유흥업소의 근대화와 전 여성의 창녀화를 불사하겠다지

—「요즈음」 전문(Ⅶ, 54~55)

　"요즈음"의 상황은 김남주가 목도한 상황이 아니라, "들리는 바로
는" "~한다지" 하는 추정의 상황일 뿐이다. 자본이 권력이 된 시대
적 상황에서 느끼는 화자의 절망감은 자본주의 사회의 모든 여성을
매매춘의 대상으로 전락시키고 있다. 표면적으로 분명히 자본주의

사회가 갖는 모순의 한 측면을 비판하는 텍스트임에도 불구하고, 그녀들이 왜 자본에 의해 매매될 수밖에 없었는지, 자본으로 여성을 구매하는 남성적 폭력이 왜 문제가 되는지에 대한 문제 의식이 드러나지 않는 이유는 김남주가 사회 구조의 모순을 철저하게 남성 위주의 시각으로 바라보기 때문이다. 다시 말하면 여성은 남성과 등가를 이루는 주체가 될 수 없기 때문에 매매의 대상인 '몸'을 소유한 물질에 지나지 않는다는 인식의 결과물인 것이다.

"권력 앞에서 꿇지 않는 무릎 없고, 돈뭉치 앞에서 걷어올리지 않는 치마가 없고"(「환상이었다 그것은」, Ⅴ, 72), "자본의 얼굴에서 인간성을 찾는 것은 갈보의 보지에서 처녀성을 찾는 것처럼 무익하다"(「침 발라 돈을 세면서」 Ⅵ, 178)거나, "도대체 돈뭉치 앞에서 걷어올리지 않는 치마가 있었던가"(「밤의 도시」 Ⅶ, 52), "돈 앞에서/흘리지 않는 웃음 없고/걷어올리지 않는 치마 없지요"(「돈 앞에서」 Ⅶ, 53)라는 독설에서 "권력 : 자본"과 "굴종 : 여성"은 대응관계를 이루고 "인간성 없는 자본"은 "처녀성 없는 여성"과 등가를 이룬다. 여성은 언제나 자본의 폭력을 견디고 처녀성을 지닌 순결한 존재여야 하며, 처녀성을 상실한 여성은 순결함의 기표를 상실하였기 때문에 방출되어야 한다는 논리인데, 이런 부분이 바로 김남주의 제국주의적 남근 의식이 발현된 부분이라 할 수 있다.

뿐만 아니라, 자본주의 사회의 (남한)여성은 북한의 여성들과 극단적인 비교 대상이 되어 북한 여성의 순수성을 부각시키는 수단이 되기도 한다.

…(전략)…
여그 가시낙년들은

까발치고 되바라지고 싹수없기가

자갈치시장 뒷골목의 개망나니 뺨치긴데 거그 처녀들은

순박하기가 하얀 박꽃 같고

순진하기가 대처에 처음 나온 촌색시 같더라

여그 가시냑년들은

우리 것은 속것까지 벗어버리고

논노다 판탈롱에 고고춤 디스코 바람인데 거그 처녀들은

다홍치마 색동저고리에 부끄럼 빛내는 새악시 볼이더라

자주댕기는 봄바람에 나부끼는 강변의 버들이고

몽금포타령에 맞춰 추는 군무는

참말이제 참말이제 장관이더라는

…(후략)…

— 「자주댕기는 봄바람에 나부끼고」 부분(Ⅶ, 70~71)

"여그"의 여자는 "가시냑년"이고, '저그'의 여자는 "촌색시" 같다는 사고는 다소의 과장을 통해 북한 여성의 순수성을 부각하고 자본주의 사회가 갖는 모순을 비판하려는 의도라 확대해서 읽는다 하더라도 이것은 극단적 이분법이라 볼 수밖에 없다.

"여그"의 "년"을 수식하는 기표들은 ① 까발지고 되바라지고 싹수없기가 자갈치시장 뒷골목의 개망나니 같은, ② 속옷까지 다 벗어버리고 판탈롱 스타킹에 서양춤을 추고 있는 "가시냑년"들이며, '저그'의 "처녀"를 수식하는 기표들은 ①' 하얀 박꽃같이 순박하고 순진한, ②' 다홍치마 색동저고리를 입고 자주 댕기를 드리우고 몽금포 타령에 맞춰 춤을 추는 "촌색시"들이다. 이 두 대립되는 기표는 제국주의적 음악에 경도된 '타락'과 순수 민족음악을 향유하는 '순수'라는 의미로 수렴된다.

미 제국주의적 문화에 오염되지 않은 북한 여성과 더 나아가 문화적 주체성을 담보한 북한의 모습을 극단적으로 드러내 보이고자 하는 의도임을 감안한다 하더라도 이러한 성급한 일반화의 인식은 남한 내 여성이 겪는 문제의 본질을 전혀 인식하지 못하고 있는 사고의 맹점을 그대로 노정시키고 있다. 이처럼 자본주의 사회에서의 여성을 인식하는 김남주의 극단적 시선은 과연 그가 사회변혁 운동의 주체였을까 하는 의구심이 들 정도로 폭력적이다. 여자는 "불을 훔치듯 입술을 훔"치고, "다부지게 박아" "억세게 다뤘어야"(「여자는」, Ⅶ, 186) 했을 대상에 지나지 않는다는 식의 언술 태도는 가히 페니스파시즘[19]이라 할 만하며, 이는 여성을 변혁 운동의 주체인 민중으로 호명한 것이 아닌, 성적 대상으로 인식하고 있다는 면에서 문제로 지적할 만하다.

여성을 폭력적으로 대하는 것이 남자답다고 생각한다면 김남주의 담론은 그가 그토록 증오하고 저주해 마지않았던 제국주의적 담론과 다른 점이 없다. 여성은 "백치가 되어" "전사의 피를 닦아주는" 도구에 지나지 않는다는 태도나, 혹은 "천치가 되어" "노동의 땀을 씻어주는 푸른 손수건"(「여자」, Ⅶ, 65)이 되어야 한다는 인식은 궁극적으로 여성을 남성에게 종속된 '기댄 기표'로 간주하고, 여성성의 본질을 수동적인 존재, 무주체성의 존재로 간주하는 인식의 오류를 극명히 드러낼 뿐이다.

---

19 남성 권력의 정체를 은유적으로 드러낸 용어로서, 강준만의 책 제목(강준만 외, 『페니스파시즘』, 개마고원, 2001)이기도 하다.

4. 자기 관계 내의 여성에 대한 긍정

4-1. 애인-아내에 나타난 여성 이미지

전 장에서 김남주는 매매된 여성에 대한 인식 태도 중 자신과 관련된 여성은 비록 매매되었다 하더라도 매우 긍정적이며, 동정과 연민의 대상임을 밝혔다. 그런데 이러한 인식은 자기 관계 내의 여성에 대한 태도에서 더욱 심화된다.

①
한 여자가 나를 기다리고 있다
세상 모든 여자들 중에서
첫키스의 추억도 없이
한 여자가 나를 기다리고 있다

②
어디로 갔나 그 좋은 여자들은
바위산 언덕에서 풀잎처럼 누우며
아스라이 멀어져가는 천둥소리와 함께 들으며
소낙비의 내 정열을 받아들였던 그 여자는
어디로 갔나 황혼의 바닷가에서 검은 머리 날리며
하얀 목젖을 뒤로 젖히고 내 입술을 기다렸던 그 여자는
뭍으로 갓 올라온 고기처럼
파닥이며 솟구치며 숨을 몰아쉬며
내 가슴에서 끝내 자지러지고 말았던 그 여자는

지금쯤 아마 그들은 어느 은밀한 곳에서
나 아닌 딴 남자와 마주하고 있겠지
사내의 유혹을 예감하며 술잔을 비우고

유행가라도 한가락 뽑고 있을지도 모르지
이윽고 밤은 깊고 숲속의 미로에서
비밀 속의 비밀을 속삭이고 있을지도 모르고……
죽일 년들! 십년도 못 가서 폭삭 늙어
빠진 이로 옴질옴질 오징어 뒷다리나 핥을 년들!

③
아 그러나 철창 너머 작은 마을에는 처녀 하나 있어
세상 모든 남자들 중에서 나 하나를 기다리고 있나니
이 밤이 처음이자 마지막인 양 그렇게 안아 주세요
속삭일 날의 기약도 없이 나를 기다리고 있나니.

— 「한 여자가 나를 기다리고 있다」 전문
(Ⅵ, 216, 일련 번호 및 단락 구분은 필자가 함)

상당히 에로틱한 분위기를 형성하고 있는 이 작품에서 문제의 핵으로 지적할 수 있는 곳은 ②의 "지금쯤 아마 그들은 어느 은밀한 곳에서/나 아닌 딴 남자와 마주하고 있겠지/사내의 유혹을 예감하며 술잔을 비우고/유행가라도 한가락 뽑고 있을지도 모르지/이윽고 밤은 깊고 숲속의 미로에서/비밀 속의 비밀을 속삭이고 있을지도 모르고……/죽일 년들! 십년도 못 가서 폭삭 늙어/빠진 이로 옴질옴질 오징어 뒷다리나 핥을 년들!"이라고 독설을 퍼붓는 부분이다. 그녀들이 왜 떠났는지에 대한 상황 언급은 없다. 다만, 주체-남성인 나를 떠난 여성은 떠나는 바로 그 순간부터 "죽일 년"이 된다는 것이 중요할 뿐이다.

그러다가도 작가는 ①, ③에서 자신을 떠난 여자들에 대한 증오와 저주 없이 "철창 너머 작은 마을에는 처녀 하나 있어/세상 모든 남

자들 중에서 나 하나를 기다리고 있나니/이 밤이 처음이자 마지막인
양 그렇게 안아 주세요/속삭일 날의 기약도 없이 나를 기다리고 있"
을 한 여자에 대한 칭송과 그리움을 노래하여 자기 관계 내의 여성에
대한 이중적 시각의 간극이 매우 심각함을 보여준다. 자신을 떠난 여
자는 처녀성을 상실한 여성으로 비하하고(②), 자신을 기다리는 여성
은 순결한 처녀성을 간직하고 있다(③)는 식의 서술은 김남주의 남근
중심주의적 가치관을 극명하게 드러내 보이며, 더 나아가 남성이 세
계의 중심이라는 왜곡된 사고를 지니고 있음을 확인하게 한다. 이와
같이 김남주의 로망인 순결한 처녀성을 지닌 여성의 실체는 다음의
시에서 확인된다.

> 그대만이
> 지금은 다만 그대 사랑만이
> 나를 살아있게 한다
> …(중략)…
>
> 광숙이!
>
> 그대가 아녔다면
> 책갈피 속의 그대 숨결이 아녔다면
> 내 귓가에서 맴도는 그대 입김이 아녔다면
> 오 사랑하는 사람이여
> 지금의 내 가슴은 얼마나 메말라 있으랴
> 지금의 내 영혼은 얼마나 황량해 있으랴
>
> 세계를 잃고 그대 하나를 내 얻었나니
> 그대 이름 하나로 우주와 바꿨나니

나는 만족하나니

지금은 다만 그대만이 그대 사랑만이

내 안에 가득한 행복이나니.

— 「지금은 다만 그대 사랑만이」 전문(VI, 224~225)

물론 여기에서도 여성–"광숙"은 동지애적 사랑을 나누는 대상은
아니다. "내가 모든 것을 빼앗기고/떠돌 때" "내가 최초로 잡은 것
은/보이지 않는 그대의 손이었"고, "대낮처럼 뛰는 그대 젖가슴이
었"고, "내가 최초로 맛본 것은/꿈결처럼 감미로운 그대 입술이었
다"라고 고백하며, 여성의 몸을 고단한 작가–화자의 안식처로 인식
한다. '운동'으로 고단해진 자신의 몸을 쉬기 위해 여성의 몸을 빌리
는 이러한 태도는 여성을 변혁 운동의 주체 혹은 동반자로 인식하는
것이 아니다. 또, 처녀성을 간직한 순결하고 순수한 대상으로 한정
된 여성의 몸은 그저 물화(物化)된 몸일 뿐, 역사를 기록하고 체화(體
化)하는 몸이 아니다. 김남주에게 있어서 오직 순결한 여성만이 "전
사의 팔에 안겨/부챗살처럼 펼쳐질/꿈의 여인"(「하얀 눈」, VI, 233)
이며, 궁극적으로는 "나의 신부"가 될 수 있는 사람으로서 이는 '처
녀–순결함–수동적–나약함–기다림'의 기표를 부여받게 되는 "광숙
이"라는 특정인만이 해당할 뿐이다.

자신을 기다리는 사랑은 순결하고 자신을 떠난 여성은 추악하다는
이 극단적 이분법은 과연 김남주의 텍스트에서 여성의 위치는 무엇
이며, 민중의 의미는 무엇이며, 궁극적으로 그가 주장하는 민족해방
의 본질은 무엇인가 하는 근원적 질문을 제기하게 한다. "세월이 주
는" "중압"감을 "참아야" 하고, "감옥이 주는" "추위"를 "이겨야 하
고", "운동 부족, 소화불량"이 "반복되고 되풀이 되는 생활의" "악

순환"과 "싸워야" 하는 이유는 "살기 위해/살아 남기 위해/살아 남아 살아 남아/다시 한번 그대 입술 위에 닿기 위해/목놓아 다시 한번 그대 이름 불러 보기 위해"(「그대를 생각하면 나는 취한다」, Ⅵ, 234) 서일 뿐이지 여성을 호명하여 동지적 사랑으로 뭉쳐, 함께 투쟁의 길을 걷기 위해서가 아니라는 것이 김남주의 텍스트가 균열되는 이유이다.

4-2. 어머니에 나타난 여성 이미지

김남주의 텍스트에 나타나는 여성—어머니는 "나의 피이고 나의 살이고 나의 뼈였던 사람"(「어머니」, Ⅴ, 22)이고 "나를 따뜻한 아랫목에 눕혀놓고/그 까끌한 손바닥으로 배꼽 주위를 슬슬 문질러주"면 "영락없이 아픈 배가 싹 낫"(「어머니의 손」, Ⅲ, 84~85)는 치유의 존재로서 3장에서 상술한 자기 관계 외의 여성과 달리 긍정적 이미지가 지배적이다. 먼저 어머니는 작가—화자의 말을 들어주는 청자이며, 투쟁의 정당성을 담보할 수 있는 대상으로 그려지고 있다.

①
…(전략)…
어머니는 아마 모르고 계시겠지요
어떻게 해서 내가 이런 데에 들어오게 되었는지를
어째서 내가 이런 집 이런 방에서 이렇게 살아야 하는지를
아셔야 해요 어머니 반드시 알아야 해요
하늘은 모르더라도 귀신은 모르더라도 어머니만은 알고 있어야 해요
십 년이고 이십 년이고 죽을 때까지 차마 죽지도 못하고
지옥 같은 데서 내가 살아야 하는 이유를 알아야 해요

②
어머니 우리나라에는
두 종류의 사람이 살고 있답니다
…(후략)…

③
…(중략)…
어머니 내가 이런 곳에 살고 있는 것은
십년이고 이십년이고 죽을 때까지 차마 죽지 못하고 살아야 하는
것은
그 이유가 다른 데 있지 아니 하답니다
부자들과 가난뱅이들과의 싸움에서 내가
부자들의 편을 들지 않고
가난뱅이 편을 들었기 때문이랍니다
…(중략)…
가난한 이들에게 진실을 노래하고
단결하라 호소했기 때문이랍니다
부자들에게 저주 있어라 이렇게 외치고
죽음을 선고했기 때문이랍니다
그뿐이랍니다.

— 「어머님에게」 부분 (Ⅱ, 100~107, 일련번호 필자 부여)

총 9연으로 이루어진 텍스트의 일부를 살펴보면 생략된 전반부는
작가-화자가 갇혀 있는 감옥의 모습을 소상히 어머니께 일러드리는
상황이다. ①에 이르러 작가-화자는 자신이 감옥에 왜 갇히게 되었
는지를 모르는 어머니에게 그 이유를 알아야만 한다고 말한다. 어떤
누구도 모른다 할지라도 반드시 어머니만은 그 이유를 알아야 한다
고 역설하고 있다. ②는 ③의 전제로서 작가-화자가 이런 곳에 있는

이유는 ② 우리나라에 있는 두 종류의 사람(부르주아와 프롤레타리아) 중에서 ③ 자본가를 타도하고 민중의 혁명을 이루어내는 투쟁을 하였기 때문임을 밝히고 있다.

서간문 투의 이 시에서 작가―화자는 어머니께 자신의 처지와 삶의 목적을 조목조목 밝힘으로써, 자신의 투쟁이 갖는 정당성을 확보하려는 의도를 드러낸다. 그러므로 어머니는 자식의 처지를 이해하는 대상인 동시에 자신의 투쟁이 갖는 정당성을 담보할 수 있는 존재가 된다. 그것은 어머니의 이미지가 절대적 선의 기표로서 자식의 투쟁을 더욱 순수하게 빛낼 수 있게 하기 때문에 가능하다.

①
우리가 지켜야 할 땅이
남의 나라 군대의 발 아래 있다면
어머니 차라리 나는 그 밑에 깔려
밟힐수록 팔팔하게 일어나는 보리밭이고 싶어요
…(중략)…
어머니 차라리 나는 차라리 나는
한 사람의 죽음이고 싶어요
천 사람 만 사람 일으키는 싸움이고 싶어요.

— 「조국」 부분(I, 59)

②
칠 년 가뭄에도
우리 어머니 살았습니다 죽지 않고
시원하게 물 한 모금 없이
한낮의 불 같은 더위 먹고 살았습니다
보릿고개 너머로 불어오는 황사바람이

우리 어머니 격한 숨결이었습니다
칡뿌리 나무껍질이 아침저녁의 밥이었고
손톱 끝에 피나는 노동이
칠십 평생 우리 어머니 명줄이었습니다

그 명줄 한 매듭 끊고 태어나
나 이 땅에 갇혀 삽니다
가뭄의 자식 칠 년 옥살이에도 시들지 않고
주먹밥 세 덩이로 살아 있습니다
철창 끝을 때리는 북풍한설이 나의 숨결입니다
내 어머니 노동의 착취에 대한 증오가 내 명줄입니다
증오 없이 나 하루도 버틸 수 없습니다
증오는 나의 무기 나의 투쟁입니다

노동과 그날그날이 우리 어머니 명줄이듯이
나의 명줄은 투쟁과 그날그날입니다
노동과 투쟁 이것이 어머니와 나의 통일입니다.

― 「명줄」 전문(Ⅱ, 22~23)

①은 어머니를 청자로 설정하여 자신의 투쟁이 갖는 정당성을 확보하고자 하는 의도를 확인할 수 있다. "천 사람 만 사람 일으키는 싸움"이며, "한 사람의 죽음"이 되고자 하는 작가-화자의 투쟁 의지는 어머니를 통하여 더욱 극적이고 절실하게 드러난다. 뿐만 아니라 ②에서의 어머니는 화자와 함께 "피나는 노동"의 동지로서 한길을 걸어온 동반자적 인물로 표상된다. 작가-화자가 세상을 살아야 하는 당위적 근거는 "내 어머니 노동의 착취에 대한 증오"에 있고, "증오 없이"는 단 하루도 버틸 수 없기 때문에 "증오는 나의 무기 나의 투

쟁"이 되고, 증오와 투쟁은 종국에는 "어머니와 나의 통일"로 귀결된다.

더 나아가 노동의 두 주체인 어머니와 나는 대응 구조를 보이며 변증법적 일치를 이르게 된다. 즉 "칠년 가뭄에도 죽지 않고 살아낸 어머니"는 "칠년 옥살이를 하고 있는 나"와 대응되고, "보릿고개 너머 황사 바람이 어머니의 격한 숨결"은 "철창 끝을 때리는 북풍한설이 나의 숨결"로 구조화된다. 또한 "평생의 노동이 어머니의 명줄"이듯 "내 어머니의 노동의 착취에 대한 증오가 내 명줄"이 되어 내가 투쟁하는 이유가 밝혀진다. 이것은 결론적으로 "노동과 그날그날이 우리 어머니 명줄이듯이 나의 명줄은 투쟁과 그날그날"이며, "노동과 투쟁"이 "어머니와 나의 통일"이기 때문이다.

여성-어머니의 노동이 작가-화자의 투쟁이라는 공통분모를 통해 "통일"에 이르고 있음에도 불구하고, 그 목표는 상당히 이질적이다. 여성-어머니의 노동은 생존을 위한 노동이거나, 자식을 위한 헌신적 사랑의 발현인 미시적 노동이라면, 화자의 노동은 민중과 조국을 위한 투쟁, 즉 거시적 노동으로 대별된다. 그럼에도 불구하고 어머니-여성은 불의한 현실 속에서 적대자를 향해 투쟁할 수 있는 원동력으로 작용하고, 나아가 노동과 투쟁을 통해 합일되는 동지적 관계의 이미지를 획득하게 된다.

이렇게 대등한 동지적 관계의 이미지와 달리 경우에 따라 여성-어머니는 모성성의 이미지를 지니는 희생의 기표로 드러나기도 하고, 또는 무지함이라는 이질적 기표로 구현되기도 한다.

…(전략)…

어머니 그동안 이 고개를 몇 번이나 넘으셨어요

니가 까막소 간 뒤로 이날 이때까장 그랬으니까
나도 모르겠다야 이 고개를 몇차례나 넘었는지

…(중략)…

니 나왔은께 인자 나는 눈 감고 저승 가겠어야
니 새끼가 너 같은 놈 나오면 그때는
니 예편네가 이 고개를 넘을 것이로구만
풍진 세상에 남정네가 드나들 곳은 까막소고
아낙네는 정갈하게 몸 씻고 절을 찾아나서는 것이여

— 「무심」 부분(Ⅶ, 137~138)

　어머니는 자식이 감옥에 갇혀 있는 십 년 동안 단 한 번도 면회를
오지 않았지만, 감옥에 갇힌 자식의 무탈함을 위해 헤아릴 수 없이
절에 불공을 드리러 다녔다는 진술을 통해 텍스트 내의 어머니가 희
생적 존재임을 확인할 수 있다. 어머니는 자식이 출옥을 하고 난 뒤
에 이제 죽어도 여한이 없다고 말한다. 그런데 이 어머니의 인식 속
에 사회적 투쟁은 남성–아들의 몫이고 그 남성–아들을 뒷바라지하
는 것은 "정갈하게 몸 씻"은 여자–어머니–아내의 소임이라는 태도
가 전제되어 있다. 이것은 여성–어머니가 모성성을 지니는 존재라는
의미이기도 하지만 여성–어머니의 인식 층위가 가부장적이고 봉건
주의적인 사고를 벗어나지 못하였음을 그대로 드러내는 부분이기도
하다.

일제 30여 년 동안
낫 놓고 ㄱ자도 모르셨던 어머니
미제 40여 년 동안
호미 쥐고 ?표도 모르시는 어머니
일자무식 한평생으로
자식 사랑밖에는 모르시는 어머니
…(중략)…

일제 30여 년 동안
나라로부터 받아본 것이라고는 징용통지서밖에 없으셨던 어머니
미제 40여 년 동안
나라로부터 받아본 것이라고는 세금통지서밖에 없으셨던 어머니
일자무식 한평생으로
글 한 줄 쓰신 적 없고 편지 한 줄 읽으신 적 없어도
자식 사랑은 한으로 쌓여 가슴이 막히신 어머니
…(중략)…

지금 이 나라에는
보수와 진보가 있는 게 아니어요
우익과 좌익이 있는 게 아니어요
매국노와 애국자가 있을 뿐이어요
그 중간은 없는 거예요 없는 거예요 어머니.

— 「어머니께」 부분(II, 108~110)

텍스트 안의 어머니는 "자식 사랑밖에 모르는" 존재이지만 한편으로 어떤 결함을 지닌 존재인데 그 결함의 핵심은 교육받지 못한 여성-어머니의 무지이다. 따라서 남성-아들은 "보수와 진보가 있는 것이 아니"라, "매국노와 애국자가 있을 뿐" "그 중간은 없는" 것을

인식하지 못하는 여성-어머니에게 이 사실을 주지시켜야 한다.

작가-화자는 맹목적인 모성애를 드러내는 어머니에게 당신이 평생 동안 받은 "징용통지서"나 "세금통지서"와 같은 것이 본질적으로는 수탈임을 주지시키고, 그 원인이 "매국노" 즉 자본가와 독재 권력 그리고 미 제국주의에 있음을 교육해야 한다. 그러므로 남성-아들은 교육의 주체가 되고 여성-어머니는 피교육자의 관계가 성립하게 된다. 이렇듯 아버지의 이름을 승계한 남성-아들이 여성-어머니를 교육하는 과정은 여성을 타자로 규정하는 가부장적 이데올로기를 여성-어머니에게 그대로 주입하게 되는 과정의 반복으로 볼 수 있다. 따라서 남성-아들은 여성-어머니가 이중 삼중으로 장치된 사회 구조적 억압에 의해 주체를 상실해가고 있음을 주지시키는 주체인 동시에 또 다른 억압의 기제로 작동하게 된다.

5. 결론

지금까지 김남주의 텍스트 안에 형상화된 여성 이미지가 어떻게 구현되어 있는가를 살펴보았다. 서론에서 밝힌 바대로 이는 80년대 참여문학이 여성 문제에 대해 어떤 입장을 취해왔는가 하는 문제의식을 발견할 수 있는 실마리가 될 수 있다는 점에 의미를 둘 수 있다.

첫째, 김남주의 텍스트에서 끊임없이 호명된 민중은 투쟁의 전위로 설정되었음에도 불구하고 그 개념이나 범주는 명료하게 규정되지 못하였음을 알 수 있다. 뿐만 아니라 김남주가 설정한 민중의 범주에서 여성은 호명되지 않은 소거된 존재로 볼 수 있다. 그 이유는 김남주가 거대 담론으로서의 민족문학을 지향했지만 그의 의식 속에 여전히 가부장적 이데올로기가 자리 잡고 있기 때문인데, 이는 해방 투쟁을 위한 담론의 생산자라는 위치에서 상당히 모순적인 태도로 볼 수 있다.

둘째, 자기 관계 외의 여성은 투쟁의 주체에서 비켜서 있는 '결여된 기표'로서 타도 대상인 권력의 희생자이거나 권력 자체의 메타포로 형상화된다. 또한 자본에 의해 매매 대상으로 전락한 여성-누이의 이미지는 자본에 의해 매매된 희생적 존재로 그려지지만, 그 외의 경우에는 자발적으로 성적 매매를 즐기는 대상으로 왜곡되었다. 더 나아가 자본주의 사회에서의 여성은 타락의 기표를 부여받고, 북한의 여성은 순수의 기표를 부여받아 극단적 비교 대상으로서 형상화된다.

셋째, 자기 관계 내의 여성 중 작가-화자를 떠난 여성은 '더러움-방출'이라는 기표를 부여하는 반면, 작가-화자를 기다리는 여성에 대해서는 '헌신-고결'의 기표를 부여하고 있는데 이는 작가의 자기 지향적 사고를 드러내는 것으로 볼 수 있다.

특히 자본주의 사회 내의 여성을 인식하는 김남주의 시선은 염려스러울 만큼 극단적이며 폭력적인데, 이는 여성을 변혁 운동의 주체인 민중으로 호명한 것이 아니라, 성적 대상으로 인식하고 있다는 면에서 문제로 지적할 만하다. 뿐만 아니라 여성을 도구로 인식하는 태도는 여성을 남성에게 종속된 '기댄 기표'로 보고, 여성성의 본질을 수동적이며 무주체성의 존재로 규정하는 오류를 드러내고 있다.

넷째, 여성-어머니의 이미지는 희생과 모성성이라는 긍정적인 기표를 부여받아 작가-화자가 억압 주체와의 투쟁력을 배양하는 원동력으로 인식하고 있다. 그러나 경우에 따라서 여성-어머니는 아버지의 이름을 승계한 남성-아들에 의해 교육받아야 하는 무지한 존재로도 그려지고 있음을 확인할 수 있었다. 어머니에 대한 인식의 편차는 '노동'에 대한 차이에서도 드러나는데 여성-어머니의 노동은 생존을 위한 노동이거나, 자식을 위한 헌신적 사랑의 발현인 미시적 노동이라면, 작가-화자-남성의 노동은 민중과 조국을 위한 투쟁, 즉 거시적 노동으로 대별된다. 그럼에도 불구하고 어머니-여성은 불의한 현실 속에서 김남주가 미국이나 독재 권력을 향해 투쟁할 수 있는 원동력으로 작용하고 있다.

　당대가 요구하는 문학의 소명을 가장 명확하게 인식하고 있었고 그것에 충실했던 김남주의 텍스트가 여성 문제에 대해 집중하지 않았을 뿐만 아니라 여성 이미지 비평의 관점에서 상당한 결함을 가지고 있다는 이유로 그의 텍스트 자체를 부정할 수는 없다. 그것은 시대가 호명한 텍스트의 가치뿐만 아니라, 더 나아가 한국 문학사의 한 축을 전면적으로 부정하는 결과를 초래할 것이 자명하기 때문이다. 다만 80년대에 창작된 텍스트에 대한 다양한 비평적 접근을 시도하는 이유는 이를 통해 80년대의 민중문학이 지니고 있는 함의, 즉 민족문학 혹은 민중문학으로 규정된 텍스트라 할지라도 그것이 당대의 사회구조적 모순을 전면적으로 포괄하는 데 일정 정도의 한계를 지고 있음을 확인하는 과정으로 이해하여야 할 것이다.

박노해 시 읽기

1. 서론

다소 원론적인 진술임을 전제로 문학은 세계와의 긴밀한 상관성을
바탕으로 이해할 수밖에 없는 태생적 한계를 지닌다. 그것은 문학의
생산자와 소비자가 모두 사회적 인간이라는 점 때문이다. 특히 문학
텍스트가 당대적 상황과 사건을 창작의 소재로 사용하였을 때 '시대'
와 '텍스트' 그리고 창작과 수용의 주체인 '인간'과의 연관성'은 더욱
긴밀해진다.

이 책에서 논의의 대상으로 설정한 『노동의 새벽』²은 1984년에 출
간되었다. '광주'로 상징화되는 대한민국의 80년대는 수사의 시대라

---

1 『노동의 새벽』이 출간된 1980년대의 문학 지형에 관한 가장 최근의 논의로는 조
동길(조동길, 「격동기 사회(1980년대)의 문학적 대응」, 『어문연구』 64호, 어문연
구학회, 2010, 329~352쪽)의 논문을 참고할 수 있다.

2 박노해, 『노동의 새벽』, 느린걸음, 2004. 인용한 텍스트의 출전과 페이지는 따로
명기하지 않는다.

기보다는 서술 의미의 중압감이 지배한 시대였다. 그러나 민주주의의 쟁취라는 정치투쟁이 인간의 생존 조건을 지배했던 80년대는 역설적으로 많은 텍스트를 생산할 수 있는 문학적 자양분을 제공하였음을 부정할 수 없다. 또한 이러한 시대적 움직임이 80년대의 노동담론이나 민중문학에 대한 논의를 더욱 활발하게 개진할 수 있는 동력이었음을 인정해야 할 것이다.

80년대적 시대성을 바탕으로 출간된 『노동의 새벽』은 '노동자의, 노동자에 의한, 노동자를 위한 시'[3], 즉 노동 해방 담론의 본격적인 출발을 알린다. 또한 노동 해방을 위한 실천 운동의 전선이 문학으로 확장되었음을 선포하는 계기가 되기도 한다. 여기서 박노해가 노동자였다는 객관적 사실은 매우 중요한 의미를 담고 있다. 그것은 박노해가 『노동의 새벽』에서 묘사한 현실이 결코 관념적이거나 피상적이지 않다는 함의이기 때문이다.

이런 점에서 '노동 현실의 구체적 체험에 깊이 뿌리박고 그 현실을 살아가는 근로자들의 절망과 슬픔, 원한과 분노의 정서를 놀랍도록 생생히 담아낼 뿐만 아니라, 이것들이 인간다운 삶을 향한 주체적 일어섬 속으로 녹아 들어가 일궈내는 민중해방의 정서를 탁월하게 보여주고 있다'[4]라는 평가는 박노해의 시를 규정짓는 한 방향으로 이해할 수 있다. 또한 박노해와 『노동의 새벽』의 등장이 80년대에 확산된 노동자, 농민, 도시 빈민 등 민중의 자기표현의 기폭제가 되었다[5]고

타자의 시 읽기, 주체의 글쓰기

3　이형권, 『한국시의 현대성과 탈식민성』, 푸른사상사, 2009, 390쪽. 이외에 한국 노동시의 개념과 사적 전개를 실증적으로 연구한 맹문재의 저서를 참조할 수 있다 (맹문재, 『한국 민중시 문학사』, 박이정, 2001).

4　채광석, 「노동현장의 눈동자」, 『노동의 새벽』, 느린걸음, 2004, 144쪽.

5　강무성, 「'저주받은 고전'의 기억, '얼굴 없는 시인'의 얼굴」, 박노해, 『노동의 새

평가하기도 한다. '한국 시문학의 일대 전복'[6], '한국 문학사를 강타한 폭풍'[7] 등의 적극적 의미 부여는『노동의 새벽』을 당대의 재현으로 해석하려는 리얼리즘적 독법[8]이 작동한 결과라 볼 수 있다.

이후 박노해의 텍스트에 대하여 '이념적 과격성과 기법적 과격성을 함께 내세운 민중시'[9]라거나 '수사적인 고민을 하지 않는 것처럼 정서를 직접적으로 드러내지만 그 바탕에는 현장에서 체득한 문제의식이 잘 녹아 있어 시적 긴장이 흐트러지지 않는다'[10]와 같은 평가가 내려진다. 이는『노동의 새벽』이 현실과 괴리된 관념의 집합체가 아니라, 실제 노동자들의 삶을 생동감 있게 묘사하고, 그 속에서 노동해방이라는 일관된 주제 의식을 담고 있기 때문이다.

이 책은 이러한 의견을 비판적으로 수용하면서 80년대 노동 담론

벽』, 느린걸음, 2004, 162쪽.

6 위의 글, 161쪽.

7 김남일, 「80년대 문학의 갈피를 들추며」,『문화일보』, 2004. 1. 7; 강무성, 위의 글, 162쪽 재인용.

8 이외에도 유성호는『노동의 새벽』에 대하여 인간 존재를 계급성의 차원에서 사유하게끔 해준 가장 유력한 민중시의 사례가 되었다고 평가한다(유성호, 「민중적 서정과 존재 탐색의 공존과 통합」,『작가연구』15호, 깊은샘, 2003, 269~287쪽 참조). 허윤회는 한국문학이 박노해라는 '노동자 시인'의 출현으로 '노동시'란 무엇인가에 대한 본격적인 질문을 할 단계에 와 있으며, 시가 '해방의 무기', 즉 도구성의 강조가 큰 흐름으로 자리 잡게 되었다고 지적한다(허윤회, 「박애의 사상―80년대 노동시에 대하여」,『작가연구』15호, 깊은샘, 2003, 289~312쪽 참조). 노철은『노동의 새벽』이 당면 과제를 해결하기에 세계관이 현실에 깊숙이 뿌리내리지 못함으로써 당시 미자각 노동자와 소통하는 적절한 방법에 대한 탐구가 미진했음에도 불구하고, 노동 계급의 리얼리즘 시로서 최초의 전범이라는 사실은 무화되지 않는다고 주장한다(노철, 「박노해 시의 리얼리즘적 성격과 의의」,『작가연구』15호, 깊은샘, 2003, 313~333쪽 참조).

9 권영민,『한국현대문학사』2, 민음사, 2004, 365쪽.

10 오세영 외,『한국현대시사』, 민음사, 2010, 494쪽.

을 대표하는 『노동의 새벽』에 형상화된 여성 이미지의 양상을 구명하는 것을 목표로 한다.[11] 이것은 80년대를 가로지르는 중대한 텍스트로 평가받는 『노동의 새벽』에 대한 새로운 가치 발견의 계기가 될 것이다. 아울러 지식인 담론으로 규정할 수 있는 다른 텍스트와의 비교를 가능하게 함으로써[12], 언술 주체에 따른 여성 이미지의 상이성을 발견하고 그 한계에 대해 고민할 수 있게 하는 한 계기가 될 것이다.

이 책의 논의와 관련하여 다수의 논문[13]에서 주장한 바와 같이 페미니즘이 텍스트의 비평 준거로 올바르게 작동하기 위해서 가장 중요한 것은 텍스트의 언술 주체와 대상의 문제이다. 페미니즘적 독법에서 언술의 주체를 누구로 볼 것인가 하는 문제는 여성 문제의 해결방법과 맞물려 작동하는 매우 중요한 전제이기 때문이다. 이것은

---

11 이와 관련한 대표적 선행 연구로는 구명숙의 논의를 들 수 있다(구명숙, 「박노해 시에 나타난 여성상 연구」, 『여성문학』 12, 한국여성문학회, 2004, 163~188쪽). 구명숙은 이 논문에서 박노해의 『노동의 새벽』과 『참된 시작』을 대상으로 페미니즘적 관점의 분석을 시도하고 있는데, 박노해의 여성상이 여성을 공적 영역으로 불러내면서도 부차적 존재로 간주하는 이중성으로 인하여 한계를 노정한다고 주장한다.

12 80년대를 대표하는 지식인 담론으로는 김남주의 텍스트를 들 수 있다. 여기에도 노동 해방 담론이 나타난다. 그러나 이것은 철저하게 지식인의 관점을 견지함으로써 노동자의 현실을 핍진하게 묘사하고 있다고 평가하기에는 무리가 따른다. 이것은 김남주의 담론이 민족 담론의 성격을 견지하고 있기 때문이기도 하고, 작가가 지식인이라는 한계 때문이기도 하다(박종덕, 「김남주 시의 탈식민성 연구」, 충남대학교 석사학위 논문, 2005, 74~86쪽 참조). 아울러 김남주의 텍스트에 나타나는 여성의 이미지는 자기 관계 내의 여성과 자기 관계 외의 여성에 대한 간극이 매우 커서 여성 문제에 대한 객관적 접근이 불가할 정도이다(박종덕, 「김남주 시의 여성 이미지 연구」, 『비평문학』 29호, 한국비평문학회, 2008, 157~188쪽).

13 박종덕, 「김혜순 시에 나타난 여성 억압의 근원과 대응 양상」, 『어문연구』 66집, 어문연구학회, 2010, 289~315쪽; 박종덕, 「여성시의 어머니-몸 구현 양상 연구」, 『비평문학』 38호, 한국비평문학회, 2010, 220~239쪽.

작가가 여성/남성인가, 또는 지식인/노동자인가 등에 따라 문제 해결의 태도와 방법론의 상이함을 전제로 논의가 시작되어야 한다는 의미이다.

2. 생의 감각과 아내, 그리고 어머니

박노해의 시에서 언급되거나 묘사되는 여성은 크게 아내, 어머니, 노동자 등이다. 물론 여성성을 기호로 지니는 대상이 "TV탈렌트", "종로거리 여자들", "여대생년들", "588여성동지"(「천생연분」)나 "술집여자"(「가리봉시장」) 등으로 제시되기도 하지만 이들에 대한 정밀한 묘파는 드러나지 않는다. 다만 이들을 수식하는 어구를 통해 박노해의 의식 층위를 짐작할 수 있을 뿐이다. 가령 "TV탤런트"는 "이쁜 걸로야" 그 누구도 따를 수 없고, "종로여자들"은 "세련미로야" 최고이며, "여대생년들"은 "고상하고 귀티 나는 지성미로야" "쳐다볼 수도 없"는 존재들이다. 주목할 것은 여자―대학생에 대한 적대감을 노골적으로 드러내고 있는 반면, 소위 매매춘 여성에 대한 언술이 상당히 유화적으로 나타난다는 점이다. 박노해가 매매춘 여성을 "동지"로 인식하고 있는 것은 매매춘 여성에 대한 계급적 동질감이 반영된 결과이다.

박노해의 텍스트에서 노동자―여성이 매매춘 여성으로 전락하는 메커니즘은 구체적으로 제시되지 않는다. 그럼에도 불구하고 여러 시편들을 통해서 자본주의적 세계에서 여성의 신체가 어떻게 자본의 논리에 의해 작동하게 되는가를 암시한다.

박노해 시 읽기

어쩌면 우리는 양계장 닭인지도 몰라
라인마다 쪼로록 일렬로 앉아
희끄무레한 불빛 아래 속도에 따라 손을 놀리고
빠른 음악을 틀어 주면 알을 더 많이 낳는
양계장 닭인지도 몰라
진이 빠져 더 이상 알을 못 낳으면
폐닭이 되어 켄터키치킨이 되는
양계장 닭인지도 몰라

늘씬한 정순이는 이렇게 살아 무엇하냐며
맥주홀로 울며 떠나고

—「어쩌면」 부분

부분적으로 인용한 텍스트에서 화자-노동자는 스스로를 "양계장"의 "닭"으로 판단하고 있다. "양계장"은 노동 현장, 즉 공장의 은유이다. "양계장"이라는 기표는 획일성이나 억압의 기의만이 아니라 폭력적 착취라는 의미를 담지한다. 그 안에 갇혀 양계장 주인, 즉 자본가의 의도대로 사육당하는 "닭"의 처지는 자본가에 의해 노동의 가치를 수탈당하는 노동자의 현실과 다를 바가 없다. 노동자의 비극성은 "진이 빠져 더 이상 알을 못 낳"는 처지, 즉 "폐닭", "켄터키치킨"이 되었을 때 극대화된다.

죽음조차도 인간적이지 못한 노동자의 열악한 삶을 은유를 통해 표상하고 있는 이 텍스트에서 주목할 인물은 "정순이"라는 여성-노동자이다. 정순이가 "맥주홀로 울며 떠나"간 이유는 "이렇게 살아 무엇하냐"는 절망적 현실 인식 때문이다. 다시 말하면 여성 노동자가 매매춘 여성으로 전락하게 되는 결정적 동인은 열악한 노동 현실, 인간적 삶이 담보되지 않는 자본주의의 구조적 착취 때문이다. 따라서 노동 현장에서 밀려난 매매춘 여성에 대한 노골적 비난을 시도하지 않고, 이들을 인간으로 이해하는 것은 박노해가 자본주의의 구조적 모순을 간파하고 있기에 가능한 것이다.

본격적으로 박노해가 묘사하는 대상 중에서 '아내'가 어떻게 인식되고 있는지를 살펴보자. 물론 여기서의 아내는 여성 노동자의 모습과 중첩된다. 다만 아내라는 기호는 자기 관계 내의 여성이라는 의미망을 형성하기 때문에 자기 관계 외의 여성 노동자와 변별한 것이다. 여성 노동자와 아내가 동일한 인물로 설정되는 경우 여성-아내-노동자는 상상의 객체가 아니라 실존하는 주체이자 노동을 공유하는 동지적 모습으로 묘사된다. 그러나 박노해가 처음부터 여성-노동자-아내를 동지적 관계로 확정지었다고 판단할 수는 없다.

> 내가 세상을 알았을 때
> 소박하고 진실한 그녀는
> 저만큼 앞서 해고자가 되어
> 또다시 어느 현장에 몸을 담고
> 어리석은 나를
> 조용히 미소지으며 손짓하고 있었다
>
> ―「당신을 버릴 때」 부분

화자-남성-노동자가 고백하듯이 화자가 "첫사랑의 소박한 그녀를" "버렸"던 이유는 "겉멋 들어" 있기 때문이다. 텍스트 내에 명시되지는 않았으나 화자가 사로잡혔던 "겉멋"은 자본주의적 가치가 강요하는 욕망과 다르지 않다. 그것은 한마디로 자본의 안락함 혹은 자본에 굴종했을 때 맛볼 수 있는 비인간적 편리함이다. 그러나 이러한 자본의 쾌락이 노동자인 화자에게 결코 부여되지 않는다는 세상의 법칙을 뒤늦게 "알았을 때" 내가 "버렸"던 그녀는 "어리석은 나"에게 "미소지으며 손짓"한다. 열악한 노동(자)의 현실을 바로세우기 위하여 아무리 투쟁을 독려하여도 꿈쩍하지 않는 "잠들은 동료들을" "병신"이라 "원망"하던 절망적 상황에서 다시 발견한 그녀는 "형제들을 믿지 못"한 화자의 어리석음을 일깨워주는 계기가 된다. 여성-노동자의 가치에 대한 새로운 인식을 보여주는 이러한 텍스트는 여성이 결코 남성에 의해 지배당하고, 양육되는 수동적 존재가 아니라는 점을 보여준다는 점에서 그 의미를 발견할 수 있다. 나아가 이러한 각성은 자기 관계 내의 여성인 아내에 대한 인식의 전환을 새롭게 하게 되는 토대가 된다.

타자의 시 읽기, 주체의 글쓰기

> 날이 밝으면 또 다시 이별인데,
> 괴로운 노동 속으로 기계 되어 돌아가는
> 우리의 아침이 두려웁다
>
> 서로의 사랑으로 희망을 품고 돌아서서
> 일치 속에서 함께 앞을 보는
> 가난한 우리의 사랑, 우리의 신혼행진곡
>
> ─「신혼일기」부분

"일주일의 노동 끝에" 화자-남편이 집으로 돌아왔을 때 "아내는 벌써 공장에 나가고 없"는 현실이 자본주의에 의해 파괴된 가정의 모습을 암묵적으로 제시한다면, "야간일을 끝내고 온 파랗게 언 아내"의 모습은 아내로 환유된 여성 노동자의 비극적 삶을 명료하게 표상한다. 그러나 박노해의 텍스트가 지니는 미덕은 질곡의 삶을 살아가는 노동자 계급의 미래를 절망적으로 묘사하지 않는 데 있다.

부부는 "이별"을 해야 하는 현실을 앞에 두고 있고, "괴로운 노동 속으로" 인간이 아닌 "기계" 취급을 받으며 살아갈 수밖에 없다. 이 지점에서 화자는 "아침이 두려웁다"는 절망감과 공포를 토로하지만 "아내"를 통하여 공포의 현실을 넘어설 힘을 얻게 된다.[14] 그러므로 "아내"는 남편의 노동 투쟁을 이해하고 격려하는 동지로서 "서로의 사랑으로 희망을 품고" "일치 속에서 함께 앞을 보는" 사람으로 인식이 확장된다.

여성-아내는 단순히 동지적 관계의 정립에 머무는 것이 아니라 남성-남편에게 새로운 삶의 가치를 일깨워주고, 생명력의 원천으로 작동하기도 한다.

토요일이면 당신이 무데기로 동료들을 몰고 와
피곤에 지친 나는 주방장이 되어도
요즘 들어 빨래, 연탄갈이, 김치까지
내 몫이 되어도
나는 당신만 있으면 째지게 좋소

조금만 나태하거나 불성실하면
가차없이 비판하는 진짜 겁나는 당신
좌절하고 지치면 따스한 포옹으로
생명력을 일깨 세우는 당신
나는 쬐끄만 당신 몸 어디에서

---

14 구명숙은 이 텍스트의 "아내"에 대하여 '늘 웃음을 잃지 않는 좋은 아내라는 관념에 길들여진 순종적인 여성의 이미지에 다름 아니다'라는 평가를 내리고 있다(구명숙, 앞의 논문, 173쪽). 그러나 아내의 웃음은 "양처"가 되기 위한 웃음이 아니라, 텍스트의 후반부에 드러나는 바와 같이 질곡의 현실을 넘어설 수 있는 원동력으로 보는 것이 타당하다.

그 큰 사랑이, 끝없는 생명력이 나오는가
곤히 잠든 당신 가슴을 열어 보다 멍청하게 웃는다

―「천생연분」 부분

화자―남편의 언술대로 "내가 당신을 사랑하는 것은" "당신이 이
뻐서"도 아니고 "젖은 손이 애처로워서"도 아니다. "당신이 오지게
좋"은 이유는 화자―남편의 "생명력을 일깨워 세우"기 때문이다. 화
자―남편의 나태함과 불성실함에 대해 가차 없는 비판을 가하기도 하
지만, 화자―남편의 절망을 "생명력"으로 일으켜 세우는 아내 앞에
서 남편은 노동 투쟁의 새로운 힘을 얻게 된다. 따라서 여성―아내는
노동 동지를 넘어 궁극적으로 화자―남편을 재생시키는 생명력의 근
원이다.

아내를 통해 삶의 원동력을 회복한 남편은 아내가 주말에 동료들
을 "무데기"로 데리고 와도 기꺼이 음식을 장만하는 "주방장"이 된
다. 뿐만 아니라 노동에 지친 여성―아내를 위해 "빨래"를 하고, "연
탄갈이"를 하고, "김치" 담그는 일까지 수행하는 공평한 가사 노동
의 분담자로 다시 태어나게 된다. 그것은 아내를 통해 '여성'이 지배
와 수탈의 대상이 아니라 '함께 세상을 살아가는 동등한 인간'이자
'투쟁의 동료'임을 깨달았기 때문이다. 결론적으로 화자―남편―남성
은 노동하는 아내―여성을 통해 대등한 노동의 가치를 인식하게 되
고, 나아가 성 역할의 평등을 전범적으로 보여주는 인간으로 재탄생
하게 된다. 이와 같이 동지적 관계로의 확장은 다름 아닌 철저한 자
기 각성의 결과물이었음을 고백하는 시편에서 박노해의 여성 의식이
매우 진보적임을 확인할 수 있다.

여성성에 대한 변증법적 각성을 노래한 이러한 텍스트와 같이 남

성-화자는 여성을 남성의 종속물로 생각했던 사고의 오류를 냉철하게 비판하며, 여성성에 대한 깨달음의 지평을 확장하고 있다.

이불홑청을 꿰매면서
속옷 빨래를 하면서
나는 부끄러움의 가슴을 친다

똑같이 공장에서 돌아와 자정이 넘도록
설거지에 방청소에 고추장단지 뚜껑까지
마무리하는 아내에게
나는 그저 밥 달라 물 달라 옷 달라 시켰었다

동료들과 노조일을 하고부터
거만하고 전제적인 기업주의 짓거리가
대접받는 남편의 이름으로
아내에게 자행되고 있음을 아프게 직시한다

명령하는 남자, 순종하는 여자라고
세상이 가르쳐 준 대로
아내를 야금야금 갉아 먹으면서
나는 성실한 모범근로자였었다

노조를 만들면서
저들의 칭찬과 모범표창이
고양이 꼬리에 매단 방울 소리임을,
근로자를 가족처럼 사랑하는 보살핌이
허울 좋은 솜사탕임을 똑똑히 깨달았다

편리한 이론과 절대적 권위와 상식으로 포장된

몸서리쳐지는 이윤추구처럼
나 역시 아내를 착취하고
가정의 독재자가 되었었다

투쟁이 깊어 갈수록 실천 속에서
나는 저들의 찌꺼기를 배설해 낸다
노동자는 이윤을 낳는 기계가 아닌 것처럼
아내는 나의 몸종이 아니고
평등하게 사랑하는 친구이며 부부라는 것을
우리의 모든 관계는 신뢰와 존중과
민주주의에 바탕해야 한다는 것을
잔업 끝내고 돌아올 아내를 기다리며
이불홑청을 꿰매면서
아픈 각성의 바늘을 찌른다.

—「이불을 꿰매면서」 전문

　　여성 문제를 지배와 착취 관계에 기초를 두는 노동 현실과 연결하여 파악하고 있는[15] 이 텍스트는 여성이 처해 있는 중층적 억압에 대한 적확한 인식을 바탕으로 자신의 가부장적이고 남성우월주의적 태도가 만들어냈던 과오를 신랄하게 비판하고 있다. 가부장제적 관점에서 본다면 결코 남성의 노동이 될 수 없는 "이불 홑청을 꿰매"는 일이나 "속옷 빨래"를 하는 행위를 통해 화자—남편은 자신의 과거에 대해 통렬히 반성한다. 그 반성을 통해 "이불 홑청을 꿰매"는 것이 여성만의 노동이 아니라 성별을 초월하여 수행하여야 하는 신성한 노동임을 인식하게 된다. 과거의 화자—남편이 "설거지"나 "방청

---

15 한국여성연구회, 『여성학 강의』, 동녘, 1994, 309쪽.

소” 따위의 노동이나 “고추장 단지 뚜껑”을 덮는 ‘사소한 노동’을 당연히 아내의 몫으로 여겼던 가부장적 모습이었다면, “노조일”을 통해 그것이 잘못된 일이었음을 깨달으면서 진정한 “민주주의”적 가치에 도달하게 되는 과정을 묘사한 이와 같은 텍스트는 남성의 이중성에 대한 통렬한 자기반성을 보여준다는 점에서 의미를 발견할 수 있다.

남성-화자가 고백하는 바와 같이 노조 활동 등의 공식적이고 대외적인 활동만을 남편의 몫으로 여겨왔던 잘못된 사고의 원인은 “세상이 가르쳐 준” 데에 있다. “세상”은 화자를 지배했던 가부장적 가치의 세계를 의미한다. 따라서 세계가 강요한 오류를 깨달아가는 과정을 노래한 이 텍스트는 단순히 개인적 자기비판의 노래가 아니라, 남성의 왜곡된 가치관을 바로잡고 여성 노동자를 남성 노동자와 동등한 위치에 자리매김해야 하는 당위성을 역설한 것으로 볼 수 있다. 각성의 과정이 마치 이불 땀을 놓듯 한 땀 한 땀 이루어지는 것으로 형상화된 부분이나, 정문일침의 따끔한 가르침이 “바늘”을 통해 이루어진다는 식의 언술은 박노해의 시가 구호의 차원에 그치고 있는 것이 아니라, 생활의 발견을 통해 이루어지는 실천 담론을 형상화했다는 점[16]에서 그 의의를 발견할 수 있다.

---

16 이에 대하여 구명숙은 “작품의 속의 여성은 자신의 억압적 상황을 스스로 타개하지 못하고 있을 뿐 아니라 자각조차 하지 못하고 있는 수동적 이미지로 그려지고 있다. 오히려 시적 화자인 남성의 시각에서 여성의 억압적 상황이 지각되고 있으며, 정신적인 면에서 남성이 여성의 삶을 주도적으로 이끌어가는 남성우월적 분위기를 나타내며, 가정에서의 남녀 불평등을 가장인 남성이 스스로 깨닫고 반성한다는 점에서 착한 남편, 진보적인 남성의 면모를 보이고 있다. 또한 가부장제를 뿌리로 하여 양산된 현모양처의 이데올로기가 작품 속의 여성 이미지를 통해 그려지고 있음을 간과할 수 없다.”라고 주장한다(구명숙, 앞의 논문, 172쪽). 그러나 이 텍스

다음으로 '어머니'가 형상화되는 양상을 살펴보기로 하자. 『노동의 새벽』에서 어머니를 대상으로 시적 형상화를 시도한 작품의 수는 많지 않다. 또한 남성이 인식하는 보편적인 어머니의 이미지와 크게 다르지 않은 양상을 보인다. 박노해의 텍스트에 나타나는 어머니는 자식을 위해 자신을 희생하며, 소박한 희망을 가진 당대의 평범한 여성으로 그려진다. 그러나 어머니는 작가—화자와 별개로 인식되는 것이 아니라 서사 과정을 거쳐 등가적 존재로 치환되고 나아가 투쟁의 당위성을 깨우치는 기제로 작동한다.

타자의 시 읽기, 주체의 글쓰기

오! 어머니
당신 속엔 우리의 적이 있습니다
어머니의 염원을
오순도순 평온한 가정에의 바람을
잔혹하게 짓밟고 선 저들은
간교하게도 당신의 비원 속에
굴종과 이기주의와 안일의 독사로 도사리며
간악한 적의 가장 집요하고 공고한 혓바닥으로
우리의 가장 약한 인륜을 파고들며 유혹합니다

이 세상에 태어나 단 한사람
어머니의 가슴에 못을 박습니다
어머니의 간절한 소원을 위하여

트의 초점은 남성 화자인 남편의 '반성'에 있다. 화자는 남성우월적 태도에서 남녀 불평등을 깨닫고 그것을 실천하는 것이 아니라, 노동자와 자본가의 불평등한 관계를 인식하는 과정에서 자신의 과오를 반성한다. 그러므로 이 텍스트에 현모양처 이데올로기가 그려지고 있다기보다는 그러한 이데올로기의 혁파 과정에 초점을 두고 이해하는 것이 타당하다.

이 땅의 모든 어머니들의 비원을 위하여
짓눌리고 빼앗긴 행복을 되찾기 위해
오늘 우리는 불효자가 되어
저 참혹한 싸움터로 울며울며
당신 곁을 떠나갑니다

—「어머니」 부분

텍스트에 묘사된 어머니는 고된 노동에 시달리며 자식을 위해 희생적 사랑을 바치는 사람이다. 또 화자—아들에게 절대적 도덕을 가르쳐주었으며, 아버지의 이름을 대신할 어머니로 묘사된다. 이 어머니의 염원은 "오순도순 평온한 가정"을 이루는 것이고, 그 비원(悲願)은 화자의 욕망과 맞닿아 있다. 그러나 화자는 어머니의 "비원"에 도사리고 있는 "굴종과 이기주의와 안일"을 발견하고 그것이 우리의 "적"임을 단언한다. 그 이유는 어머니의 "비원"인 "오순도순 평온한 가정"을 이루기 위해서는 자본가의 논리에 따라 움직이는 노동—기계가 되어야 함을 알고 있기 때문이다. 이 지점이 어머니의 비원과 화자의 비원이 상충하는 지점이다. 어머니의 비원을 이루기 위해서는 굴종이 필요하지만, 화자의 비원을 이루기 위해서는 전면적 노동투쟁만이 방법이기 때문이다.

"당신 속"의 "적"인 자본가는 "어머니"의 소박한 소망을 "간교하게" 이용하여 "굴종"과 "이기주의"와 "안일"로 "우리"를 교란하여 투쟁의 의지를 꺾으려 한다. 투쟁이 가열하게 진행될수록 자본가는 "어머니"라는 "인륜"을 앞세워 노동자인 자식을 회유하고, 자본가의 술수로 인해 어머니의 불안과 체념은 화자에 대한 원망과 애원으로 이어지게 된다. 여기서 "인륜"은 자본가의 이데올로기를 공고히

하기 위한 수단이며, 화자의 투쟁 의지를 저해하는 요소이다. 따라서 자본가가 말하는 "인륜"은 타파해야 할 또 다른 적이며, 역설적이게도 화자가 인륜을 거역하는 행위가 곧 노동 해방의 실천적 방법이 된다.

결론적으로 어머니는 투쟁의 당위성을 담보하게 하는 중요한 인물이다. 화자가 투쟁을 해야 하는 목적은 "가진 것 적어도 오순도순 평온한 가정"을 원했던 어머니의 비원을 실현하기 위함이고, 그 비원의 실현을 위해서는 자본가와의 투쟁에서 승리하는 것이 유일한 방법임을 깨우치는 어머니는 화자의 비원과 맞닿아 있다는 점에서 어머니와 화자는 일치할 수 있게 된다.

지금까지 살펴본 바와 같이 『노동의 새벽』에서 형상화되고 있는 자기 관계 내의 여성인 아내와 어머니는 남성-화자의 그릇된 인식을 바로 세우는 기제라 할 수 있다. 자본가가 강제한 일그러진 욕망은 굴종과 억압으로 얻어지는 것이지만, 화자는 그 욕망을 타파할 수 있는 깨우침을 아내-노동자를 통해 얻게 된다. 또한 어머니 역시 같은 맥락의 의미를 지닌다. 단순히 자식을 위해 희생하는 존재로 의미가 고착되지 않고, 궁극적으로 자본주의적 세계와 자본가의 타도를 실현할 수 있는 투쟁의 원동력으로 간주된다. 이런 점에서 『노동의 새벽』에 그려진 여성은 매우 발전적이며, 긍정적이라 평가할 수 있다. 수동적이고 나약한 여성성을 탈피한 이러한 여성에게서 박노해가 건설하고자 하는 세계의 일면을 추리할 수 있는데, 그것은 노동(자) 해방, 나아가 성 역할의 한계를 극복한 진정한 인간 평등의 세계라 할 수 있다.

3. 감각을 넘어선 실천의 힘, 여성 노동자

박노해의 텍스트에 드러나는 또 다른 여성은 노동자로서, 노동 주체인 여성이 핍진한 자기 고백을 하는 모습으로 형상화된다. 텍스트 내의 여성-노동자는 남성 주체와 동등한 인식의 주체로 설정되어 있으며, 노동운동의 주체로서 동일한 목소리를 내고 있다. 그러므로 적어도 박노해의 텍스트에서 여성은 말하지 못하는 하위 주체가 아니라, 자신의 정당한 요구를 당당하게 주장하는 또렷한 목소리를 가진 말하는 주체, 실천 운동의 주체로 형상화되고 있다. 물론 말하는 여성의 모습은 생득적인 것이라기보다는 변증법적 자기반성을 통해 완성된 여성이다.

우선 말하는 여성-노동자 중에서 '누나'를 살펴보자. 누나의 노동을 착취하는 것이 자본주의적 현실이라면 여성 노동의 수혜자는 우선은 가족이다. 환언하면 누나의 희생을 통해 가족들의 삶이 영위되는데, 특히 동생을 위한 누나의 희생이 그려지는 「영어회화」를 살펴본다. "누나"의 동생인 "중학생 영석이"는 "영어회화 듣기평가 시험에/카세트 테이프가 없어서/잘사는 집 애들보다 점수가 뒤진다며/자정이 넘도록 영어책을 읽다가/잠꼬대로까지 중얼거"리며 영어를 외운다. "미국 전자회사 공순이"인 누나는 "오버타임"을 더 해서라도 동생에게 "카세트 테이프"를 사주겠노라는 약속을 한다. 이 지점까지는 여타의 텍스트와 변별점이 없다. 소극적이고 희생적인 누이, 아버지를 대신하는 누나의 전형적 모습으로 그려지고 있기 때문이다. 그러나 박노해의 텍스트에 나타나는 여성 노동자의 모습이 긍정적 가치를 담보하고 있다고 평가하는 근거는 다음과 같은 구절 때문이다.

누나는 못 배워서
무식한 공순이지만
영석이 너만은 공부 잘해서
꼭 꼭 훌륭한 사람 되거라
하지만 영석아
남 위에 올라서서
피눈물 흘리게 하지는 말아라
네가 영어공부에 열중할 때마다
누나는 노조에서 배운
우리나라 역사가 생각난다

—「영어회화」 부분

　　"무식한 공순이"인 누나의 소망은 동생 "영석이"가 "훌륭한 사람"
이 되는 것이다. 그런데 누나가 생각하는 "훌륭한" 사람은 자본주의
적 기준에 부합하는 훌륭함이 아니라는 점에서 여성 화자의 진보성
이 드러난다. 가난을 벗어나기 위한 한 방법으로서, 상층계급으로 편
입하기 위한 수단으로서의 공부가 아니라는 점에 주목할 필요가 있
다.

　　누나는 영어공부를 하는 동생의 모습을 보며 "노조에서 배운 우리
나라 역사"를 되새긴다. "말도, 글도, 성도, 혼도 빼앗"기고, "마침내
노동자의 생명까지도 차근차근 침략하던 일제하 조선어 말살"을 생
각하는 것이다. 나아가 누나는 "영어"를 공부한 동생이 자본가의 이
익을 　대변하는 소위 '시카고의 자식들(Chicago's Boys)' [17]이 될 현실
의 가능성에 대하여 심각한 우려를 표명하고 있는 것이다.

---

17 김동춘, 『미국의 엔진, 전쟁과 시장』, 창비, 2004, 158쪽.

텍스트 내에서 누나는 표면적으로는 "무식한 공순이"에 지나지 않는, 동생을 가르치기 위해 자신을 희생하는 인물이다.[18] 그러나 여성-누나는 역사에 대한 냉철한 시각을 지닌 인물이라는 점을 간과할 수 없다. 환언하면 여성-누나의 희생은 가족의 신분 상승을 위한 소모적 희생이 아니라, 왜곡된 우리나라의 역사를 바로잡을 수 있는 새로운 세대를 길러내기 위한 희생이라는 점에 그 가치가 있다.

이와 같이 발전적인 여성-노동자의 모습은 『노동의 새벽』에 일관되게 형상화되고 있다. 다음의 텍스트는 여성-노동자의 자기 각성을 형상화한 것으로 수동적이고 소극적인 자아에 대한 자기반성과 비판을 통해 노동 주체가 되어가는 과정을 노래하고 있다.

①
시다 시절
훤칠한 미남에다
눈매와 뒷모습이 사슴처럼 쓸쓸해 뵈는
검사반 진수가 좋아
밤늦도록 그 가을을 함께 걸었지만
갈수록 내 가슴은 마른 낙엽이었지

---

18 구명숙은 이 텍스트의 "누이"에 대하여 '자신의 정체성을 남동생이라는 타자를 통해 실현하려고 하는 전통적인 가부장적 관습에 젖어 있는 수동적이고 비주체적인 여성의 이미지'로 이해하고 있다(구명숙, 앞의 논문, 183쪽). 그러나 여기서 "누나"의 욕망은 타자를 통한 정체성 실현에 있다기보다는 여성적 관점에서 바라본 올바른 세계의 구현과 그 당부에 있다고 보는 것이 타당하다. 다만 그 실현의 주체가 왜 여성이 되지 못하였는가와 같은 질문을 부가적으로 제기할 수 있겠으나, 이는 당대적 상황(아버지를 대신한 가장)에 대한 고려를 통하여 해명될 수 있을 것이다.

②

점심 후 재단반에 바람이 일어
2년째 얼어붙은 임금 50% 인상하라
주저앉아 제끼고
국만이는 나를 붙들고
단결하면 이길 수 있다고, 더 이상 이용당하지 말자고
눈을 빛내면서 설득을 한다

③

참다운 남자란 이런 남자라고
일생을 함께하며 내 모든 것을 다 주어도
기쁨으로 살아날 진짜 남자라고
어떤 고난도 함께 싸워 나가리라고
두근거리는 가슴을 안으며
활시위처럼 팽팽하게
나를 가다듬는다.

— 「남성편력기」 부분

타자의 시 읽기, 주체의 글쓰기

임의로 번호를 붙인 이 텍스트는 크게 세 부분으로 나눌 수 있다. ①은 노동자인 여성 화자의 미몽의 상태로 볼 수 있고, ②는 각성의 계기로, ③은 각성의 내용을 서술한 것이다. ①에서 화자−여성−노동자는 표면적으로는 직급의 변화를 겪는다. 그러나 그것은 신분의 변화라고 볼 수 없다. 왜냐하면 화자의 신분은 여전히 노동자인데, 다만 화자 자신이 직급의 변화를 신분의 상승으로 오인하고 있을 뿐이기 때문이다. ①에서 고백하는 바와 같이 "시다−미싱사−조장−반장"으로 직급이 변화할 때 만난 "진수", "대학생", "김과장", "정열이", "영훈씨" 등은 결코 화자의 욕망을 채워줄 수 있는 사람들이 아니다.

화자의 사랑이 실패하게 된 것은 화자의 욕망을 그들이 충족시켜줄 수 없었기 때문이기도 하고, 반대로 그들의 욕망과 화자의 욕망이 일치하지 않았기 때문이기도 하며, 경우에 따라서는 계급적 한계가 그들의 사랑을 가로막았기 때문이기도 하다. 화자의 욕망은 "훤칠한 미남", "미치게 배우고 싶어", "돈 잘 쓰고" "인간미 넘치는", "내 불안한 존재를 듬직하게 안아 줄", "성실하고 가정적인" 등으로 형상화된다. 화자의 욕망은 자본주의적 욕망이기도 하고, 인간다운 삶에 대한 욕망이기도 하다.

그러나 현실은 자본가를 위한 노동자의 일방적 희생만을 강요할 뿐이었으며 그 결과 화자-여성-노동자에게 남은 것은 "50만 원짜리 월세 한 칸"과 "월부 카세트 하나"와 "진이 빠진 스물다섯 육신"이다. 실현 불가능한 욕망과 자본가 혹은 그의 대리인에 대한 환멸의 과정을 거쳐 화자는 노동자 "국만이"를 통하여 각성의 계기를 갖게 된다. 엄밀하게 말하면 화자의 내면에 잠재해 있던 새로운 욕망을 "국만이"가 도출해낸 것으로 볼 수 있다. 그러므로 "국만이"는 화자가 올바른 욕망을 갖게 하는 변증법적 기제라 할 수 있다.

이 텍스트에서 화자-여성-노동자의 '-되기'는 현상의 변화를 넘어선 본질의 변화를 보여준다. 말단 생산직 노동자에서 중간 관리역의 노동자로 직급이 상승했음에도 불구하도 여성 노동자의 현실은 달라진 것이 없다. 도리어 같은 노동자를 착취하기 위해 회사의 명령에 충실히 따르는 모습에서 자본가의 교묘한 노동 착취를 발견하게 한다. 부조리한 현실에서 화자-여성-노동자는 "이래서는 안 된다"라는 현실에 대한 각성을 시도한다. 이러한 각성이 남성-노동자와의 동지적 투쟁에 의해 실현될 수 있으리라는 희망을 화자는 보여준다. 다시 말하면 화자는 여성 노동자의 궁극적 사랑이 어떠해야 하는가를 증명하고 있다. "어떤 고난도 함께 싸워나가리라고" '함께' 다짐할 수 있는 남자, 동지애적 사랑의 실천을 보여줄 수 있는 남자야말로 진정하게 여성의 평등을 실현시켜줄 수 있는 남자임을 깨달아가는 이 텍스트는 여성을 단순히 수동적인 존재로만 그리고 있지 않다는 점이나, 투쟁의 주체가 남성과 여성의 합일된 주체여야 함을 정확히 간파하고 있다는 점에서 주목할 만하다.

또한 여성-노동자가 등장하는 다음과 같은 텍스트는 사적 담론에 천착하지 않고, 노동을 통해 분열된 사회를 하나로 묶어내고자 하는 거시적 담론의 가치가 드러난다는 점에서 중요하다.

타자의 시 읽기, 주체의 글쓰기

> 긴 공장의 밤
> 시린 어깨 위로
> 피로가 한파처럼 몰려온다
>
> 드르륵 득득
> 미싱을 타고, 꿈결 같은
> 미싱을 타고
> 두 알의 타이밍으로 철야를 버티는
> 시다의 언 손으로
> 장밋빛 꿈을 잘라
> 이룰 수 없는 헛된 꿈을 잘라
> 피 흐르는 가죽본을 미싱대에 올린다
> 끝도 없이 올린다
>
> 아직은 시다
> 미싱대에 오르고 싶다
> 미싱을 타고
> 장군처럼 당당한 얼굴로 미싱을 타고

언 몸뚱아리 감싸 줄
따스한 옷을 만들고 싶다
찢겨진 살림을 깁고 싶다

떨려 오는 온몸을 소름치며
가위질 망치질로 다림질하는
아직은 시다,
미싱을 타고 미싱을 타고
갈라진 세상 모오든 것들을
하나로 연결하고 싶은
시다의 꿈으로
찬바람 치는 공단거리를
허청이며 내달리는
왜소한 시다의 몸짓
파리한 이마 위로
새벽별 빛나다.

―「시다의 꿈」 전문

제시된 텍스트의 여성-화자는 미싱을 타는 "시다"에 지나지 않는
다. 견습 직공 "시다"인 화자의 소망은 "미싱"을 타는 것이다. 화자
가 "미싱"을 타고자 하는 일차적 목표는 명백하다. 그것은 "찢겨진
살림을 깁고 싶"기 때문이다. 이것은 자신이 더 많은 돈을 벌어 경제
적 궁핍함에 시달리고 있는 가족을 부양해야만 하는 보통의 여성-노
동자의 소망과 일치한다. 그러나 이 텍스트의 화자를 높게 평가할 수
있는 근거는 이러한 소망이 개인적 차원에 머물러 있지 않다는 점이
다. 화자가 "미싱"을 타고자 하는 궁극의 목적은 "갈라진 세상 모오
든 것들을 하나로 연결하고 싶"은 데 있기 때문이다.

화자가 인식하는 "갈라진 세상"이란 노동의 가치가 제대로 인정받지 못하는 불합리한 세계이다. 노동 현장의 열악함으로 인하여 "두 알의 타이밍으로" "철야를 버티는" 어린 여공의 모습은 인권이 철저하게 유린된 공장 노동자의 "갈라진 세상"을 적확하게 묘사한다. 나아가 정치적 함의로 확장하여 해석한다면 분열을 야기하는 모든 것들이 "갈라진 세상"의 의미망에 포섭될 것이다. 이와 같이 분열된 세상을 하나로 묶어낼 수 있는 원동력을 여성-노동자의 노동에서 찾고 있다는 점은 박노해가 인식하는 노동의 궁극적 가치가 어디에 있는가를 잘 보여준다. 나아가 여성의 노동이 왜곡된 자본주의를 타파할 수 있으리라는 희망을 내포하고 있다는 점에서 주목할 만하다.

지금까지 살펴본 바와 같이 『노동의 새벽』에 묘사된 여성-노동자는 비록 자기 관계 외의 여성임에도 불구하고 상당히 일관성 있게 묘사된다. 여성-노동자는 단순히 일하는 기계의 차원에 머물러 있지 않다. 자본가의 수탈에 노동을 착취당하는 피해자의 모습으로만 그려진 것이 아니라, 일그러진 현실에 대한 정확한 인식을 할 수 있는 능동적 주체로 묘사된다. 경우에 따라 왜곡된 현실을 바로잡기 위해 기꺼이 투쟁의 전선에 뛰어들 준비가 된 실천적 주체의 모습을 보여준다는 점에서 여성-노동자의 가치를 새롭게 발견하게 된다.

4. 결론

이 책은 『노동의 새벽』을 노동 담론의 한 전형으로서 독해했던 기왕의 관점에서 벗어나 그 안에 형상화된 여성 이미지에 대한 연구를 시도하였다. 이것은 중층적 억압에 노출된 여성의 실체가 노동자 시인의 텍스트에 어떻게 형상화되어 있는가를 살피고, 여성 노동자의 이미지에 균열이 가지 않았는가를 반성적으로 살피려는 의도였음을 밝힌다.

이 책에서 살펴본 바와 같이 『노동의 새벽』에는 다양한 여성의 이미지가 형상화되어 나타난다. 우선 자기 관계 내의 여성이라 규정할 수 있는 아내와 어머니의 모습이다. 먼저 아내는 남성-화자와 동등한 노동 주체이지만 남성-화자가 처음부터 이를 인지하고 있는 것은 아니다. 노동 해방을 위한 학습과 그것을 토대로 한 운동과 투쟁의 과정에서 여성-노동자-아내 역시 자신과 동일한 계급의 인간임을 인식하게 된다. 이러한 인식의 전환이 비록 외부적 학습의 결과처럼 보이지만, 여성-노동자-아내에 대한 새로운 인식의 전환이 남성-화자의 체화를 통해 이루어지고 있음을 고백하는 다수의 텍스트를 통해 작가가 지닌 의식의 층위가 매우 발전적인 것임을 확인하였다. 이것은 작가가 지향하는 세계가 견고한 자본주의의 타파를 통한 노동 해방에 머물지 않고 궁극적으로는 인간 해방을 지향하고 있음을 의미한다는 점에서 주목해야 한다.

어머니를 소재로 한 텍스트의 양은 상대적으로 많지 않다. 표면적으로 어머니는 자식을 위해 희생하는 절대선의 양상을 드러낸다. 그러나 화자는 어머니를 통해 자본가의 교묘한 수탈과 억압을 발견하게 되고, 어머니의 비원을 이루기 위해서는 어머니의 소망과 반대로 투쟁의 길에 나설 수밖에 없음을 고백한다. 직접적으로 어머니가 투쟁의 원동력임을 고백하고 있지 않음에도 불구하고 역설적으로 어머니를 통해 투쟁의 이유를 선언하는 이러한 텍스트를 통해 남성-화자가 인식하는 어머니에 대한 의식을 살펴볼 수 있다.

자기 관계 외의 여성으로 설정된 여성-노동자의 모습도 매우 일관적이다. 기계적 도식주의의 관점에서 탈피하여 자기 고민에 빠진 여성-노동자의 모습을 보여주기도 하고, 인식의 한계를 자각한 후에 이루어지는 주체적 자의식의 확보 과정에 집중함으로써 여성-노동자의 자발성을 구체적으로 묘사하고 있다는 점을 주목할 수 있다.

『노동의 새벽』에 등장하는 여성은 남성-화자와 대등한 양상을 보였다. 그것은 남성-화자가 노동자로서 노동 해방 투쟁의 동지로 여성을 인식하고 있기 때문이다. 박노해는 여성-노동자가 스스로의 존재 가치를 확인해나가는 과정을 변증법적으로 형상화함으로써 여성-노동자의 노동이 세상의 모순을 극복할 수 있는 원동력이 될 수 있다는 인식을 보여준다. 이것은 박노해가 여성성 혹은 모성을 발전적이고 긍정적으로 인식한 결과로 보인다. 아울러 남성 작가-화자가 가부장적 이데올로기를 극복하는 과정을 보여줌으로써, 남성과 여성의 이분법적 사고를 모범적으로 극복할 수 있는 가능성을 열어두었다는 것이 박노해 텍스트의 미덕이라 할 수 있다. 결론적으로『노동의 새벽』에는 '여성'이 등장할 뿐만 아니라, '여성 문제'에 대한 적극적 문제 제기와 변증법적 극복 양상이 드러나고, 그것을 통해 궁극적으로는 '인간 문제'를 해결할 수 있다는 전망이 제시되고 있다.

이연주 시 읽기

1. 서론

자본주의 시대에서 문학 텍스트의 생산과 수용은 자본의 논리와 맞물려 작동하는 것이 일반적이다. 그것은 문학과 세계와 인간이 상호 길항하기 때문이다. 경우에 따라 문학 텍스트가 시대를 선도하고 새로운 조류를 형성하기도 하고, 혹은 시대적 흐름에 의해 문학 텍스트가 규정되기도 한다. 이런 면에서 문학 텍스트는 세계를 비판적으로 성찰할 수 있는 유리창의 역할을 담당할 수 있게 된다.

자본주의적 세계 안에 존재하지만 존재 의의는 불완전한 양상을 보이며, 극단적인 경우에 소거되기도 하는 대표적인 여성이 성매매 (prostitution)[1] 여성이다. 자본주의적 세계 안에서 은밀히 혹은 노골

---

1 이 용어에 대한 설명은 서울대 여성연구소 기획, 이재인 편, 『성매매의 정치학』, 한울아카데미, 2006, 239~267쪽을 참조할 것. 이 용어와 유사한 "윤락행위"에 대한 설명은 조국 편, 『성매매 ― 새로운 법적 대책의 모색』, 사람생각, 2004, 213~224쪽을 참조할 것. 이 두 용어의 차이는 전자와 달리 후자는 윤락행위를 한

적으로 이루어지고 있는 성매매와 그것에 직간접적으로 종사하고 있는 여성이 존재함에도 불구하고 세계는 이들에 대해 말하기를 꺼려왔던 것이 사실이다. 또한 성매매를 성노예로 볼 것인가 아니면 성노동으로 볼 것인가²에 대한 질문에 분명히 성노예로 인식하고 있음에도 불구하고³ 세계는 매매춘 여성들에게 비난과 의혹의 눈길을 보낸다. 그것은 도덕적 가치 기준과 법률의 범주에서 어긋나 있는 이들의 행위가 결코 사회적으로 용인되지 못하며, 사회악으로 은유화되기 때문이다. 따라서 매매춘 여성들은 세계 안에서 부도덕한 자로 낙인찍힌다.

산업사회를 거치면서 여성이 매매춘의 대상으로 전락하게 되는 과정을 언급한 다양한 텍스트들, 예를 들면 영화⁴ 등의 장르에서 매매춘 여성으로의 전락은 개인의 선택이 아니라 사회구조적 모순에 의해 나타난 결과임이 명징하다. 그러나 세계는 그들을 사회질서를 파괴하는 범죄자로 취급하거나 또는 병적 존재로서 치유를 필요로 하

타자의 시 읽기, 주체의 글쓰기

자, 즉 여성에게만 초점을 맞추어 성매매의 문제를 모두 여성에게 전가시킨다는
데 있다.
2 다자키 히데야키 편, 김경자 역, 『노동하는 섹슈얼리티』, 삼인, 2006, 7~8쪽 참조.
우리나라에서도 성매매에 종사하는 여성을 '성노동자'로 호명하기도 한다. 2005
년 6월 29일, 스스로를 '성노동자'로 규정한 성매매 종사자들이 나서 '성노동자의
날'을 선포하고, 성노동자 노동조합인 '전국성노동자연대'를 출범시키기에 이르
렀다(위의 책, 323~324쪽 참조).
3 이에 따르는 중요한 문제는 성매매를 처벌할 것인가와 관련된 문제이다. 성구매
남성을 제외하고 단순 성매매 여성만으로 한정했을 때 보수적 도덕주의나 도덕적
여성주의의 입장에서는 성매매 여성도 처벌해야 한다는 입장이다. 그러나 자유주
의적 여성주의나, 사회주의적 여성주의, 급진적 여성주의의 입장에서는 이들을 처
벌하지 말아야 한다고 주장한다(조국, 「성매매에 대한 시각과 법적 대책」, 조국
편, 『성매매─새로운 법적 대책의 모색』, 사람생각, 2004, 24쪽 참조).
4 이효인, 『영화로 읽는 한국사회문화사』, 개마고원, 2003, 285~289쪽 참조.

는 환자 이상의 시선을 거두지 않는다. 이 기형적 존재에 대하여 사회는 동정과 연민의 관점이 아니면 사회악으로의 관점을 견지하는 이중적 태도로 받아들였다.

이 책은 이러한 매매춘 여성의 삶을 정면에서 호명한 이연주의 『매음녀가 있는 밤의 시장』[5]을 분석할 것이다. 이 책은 선행 연구[6]에 대한 비판적 수용과 성매매에 대한 이론적 논구를 전제로 이연주의 시에 형상화된 매매춘 여성의 삶과 자본주의적 세계의 상관성에 대한 구명을 목적으로 한다. 이것은 개인이었던 여성이 자본주의적 세계 안에서 어떻게 사회적 여성의 삶으로 전화되는가에 대한 한 해명을 제시할 것이다. 아울러 자본에 의해 세계의 변방으로 밀려난 매매춘 여성을 세계가 어떻게 이해하고 바라보는가와 반대로 매매춘 여성의 눈은 세계를 어떻게 목도하고 인지하는가와 같은 질문에 대한

---

5 시집의 서지자료는 다음과 같다. 이연주, 『매음녀가 있는 밤의 시장』, 세계사, 1991. 인용 페이지는 따로 명기하지 않는다.

6 윤향기, 「한국 여성시의 에로티시즘 연구」, 경기대학교 박사학위 논문, 2009; 정순영, 「여성시의 무당적 상상력에 관한 연구: 김혜순·이연주·김언희 시를 중심으로」, 중앙대학교 석사학위 논문, 2009; 신정남, 「이연주 시의 욕망의 표현 양상 연구」, 단국대학교 석사학위 논문, 2006(이상 학위 논문); 김승희, 「한국 현대 여성시의 고백시적 경향과 언술 특성: 최승자, 박서원, 이연주를 중심으로」, 『여성문학연구』 통권 18호, 한국여성문학회, 2007, 235~270쪽; 양광준, 「이연주 시의 공간 연구」, 『비평문학』 30호, 한국비평문학회, 2008, 45~63쪽; 이재복, 「몸과 죽음의 언어: 이연주론」, 『현대시학』 372호, 2000, 232~246쪽; 정효구, 「살기 위해서 선택한 죽음: 이연주론」, 『현대시학』 341호, 1997, 213~235쪽; 문선영, 「추의 미 발견으로서 아웃사이더의 독백」, 『오늘의 문예비평』 통권 제5호, 1992, 166~179쪽(이상 학술 논문 및 비평문). 이연주의 시를 부분적으로 언급하고 있는 저작물에는 다음과 같은 것이 있다. 김경복, 「한국현대시의 성적 표현과 이데올로기」, 김형자 외, 『한국현대문학의 성과 매춘 연구』, 태학사, 1996, 230~231쪽; 문선영, 「현대시에 나타난 여성성의 의미망」, 김형자 외, 위의 책, 273~285쪽.

해답을 제공하리라 기대한다.

2. 자본의 세계와 인간의 불화

표제인 "매음녀가 있는 밤의 시장"은 텍스트 전체를 함축하며, 세계에 대한 이연주의 의식을 응집한 것으로 볼 수 있다. "매음녀–밤–시장"이라는 기표의 융합은 그녀를 매매춘 여성으로 오해하게 할 만큼' 일그러진 세계를 적나라하게 형상화하는 데 기여하고 있다. "매음녀"는 몸을 팔아 살아가는 여성이다.[8] 여성의 몸이 매매의 대상이 된다는 것은 여성의 몸이 자본으로 치환되는 지점[9]을 보여준다. 육체

7 고현철, 「현대시의 성 표현과 주제의식」, 김형자 외, 위의 책, 200쪽.

8 이연주의 대타인 '매음녀'는 몸을 판다는 의미에서 '양공주'와 맥락을 같이하지만, 엄밀한 의미의 '양공주'와는 다르다. '양공주'는 1950년대 한국전쟁 이후 외국 남성(특히 군인)을 상대했던 성매매 여성을 일컫는 말이다. '양공주'와 비슷하게 '망국녀', '양갈보', '기생충', '양키창녀', '양키마누라', '유엔레이디', '유엔마담' 등의 말이 쓰였다고 한다. 이러한 용어들은 외국 남성을 상대로 군대 매춘에 종사하는 한국 여성을 성매매라는 위계에서도 최하위로 전락시키고 있음을 나타낸다. 한편 한국전쟁이 끝난 후에는 미국인과 결혼한 한국 여성들('GI신부'라는 조롱 섞인 말로 부르기도 했다)까지도 '양공주'라는 말로 포괄했다. 그래서 전후 한국에서 '양공주'라는 용어는 'GI신부'와 동의어가 되었으며, 인종간 결혼을 한 한국 여성들 또한 '양공주'로 간주되었다. 김연숙, 「국가의 경계에 서 있는 여성의 섹슈얼리티—'양공주'를 중심으로」, 한국여성연구소, 『여성의 몸: 시각 · 쟁점 · 역사』, 창비, 2005, 201쪽.

9 자본주의 세계경제 체제의 확립과 더불어 다양한 종류의 성 산업이 번창하기 시작했다. 현대 자본주의 체제에서 성의 상품화는 거의 모든 사회현상과 결부되어 나타난다(김은경, 「한국의 성매매 현황과 형사법적 대응실태」, 조국 편, 『성매매—새로운 법적 대책의 모색』, 사람생각, 2004, 125쪽). 문학 텍스트뿐만 아니라 광고를 포함하는 문화 전반, 나아가 교육에 이르기까지 성과 자본주의의 관계는 긴밀하다. 성적 이미지를 이용한 광고에 대해서는 김홍탁의 책(김홍탁, 『광고, 리

의 매매는 구매자가 있음을 전제한 것이기에 그 구매자는 당연히 남성이 된다. 따라서 남성은 여성을 매매의 대상으로 인식하는 폭력적 가해자가 된다. 그런 면에서 "매음녀가 있는 밤의 시장"의 주인은 언제나 항상, 그리고 변함없이 남성일 수밖에 없다.

아울러 "밤"은 매매춘이 이루어지는 시간으로, 매음녀가 살아가는 절망의 시간을 환유한다. 드러낼 수 없는 시간의 행위는 곧 매음녀의 삶이 겉으로 드러날 수 없는 행위임을 말한다. 또한 숨길 수밖에 없는 은밀함은 매음녀의 왜곡된 삶이 바로잡힐 수 있는 가능성이 전무하다[10]는 사실을 함의한다.

마지막으로 "시장"은 왜곡된 세계를 표상한다. 세계의 모든 구성물이 매매의 대상으로 전락해버린 곳이기에 정신적 가치가 부재하는 공간이 시장이다. 나아가 이 공간은 자본주의적 가치가 인간을 억압하는 몰아적 공간임을 드러낸다.

이와 같이 자본에 의해 은밀히 매매되는 여성의 몸에 대한 기록이 이연주 시를 관통하는 하나의 큰 주제이다. 주체인 "매음녀"와 시간인 "밤", 그리고 공간인 "시장"으로 직조된 이연주의 시편에서 매매

이연주 시 읽기

비도를 만나다』, 동아일보사, 2003)을 참조할 수 있다.

10 많은 사회학자, 여성학자, 법학자들에 의해 매매춘 여성의 사회 복귀에 대한 논의가 실천적으로 이루어지고 있다. 그럼에도 불구하고 성매매 근절과 성매매로 인한 피해 여성에 대한 구제와 관련한 논의에 대한 확정적인 대답을 얻기 어려운 것은 제도의 차원이 갖는 모순 때문만은 아니다. 이것은 성매매 근절을 위한 일관적이고 단선적인 전략이 존재할 수 없으며, 다양한 상황적 전략만이 존재할 뿐이기 때문이다(원미혜, 「늑대를 타고 달리는 여자들과 함께」, 막달레나의 집 편, 『용감한 여성들, 늑대를 타고 달리는』, 삼인, 2002, 48쪽. 여기서는 조국, 앞의 논문, 26쪽 참조). 혹은 성매매의 해결은 다른 누구도 아닌 그 모순의 담지자인 성매매 여성 자신의 자각과 실천을 통해서 가능한 것(조국, 위의 논문, 27쪽)이라는 다소 원론적인 진술만이 남는다.

춘 여성의 삶은 매우 그로테스크하게 묘사된다. 여기서 우리는 왜 자본주의 시대의 여성이 "매음녀"가 되어 "밤"의 "시장"에서 매매되는 상품으로 전락하는가와 같은 질문에 봉착하게 된다. 이를 해명하기 위해 우선 자본주의적 세계를 살아가는 인간을 살펴볼 필요가 있다.

바람난 에미가 도망치고 애비가 땅을 치고 울고

애비가 섰다판에서 날을 새고
그 애비의 아이가
애비를 찾아 섰다판 방문을 두드리고

본드 마신 누이가 찢어진 속옷을 뒤집어 입고
지하상가 쓰레기장 옆에서
면도날로 팔목을 긋고

세 살 난 막내가 절룩, 절룩 자라가고
에미 애비와 누이의 일들을 거침없이 이해하고

오늘, 밤마다 도시가 하나씩 함몰되고, 나는
등불에서
등심지를 싹둑, 싹둑 잘라내고

— 「가족사진」 전문

이연주는 자본에 의해 해체된 가족을 매우 냉소적인 시선으로 그려낸다.[11] 이연주가 묘사하는 가족은 건강한 삶의 토대가 아니라 철

---

11 임영선은 텍스트 내에서 묘사되는 현실을 이연주가 부정적으로 인식하지 않음을

저하게 해체되어 있다.[12] 이 극단적인 해체의 양상은 인접성에 의한 환유를 통해 구체화된다. 모성의 상징인 어머니는 바람이 나서 도망을 쳤으며, 가족 공동체의 수장으로 간주되는 아버지는 자본주의적 욕망의 상징인 도박에 빠져 있다. 아이는 "섰다판"으로 아버지를 찾아 헤매고 있으며, 누이는 강간을 당하고 자살을 (기도)하였다. 그러나 무엇보다 경악스러운 것은 해체된 가족의 극단적 양상을 거침없이 "이해하"는 "세 살 난 막내"의 모습이다. "막내"가 "절룩, 절룩"자라는 것은 "막내"의 삶, 즉 남겨진 가족의 삶이 결코 온전하지 못한 불구가 되리라는 예언이고, 또한 왜곡되고 일그러진 아버지와 어머니, 누이의 삶을 그대로 "막내"가 답습하게 될 것이라는 경고이다. 가족의 해체는 나아가 "도시가 하나씩 함몰"되는 결과를 가져오게 되는데 이는 가족공동체의 해체가 사회공동체의 해체와 직결됨을 의미한다.

어머니의 "바람"은 어머니가 성적 욕망에 충실한 인간임을 직설적으로 드러낸다. 그러나 어머니의 욕망이 오직 성적 욕구에 집중되어

지적한다. 그 이유는 겉으로 보여지는 세상은 항상 삶과 죽음, 밝음 속에 어두움이 공존하는 모습들로 가득 차 있기 때문이라 설명한다. 임영선, 「한국 여성시 비교 연구 ― 이연주, 박서원의 시를 중심으로」, 『문명연지』 제25호, 한국문명학회, 2010, 165~166쪽 참조.

12 가족의 해체가 곧바로 여성을 성매매 여성으로 전화시킨다고 단언하는 것은 무리가 있다. 그러나 매매춘 여성으로서의 삶을 경험했던 이들의 고백을 통해 가족 해체가 성매매 여성으로의 전화에 상당한 동인이 되고 있음을 확인할 수 있다. (사)성매매피해여성지원센터 살림 편, 『너희는 봄을 사지만 우리는 겨울을 판다』, 삼인, 2006, 참조. 이 책은 실제 부산 지역에서 성매매에 종사했던 여성들의 글쓰기 프로젝트를 진행한 결과물을 엮은 것으로 대다수의 성매매 여성들이 부모의 이혼, 새어머니나 새아버지의 폭력으로 인하여 가출을 하게 되고 결국 성매매에 종사할 수밖에 없는 과정을 수기 형식으로 기술하고 있다.

있다고 단언할 수는 없다. 그것은 아버지와의 관계를 통해서 해명이 가능할 터인데, 아버지는 도박에 빠져 있다. 아버지는 당연히 가정의 경제를 책임질 능력이 결여된 사람이다. 그러므로 어머니의 "바람"은 표면적 의미와 달리 경제적 궁핍함을 한 원인으로 지적할 수 있다. 따라서 "바람"과 아버지의 '도박'이라는 두 가지 사실을 고려하면 가정의 해체는 결국 자본, 즉 돈의 문제로 직결된다. 나아가 가족의 해체는 인간을 개별자로 전락시켜 세계의 폭력 앞에 무방비 상태로 놓이게 됨을 보여준다.

> 우리는 버려진 시계나 고장난 라디오
> 헌 의자카바나 살대가 부러진 우산이다
>
> 못쓰는 주방용품 오래된 석유난로 팔아요
> 낡은 신발짝이나 몸에 안맞는 옷가지들
> 짐이 되는 물건들 삽니다
>
> 우리는 구겨진 지폐와 몇개의 백동전
> 우리는 끊어진 전선줄이다
>
> 수신도 송신도 없다
>
> ─「폐물놀이」 전문

　　화자가 지칭하는 "우리"는 세계의 변방에 서 있는 타자들이다. "우리"는 예정된 매음녀이거나 가족의 해체를 목도하며 불구로 성장한 "막내"이다. 이러한 화자의 모습은 "버려진", "고장난", "못쓰는", "오래된", "낡은", "안맞는", "짐이 되는", "구겨진", "끊어진"

"폐물"로 형상화된다. 새로울 것 없는 사물들의 연속이 시적 긴장을 형성하는 지점은 "수신도 송신도 없다"라고 화자가 단언하는 부분이다. 이미 폐기처분된 물건들이기에 세계 안으로 수용될 가능성도 없고, 세계 안으로 들어갈 욕망까지 거세하고 살아가는 약자의 삶을 "놀이"라고 인식하는 페이소스가 별다른 수식 없이 건조하게 서술되어 텍스트의 긴장감을 유지시킨다.

"버려진 시계", "고장난 라디오", "헌 의자카바", "살대가 부러진 우산" 등은 자본주의적 관점으로 본다면 결코 자본을 창출하지 못하는 "폐물"에 지나지 않는다. 세계는 "못쓰는 주방용품"이나 "오래된 석유난로", "낡은 신발짝", "몸에 안맞는 옷가지들", "짐이 되는 물건들"조차 자본의 가치로 치환하여 구매하려고 한다. 이렇듯 자본주의는 "폐물"의 구매를 통해 또 다른 재화를 창출하고자 하는 욕망을 드러낼 뿐이다. 그러나 자본주의적 세계 안에서 물화된 인간은 "구겨진 지폐", "몇개의 백동전"에 지나지 않기 때문에 인간은 세계와 불화할 수밖에 없고, "끊어진 전선줄"처럼 "수신도 송신도 없"이 단절되어 있다.

세계는 자본주의적 경계에서 밀려난 인간을 옹호하지 않는다. 이연주는 그것에 대하여 저항하거나 비난하지 않고, 다만 투명하게 보여줄 뿐이다. 이는 이연주가 세계에 대한 투쟁 의식을 상실하였기 때문이라기보다는 일그러진 세계가 존재한다는 사실 자체를 중시하고 있기 때문으로 보인다. 따라서 왜곡된 세계의 존재를 인정하는 그 순간 진지해야 할 세계 안의 삶은 "놀이"로 전락하게 되고, 이를 바탕으로 세계는 조롱의 대상이 된다.

나, 간 절은 자반 고등어다

홍제동 시장터에서 도매값 팔백원이다
비늘은 죄다 떨어져 나갔다
살은 질기다.

칠백원, 어때요?
아줌마 너무하시네, 칠백오십원!

창시 빠져나간 뱃가죽 좌판에 늘어붙어
식탁으로 가는
길, 기다리는

해가 또 진다.

—「좌판에 누워」 전문

　　감각적 이미지를 환기시키는 은유에 의해 규정된 "나"는 매매되는 대상 이상의 존엄성을 담보하지 못한다. 인간조차 상품으로 전락하는 "시장터"에서 가격 흥정의 대상이 된 인간의 모습은 창자("창시")가 "빠져나간" 채 팔리기를 기다리는 생을 연속할 수밖에 없는 처지이다. "시장"이나 "좌판"으로 제시된 자본주의적 세계와 그 안에서 매매의 대상이 된 개인은 온전한 삶을 담보하지 못한다. "해가 또 진다"라는 언술은 과거에도 그러했던 것처럼, 파편화된 개인의 삶이 지속되리라는 절망의 다른 표현이다.

　　이상의 텍스트를 통해서 자본주의적 세계가 가족의 해체를 야기하고 인간을 물화된 개별자로 전락시키고 있음을 살펴보았다. 특히 개별자로 전락한 여성의 삶은 더욱더 극단으로 치달을 수밖에 없다. 세계는 이 여성을 매음녀로 호명한다. 다음 장에서는 매음녀를 통하여 재현된 세계의 실체를 밝히고자 한다.

3. 자본주의적 세계에 의해 물화된 여성의 몸

자본으로 인한 가족의 해체와 매매춘 여성의 상관성은 왜 여성이 매매춘을 선택할 수밖에 없는가와 같은 질문으로 확대된다. 우리나라 매매춘의 역사[13]를 살펴보면 자본주의가 여성의 몸을 상품으로 전환하여 자본 창출의 수단으로 전락시키고 있음을 알 수 있다. 생산수단이 담보되지 못한 여성은 세계 안에서 생존을 위한 최후의 수단으로 몸을 선택할 수밖에 없다.[14] 심지어 자본의 확보를 위하여 국가가 성매매를 알선하는 소위 기생관광의 시대도 존재하였음을 알 수 있다.

문학에서, 특히 시에서 여성성은 대개 몸─성기를 통해 드러난다. 여성의 몸─성기는 어머니로 치환되고, 어머니의 몸인 자궁은 생명을 잉태하고 기르는 장소로서 의미를 부여받았다. 그렇기 때문에 어머니, 자궁은 포용과 화해, 적의 무화를 상징하는 기표로 작동해왔다. 그러나 같은 여성의 몸임에도 불구하고 매매춘 여성의 몸은 여성이라는 기호가 지니는 함의를 담보하지 못한다. 같은 맥락에서 이연주의 시에 나타나는 여성의 몸, 특히 성기는 생명력을 상실하고("내 자

---

13 매매춘의 역사를 기록한 대표적 저작물로 『매춘의 역사』를 들 수 있다(번 벌로·보니 벌로, 서석연·박종만 역, 『매춘의 역사』, 까치, 1992). 우리나라 매춘의 역사를 기록한 저작물에는 『유곽의 역사』가 있다(홍성철, 『유곽의 역사』, 페이퍼로드, 2007). 저자는 이 책에서 우리나라 매춘의 역사뿐만 아니라 전국적으로 분포하고 있는 유곽의 내력과 위치 정보에 대한 상세한 설명을 실증적으로 곁들이고 있다.

14 이러한 주장은 일견 매매춘 여성은 가난한 프롤레타리아 계급이라고 단정하는 오류를 범할 수도 있다. 그러나 실제 매매춘 여성 중 상당수는 고학력자이며, 교육받은 중간계급 출신인 경우도 있다(이성숙, 『매매춘과 페미니즘, 새로운 담론을 위하여』, 책세상, 2002, 79쪽).

궁은 썩은 쇳조각,/분신할 아들도 파업할 딸년도 낳을 수가 없는데요", 「발작」 부분) 매매되는 신체의 일부로 분절된다.

남성은 재화를 제공하고 여성의 분절된 성기만을 산다. 그렇기 때문에 성기를 파는 여성은 남성에게 인격적 혹은 인간적 대우를 기대할 수 없다. 여성은 금액과 시간으로 계약된 만큼만 남성에게 상품화한 몸을 제공하고 남성은 그 상품을 구매하기 위하여 세계가 정해놓은 만큼의 재화를 지불한다. 그러므로 이연주의 시에서 성매매는 연민을 불러일으키지 않는다. 이연주의 시를 구성하는 성매매 여성들은 자신들의 몸이 교환 가능한 가치로 인식되는 현실을 액면 그대로 받아들인다. 또한 매매춘의 사회적 근원에 대한 문제 제기 없이 왜곡된 세계를 보여준다. 매음녀를 객관화함으로써 매음녀가 사회의 한 구성체임을 드러내는 이 재현을 통해 왜곡된 세계의 변두리를 핍진하게 묘사된다.

> 어머니, 날 낳으시고 젖이 없어 울으셨다.
> 어머니 숨 거두시며
> 마음 착한 남자, 등짝 맞대 살으라 이르셨다.
> 나는 부둣가에서
> 선술집 문짝에 내걸린 초라한 등불 곁에서
> 매발톱 손톱을 키워 도회지로 흘러왔다.
> 눈 붙이면 꿈속에서 어머니
> 이 버러지 같은 년아,
> 아침까지 흑흑 느껴 우신다.
> 내 심장 차가운 핏돌, 썩은 물 흐르는 소리.
> 나는 살 속 깊은 데서 손톱을 꺼내
> 무덤을 더 판다.
> 하나의 몫을 치르기 위해 삶이 있다면

맨몸으로 던지는 돌 앞에 서서 사는
이 몸의 삶은……
희미한 전등불 꺼질 듯 끄물거린다.

— 「매음녀 6」 전문

    화자가 태어났을 때 "어머니"가 울었던 이유는 "젖이 없어"서이다. 아이에게 먹일 "젖"이 없다는 것은 어머니의 신체적 결함을 의미하는 것이 아니라 어머니가 자본주의적 세계의 변방에 서 있다는 사실을 암시한다. 만일 어머니에게 돈이 있었다면 "젖"의 대체물을 충분히 구할 수 있었겠지만, 어머니의 처지는 그것이 불가능한 상황이다. 과거에도 타자였으며, 현재에도 타자로 살 수밖에 없던 어머니의 삶은 딸에게 승계된다. 어머니는 "마음 착한 남자"를 만나 "등짝 맞대 살으라 이르셨"지만 화자의 삶은 어머니의 소망과는 전혀 다른 방향으로 흘러간다. 그것이 자본주의적 세계가 예정한 어머니와 딸의 운명이다.

    어머니와 마찬가지로 세계의 중심에서 벗어나 있는 화자는 "부둣가에서/선술집 문짝에 내걸린 초라한 등불 곁에서/매발톱 손톱을 키워 도회지로 흘러"들어 "버러지 같은" 삶을 산다. "부둣가", "선술집", "도회지"가 함의하는 것은 모두 자본의 논리에 의해 여성의 몸이 매매 대상으로 전화하는 공간이다. 생산 수단을 가지지 못한 여성은 스스로의 생계를 유지하기 위하여 결국 몸을 팔 수밖에 없기 때문이다.

    어머니의 소망은 온전한 가정의 건설이고, 그 안에서 이루어지는 정상적 삶의 모습이었지만 화자의 삶은 어머니나, 본인의 뜻과는 상관없이 전개된다. 일그러진 삶에 대한 화자의 죄의식은 꿈을 통해 투영된다. 투사된 화자의 자의식은 어머니의 언술을 통해 드러나는데, "이 버러지 같은 년아"라는 비난 속에는 "아침까지 흑흑 느껴" 울 수밖에 없는 화자의 죄책감이 중첩되어 있다. 왜곡된 세계에서 화자가 저항의 기제로 삼을 수 있는 유일한 수단은 몸, 즉 "손톱"이다. "손톱"은 화자가 살아온 세상의 폭력을 함의하는 기표이며, 폭력으로 점철된 세계에서 화자가 선택할 수 있는 유일한 저항의 수단이다. 나아가 이 "손톱"은 죽음을 각오하지 않으면 살아갈 수 없는 세계의 냉혹함을 적실하게 암시한다.

이연주가 자본주의적 세계를 묘사하기 위해 선택한 것은 재현이다. 이것은 세계에 대한 고발이라기보다는 왜곡된 세계가 존재한다는 사실을 '드러내기' 위한 전략이다.

①
거미집 밀창 아래 쓰레기 하치장
쓰레기 하치장 바로 옆에 키 작은 풀 언덕
언덕에 철조망, 철조망 그 위로
불 밝은 도큐 호텔

②
거미집에 그녀
밤이면 무덤을 나와
희미한 가등 옆에
문드러진 어깨뼈를 드러내 서서

표백된 도시
불빛 내려다본다
부릅뜬 황달기의
그녀, 눈

③
거미집 밀창 아래 쓰레기 하치장
그 하치장 담벼락 가등 옆에
누군가의 심장, 누군가의
버려져 썩어가는 양동, 쉬었다 가세요, 네?

— 「매음녀 5」 전문(번호, 필자)

임의의 번호 ①은 공간 혹은 배경을 나타낸다. ②는 인물에 해당하고, ③은 사건에 대응한다. 연쇄적으로 진술되는 ①에서 연상되는 것은 매음굴[15]인 소위 '벌집'이다. 매음굴인 "거미집"과 "쓰레기 하치장"이라는 기표의 결합은 그곳에서 살아가는 이들이 세계에서 밀려난 존재, 불필요한 존재, 사회악적인 요소임을 명확히 드러낸다. "쓰레기"와 같은 인간은 결코 존엄성을 지닌 존재가 아니다.

인물이 묘사된 ②에서 "그녀"는 "거미집"에 산다. 거미줄처럼 위태로운 생을 살아가는 그녀의 삶은 한마디로 "무덤"에서의 삶이다. 화자가 현재를 "무덤"으로 인식하는 것은 그녀의 삶이 곧 죽음과 직결되어 있음을 의미한다. 세계에서 소외된 그녀는 생존을 위해 "밤"에 "무덤"을 나오는데, 이것은 그녀의 성매매가 반사회적인 것임을 암시한다. 그녀는 거미줄을 치고 먹이를 기다리는 거미처럼, "문드러진 어깨뼈"를 드러내고 가로등에 기대어 서서 자신의 몸을 사줄 사람을 기다린다.

15 원문의 "도큐 호텔"과 "양동"은 서울의 대표적인 유곽 지역이었다. "도큐 호텔"(엄밀하게는 도큐 호텔 골목)은 남대문 근처의 호텔이었고, "양동"은 서울특별시 중구 남대문로 5가 일원의 성매매 집결지를 지칭하는 지명으로 사용되었다(홍성철, 『유곽의 역사』, 페이퍼로드, 2007, 248쪽 참조).

③에서 "쉬었다 가세요, 네?"라는 질문은 자신의 몸을 구매해달라는 호소이며 절규이다. 여성의 몸이 생계의 수단이 될 수밖에 없는 처지, 사회의 핵심에서 벗어나 "쓰레기 하치장"에서 주변인으로 살아가야만 하는 타자의 삶은 결코 희망적이지 않기에 이연주가 그려 놓은 매음녀의 몸은 왜곡된 사회를 기억하고 재현하는 그로테스크한 변주를 지속한다.

> 이른 새벽이었네. 죽은 애기를 끌어안고 에미는 종종걸음으로 어둑한 비탈길 내려왔네. 청소차가 방금 지나간 듯 마른 바람 한 점 횡하니 거리를 쓸고 있었네. 건널목을 건넌 에미는 외투자락 잡아 당겨 가슴팍 핏덩어리 감추며…… 지하도 계단 앞에서 주변을 훔쳐 둘러보더니 허둥허둥 또 걸었네. 지친 에미 곁을 느릿느릿 승용차 한 대가 지나가고 행인들 자꾸만 눈에 밟혔네. 벌써 날이 밝았어, 벌써 날이 밝았어, 한숨 섞어 중얼거리던 에미는 신문지에 둘둘 말아 싼 애비 모르는 죽은 것을 쓰레기통에 쿡, 처박았네. 아아, 나일론 살에 붙어 타는 냄새.

> ―「매음녀 7」 전문

타자의 시 읽기, 주체의 글쓰기

매음녀의 비극을 후각적 이미지로 환기하고 있는 이 텍스트는 매음녀의 행위를 도덕성으로 편단하지 않는다. 또한 결과의 원인에 천착하지 않는다. 어떻게 여자가 아이를 낳게 되었는지, 그 아이의 아버지가 누구인지, 아이를 사산하였는지, 아니면 낳은 후에 아이가 죽었는지, 혹은 그 아이를 누가 죽였는지에 대한 언술은 모두 소거되어 있다. 그것은 작가가 이 모든 현상의 원인에 대한 궁금증을 독자에게 던지려는 의도가 아님을 의미한다. 즉 이러한 현상들, 비도덕적이고 부도덕한 현실의 한 장면이 우리가 살아가고 있는 지금 여기의 모순임을 무연하게 드러내어 보여주려는 것이 작가의 의도이다.

생명이 쓰레기가 되어버리는 현실에서 생명의 존엄성을 말하는 것이 얼마나 무의미한 것인가 하는 질문에 대한 대답은 "쓰레기통에 쿡, 처박"는 "에미"의 모습으로 환기된다. 따라서 "에미"는 세계의 폭력에 무방비로 노출된 약자이지만 세계는 여성을 애비 모르는 자식을 낳고 그것을 죽인 비정한 인간으로 간주한다. 환언하면 온전한 모성을 지키지 못한 것은 결코 여성 개인의 문제가 아니라 여성을 이러한 상황으로 내몬 비정한 현실이 더 큰 문제임에도 텍스트에 제시된 비극적 상황의 책임은 오직 여성에게만 전가된다.

함박눈 내린다.
소요산 기슭 하얀 벽돌 집으로
그녀는 관공서 지프에 실려서 간다.

달아오른 한 대의 석유 난로를 지나
진찰대 옆에서 익숙하게 아랫도리를 벗는다.
양다리가 벌려지고
고름 섞인 누런 체액이 면봉에 둘둘 감겨
유리관 속에 담아진다.
꽝꽝 얼어붙은 창 바깥에서
흠뻑 눈을 뒤집어쓴 나무 잔가지들이 키들키들 그녀를 웃는다.

반쯤 부서진 문짝을 박살내고 아버지가 집을 나가던 날
그날도 함박눈 내렸다.

검진실, 이층 계단을 오르며
그녀의 마르고 주린 손가락들은 호주머니 속에서
부지런히 무엇인가를 찾아 꼬물거린다.
한때는 검은 머리 찰지던 그녀,

몇 번의 마른기침 뒤에 뱉어내는
된가래에 추억들이 엉겨 붙는다.
지독한 삶의 냄새로부터
쉬고 싶다.

원하는 방향으로 삶이 흘러가는 사람들은
어떤 사람들일까……
함박눈 내린다.

—「매음녀 4」 전문

이 시에서 주목할 시어는 시간성을 함의한 "함박눈"이다. 함박눈은 아버지의 부재를 연상하게 하고, 현재 화자의 처지를 더욱 비극적으로 인식하게 한다. 화자는 함박눈이 내리던 날 병원(사실 병원이라기보다는 보건소에 더 가까울 것이다)으로 진료를 받으러 와서 아버지를 떠올린다. "반쯤 부서진 문짝을 박살내고" 집을 나간 아버지의 부재는 구체적으로 진술되지 않았으나, 화자가 매매춘의 길로 접어들게 되었을 일말의 가능성을 열어둔다. 사실 이연주의 시에서 여성이 매매춘을 하게 되는 과정 자체는 결코 중요하지 않다. 오직 중요한 것은 여성이 매매춘을 하고 있다는 '사실' 뿐이다. 환언하면 세계 안에 매매춘 여성이 '틀림없이' 존재하고 있다는 '사실'을 공론화하기 위한 의도이다.

진료의 과정은 매우 사실적이다. 화자의 병이 구체적으로 매독과 같은 병인지에 대한 언급은 없으나 성병[16]에 걸린 화자는 "관공서 지

16 질병은 늘 사회가 타락했거나 부당하다는 사실을 생생하게 고발해주는 은유로 사용되어 왔다(수잔 손택, 이재원 역, 『은유로서의 질병』, 이후, 2002, 106쪽). 수잔은 결핵(연약함, 감수성, 슬픔, 무력함 등의 은유)이나 암(냉혹함, 무자비함, 타인

타자의 시 읽기, 주체의 글쓰기

프에 실려서" 병원에 온다. 국가는 개인의 질병까지 체계적으로 관리한다. 국가가 그녀의 질병을 관리하고 있다는 것은 그녀의 병이 개인적 차원의 질병이 아니라, 사회의 안녕과 질서, 또는 평화를 해칠지도 모른다는 위기감이 반영되었음을 의미한다. [17] 공인받지 못한 노동자인 그녀의 병을 바라보는 국가의 시선은 그녀가 인간이 아니라 질병의 확산을 방지하여 국가의 안녕을 해치지 못하도록 관리되어야 하는 보균자에 지나지 않음을 명확하게 보여준다.

역병이라는 은유가 에이즈를 도덕적 타락에 대한 천벌로 받아들이게 하는 것과 마찬가지로[18] 성병 역시 역병이라는 은유를 갖는다. 그것은 도덕적 타락에 의해 성병에 감염되는 것이고, 성병에 감염된 자는 사회악으로서 사회의 안녕과 질서를 파괴하는 자로 낙인찍히게 되어 공개적인 치료의 가능성을 차단당하기 때문이다. 따라서 국가가 성병을 관리하는 것은 궁극적으로 도덕적 타락을 막아 사회의 질서를 유지하겠다는 의지의 다른 표현이다. 그러므로 의사는 그녀를 인간이 아닌 세균덩어리의 물질로 간주한다. 인간에 의해 비인간이

의 희생을 가져오는 것)과 달리 매독(이 병도 일종의 성병이다—필자 주)은 은유로 쓰이기에 한계가 있는데 그 이유는 매독은 공포로 가득한 질병일 뿐, 신비스러운 질병이 아니기 때문이라 지적한다(같은 책, 91~93쪽 참조).

17 의학의 목표는 질병을 치료하는 것만이 아니다. 오히려 사람들을 사회의 의미 있는 일꾼으로 되돌려주는 것, 또는 질병이 환자를 덮쳤을 때 재정비해주는 작업이 필요하다(헨리 지거리스트, 황상익 역, 『문명과 질병』, 한길사, 2008, 134쪽). 질병은 불명예가 아니고 고통받는 자와 그 밖의 다른 이들을 심판하는 형벌이 아니며, 환자들은 더 이상 열등한 존재가 아니다(위의 책, 138쪽). 그러나 성병은 상황이 다르다. 다른 질병과 달리 성병은 불명예이고, 고통받는 자를 심판하는 형벌이다. 사회가 매매춘 여성을 비난하는 것은 그녀들이 가정을 파괴할 뿐만 아니라 성병과 같은 질병을 유포시키고 있다고 믿기 때문이다.

18 수잔 손택, 앞의 책, 129~240쪽 참조.

되는 사실은 세계가 병든 여성을 어떻게 응시하고 있는가를 명백하게 보여준다. 그렇기에 "지독한 삶의 냄새로부터/쉬고 싶다"는 그녀의 소망이 실현된 가능성이 그리 크지 않아 보인다.

이연주의 의식에 자리 잡은 세계는 부조리하다. 그러나 이연주는 부조리함의 원인에 집착하지 않는다. 부조리한 세계를 재현하는 데 있어 매음녀는 매우 경제적인 소재이다. 몸을 판다는 사실에서 왜곡된 경제활동의 주체임을 드러내고, 여성의 몸이 매매의 대상으로 전락해버렸다는 사실에서 자본이 지배하는 여성의 삶을 제시할 수 있으며, 또한 여성의 몸을 사는 남성과의 관계를 통해 왜곡된 가부장적 사고가 지배하는 남성 중심적 사회의 모순을 모두 보여줄 수 있기 때문이다. 또한 매음녀는 해체된 가족을 보여주는 전형이며, 일그러진 현실에서 더 나은 미래에 대한 희망을 버리지 못한 소시민의 전형적인 모습으로 동기화된다. 극단적인 주체를 설정하여 보편적 삶의 가치를 지향하는 이연주의 시는 이런 면에서 매우 그로테스크하지만 또한 페이소스를 함의하고 있다.

4. 자본주의적 세계에 대한 냉소와 위선의 폭로

인간성이 틈입할 여지가 없는 세계의 폭력성을 핍진하게 묘사하기 위하여 이연주는 의도적으로 감각적 이미지와 정제되지 않은 언어[19]

---

19 성매매와 관련된 원색적인 언어에 대해 문희경은 언어의 원심력으로 공식 문화와 지배층 내지 지배 이데올로기에 대한 저항을 수행하는 역할을 하는 민중언어에 해당한다고 이해한다. 문희경, 「바흐친의 카니발과 카니발 문학」, 『현대 비평과 이론』 제4호, 한신문화사, 1992. 여기서는 고현철, 앞의 논문, 198쪽.

를 구사한다. 이러한 시어들은 자본적주의적 세계에 희망이 없다는 사실과 실재하지 않는 희망에 몰입하는 것은 무의미하다는 것을 동시에 보여준다.

　세계의 폭력성을 드러내기 위해 이연주가 선택한 또 다른 방법은 서사이다. 서사란 이야기의 다른 언어이다. 서사를 형성해내는 것은 인간이다. 곧 인간은 서사 안에 존재하며, 서사를 통해 욕망을 표출한다. 그러므로 이연주가 서사의 양식을 빌려 세계를 묘사하는 것은 지금 목도하고 있는 현실이 결코 허구나 가공의 세계가 아니라 실재하는 세계라는 사실을 재현하기 위한 방법이다. 그리고 서사를 구성하는 주축을 매음녀로 대표화하는 것이다. 이미 모든 사람들이 다 알고 있지만, 입 밖으로 꺼내어 공론화하기를 꺼렸던 대상들이 매매춘 여성이다. 세계는 그들에게 죄를 짓도록 강요하였고, 그들의 몸을 쾌락적 도구로 이용하였지만 몸을 제공한 여성들에게 돌아온 것은 비난뿐이다. 나아가 세계는 자못 근엄하고 도덕적인 목소리로 그들의 삶을 힐난한다. 좁혀지지 않는 이 간극에 대한 냉소가 이연주 시 전반을 지배한다.

　　팔을 저어 허공을 후벼판다.
　　온몸으로 벽을 쳐댄다.
　　퉁, 퉁—
　　반응하는 모질은 소리
　　사방 벽 철근 뒤에 숨어
　　날짐승이 낄낄거리며 웃는다.
　　그녀의 허벅지 밑으로 벌건 눈물이 고인다.
　　한번의 잠자리 끝에
　　이렇게 살 바엔, 너는 왜 사느냐고 물었던

사내도 있었다.

이렇게 살 바엔—

왜 살아야 하는지 그녀도 모른다.

쥐새끼들이 천장을 갉아댄다.

바퀴벌레와 옴벌레들이 옷가지들 속에서

자유롭게 죽어가거나 알을 깐다.

흐트러진 이부자리를 들추고 그녀는 매일 아침

자신의 시신을 내다버린다, 무서울 것이 없어져버린 세상.

철근 뒤에 숨어사는 날짐승이

그 시신을 먹는다.

정신병자가 되어 감금되는 일이 구원이라면

시궁창을 저벅거리는 다 떨어진 누더기의 삶은……

아으, 모질은 바람.

—「매음녀 1」 전문

타자의 시 읽기, 주체의 글쓰기

　이연주의 시에 묘사된 현실은 매우 사실적이고 그로테스크하다. 아울러 성을 구매하는 남성의 폭력성을 과장하지도 않고, 성을 팔 수밖에 없는 매음녀의 삶을 동정하지도 않는다. 이렇듯 냉철한 거리의 확보가 이연주의 시를 더욱 비극적으로 형상화한다. 매음녀의 현실은 "쥐새끼들이 천장을 갉아"대고, "바퀴벌레와 옴벌레들이 옷가지들 속에서/자유롭게 죽어가거나 알을" 까는 곳이다. 이러한 현실은 매음녀가 어떤 희망도 품을 수 없는 공간이기에 매음녀는 현실의 희망을 말하지 않는다. 다만 그녀는 자신에게 주어진 현실을 담담하게 재현할 뿐이다.

　자본으로 무장한 사내의 폭력적 발언은 매음녀에게 삶의 이유에 대한 의문을 제기하게 하지만, 매음녀는 그것을 심각하게 받아들이지 않는다. 몸을 파는 매음녀를 조롱하며 "이렇게 살 바엔, 너는 왜

사느냐고 물었던/사내"의 질문은 반대로 돈을 주고 몸을 사는 사내에게도 그대로 적용되는 것이기에 매음녀는 결코 비난받을 이유가 없다. 매매춘 여성의 삶을 부도덕한 것으로 간주하고 그녀에게 삶의 본질에 대한 근엄한 질책을 하는 남성은 사실 스스로가 부도덕하다고 규정한 매매춘 여성의 몸을 사러 오는 행위를 아무런 죄의식 없이 행하고 있기 때문이다. 남성의 사고가 갖는 이중성과 간극이 바로 이연주가 세상을 조소하는 목소리가 위치하는 지점이다. "이렇게 살 바엔—/왜 살아야 하는지" 모르는 것은 그녀에게만 한정되는 것이 아니라 자본의 폭력 앞에 굴종하여 살아가는 현대인에게 모두 적용되는 성찰적 질문이고, 자못 도덕적인 목소리로 위장한 남성의 질문은 지극히 이중적인 세계의 목소리를 대변한다.

> 소금에 절었고 간장에 절었다
> 숏타임 오천원,
> 오늘밤에도 가랑이를 열댓 번 벌렸다
> 입에 발린 **, ***
> 죽어 널부러진 영자년 푸르딩딩한 옆구리에도 발길질이다
> 그렇다, 구제 불능이다
> 죽여도 목숨값 없는 화냥년이다
> 멀쩡 몸뚱어리로 뭐 할 게 없어서
> 그짓이냐고?
> 어이쿠, 이 아저씨 정말 죽여주시네
>
> ─「매음녀 3」전문

"목숨값 없는 화냥년"과 일회성의 섹스를 치르는 대가는 "오천원"이라는 화폐로 환산된다. 그러므로 여성의 몸은 시간을 담보하고,

그 시간은 자본의 축적으로 이어진다. 물론 그렇게 축적된 자본은 대부분 남성의 이익으로 수용된다. "가랑이를 열댓 번이나 벌렸다"라는 도발적 진술에서 여성의 몸에 대한 고귀함은 찾을 수 없다. 그 이유는 화자의 몸은 보호받을 수 없는 대상, 다시 말하면 상품이기 때문이다. 언제라도 돈을 건네면 살 수 있는 것, 그것이 매음녀의 몸이다. 여성의 몸을 사는 남성은 아이러니컬하게도 여성의 몸을 천시한다. 그녀들의 몸은 살아서만 천시되는 것이 아니라 "죽여도 목숨값이 없"을 만큼 존중받지 못한다.

여성의 성을 당당하게 구매하는 남성은 "멀쩡 몸뚱어리로 뭐 할게 없어서/그짓이냐고" 묻는다. 위선의 부끄러움을 모르는 남성에 대한 조롱을 작가는 "어이쿠, 이 아저씨 정말 죽여주시네"라고 맞받아친다. 그것은 남성을 조롱하는 매매춘 여성의 중의적 표현이다. 이 연주는 매음녀의 실상을 극사실적으로 제시할 뿐, 값싼 동정을 강제하지 않는다. 떳떳할 것도 없지만, 부끄러울 것도 없는 매음녀의 삶은 매음녀 스스로 만든 것이 아니라, 여성의 몸을 사면서도 위선을 벗지 못한 남성의 폭력 때문임을 작가는 드러낸다.

허위적 세계에 대한 이연주의 조소는 텍스트에 산재한 시어에서도 잘 드러난다. 경계망이 대단한 도시, 경비 초소의 무장 군인들에 의해 감시당하는 도시, 소통이 끊어진 도시, 거리마다 화농한 살덩어리와 불그스름한 피고름이 질펀한 도시(「집행자는 편지를 읽을 시간이 없다」)는 자본주의적 세계의 단면이다. 세계는 능글맞은 유머들이 살포되는 소름끼치는 장터이며, 그러한 세계 안에서 인간은 간음당하는 삶(「유토피아는 없다」)을 지속한다.

바람이 소란스럽게 지나간다.

타자의 시 읽기, 주체의 글쓰기

창들이 그 공포의 어깻죽지를 맞물려 덜커덩 소리지른다.
어떤 쓸모없는 자가 아파트 주변을 서성거린다
모든 창의 문은 안에서 밖으로 빗장져있다.
굳게 잠긴 창틈으로 간혹 불빛은 새어나오지만
어느 불빛도 그를 위해 따스하지는 않다.

—「어떤 행려병자」 부분

자본주의적 세계 안에서 "아파트"는 소통이 불가능한 비인간적 공간이다. "쓸모없는 자"란 아파트에 거주하는 인간의 주관적 기준일 뿐이지만 아파트에 사는 사람들은 그와의 소통을 거부한다. 창문이 밖에서 안으로 "빗장져" 있는 것이 아니라 "안에서 밖으로 빗장져 있다"는 것은 세계가 그들을 가둔 것이 아니라 스스로가 세계에 존재하는 "행려병자"와 소통하지 않겠다는 단호한 의지를 보여준다. 소통의 부재, 엄밀하게 말하면 소통의 거부를 보여주는 이러한 일그러진 삶의 실상은 텍스트에 산재해 있다.

난 걱정 없어요
고단위 비타민을 먹지요
빈혈약을, 모든 기관이 튼튼해지는 약을
병균에 감염되는 것을 막기 위해선
매일 적당량의 항생제도 먹다마다요
난 염려 없어요, 우리집 정수기는 일등품이구요
쓰레기 매립지는 여기서 멉니다
구질구질한 사람들은 이 근처엔 절대
발도 들여놓을 수가 없죠, 경계가 삼엄하니까요

—「유한 부인의 걱정」 부분

"유한 부인"은 자신의 건강과 행복에만 관심을 두는 현대인의 모습을 환기한다. 매일 "고단위 비타민"과 "항생제"를 먹고 "일등품" "정수기"에서 물을 받아 먹고 사는 그녀는 "구질구질한 삶을 사는 사람들"이 자신의 안전지대를 침범할까 노심초사하지만 세계가 분절한 "경계가 삼엄하"기 때문에 그럴 염려는 하지 않아도 된다. "구질구질한 사람들"의 실체는 "유한 부인"의 기준에 미치지 못하는 사람, 또는 그들의 삶이다. 이 범주에는 매매춘 여성을 포함하여 "행려병자"를 위시한 사회적 약자 모두가 포함된다. 그러나 세계는 그들을 인간적 삶의 영역으로 포섭하려는 노력을 기울이지 않은 채, "유한 부인"과 "구질구질한 사람들"의 경계 구축에만 집중할 뿐이다. 따라서 그 경계 밖의 세계는 "살아 있는 쪽보다는 죽은 것에 보다 가까운 곳"(「고물상에서의 한때」)이다.

불모의 세계는 생명에 대한 부정을 감행한다. 이러한 자본주의적 세계의 반생명성은 이연주의 텍스트를 구성하는 한 축이 된다.

타자의 시 읽기, 주체의 글쓰기

> 한 젊은 여자가 난관절제수술을 받았습니다
> 망원렌즈가 달린 복강경이 아랫배 깊숙한 곳을 파고들 때
> 퀘퀘한 지하도를 빠져나온 듯
> 상쾌한 느낌이었습니다
> 이 너저분한 판국에 무슨 배짱으로 자식새끼를……
> 한 젊은 여자가 생각합니다
>
> ― 「무엇이 잘못?」 부분

"젊은 여자"는 자본주의적 세계를 살아가는 현대인의 환유이다. "이 너저분한 판국"은 논리로 설명할 수 없는 불모의 시대와 세계를 표상한다. 이러한 시대에 아이를 낳는다는 것은 "배짱"처럼 여겨지

는 일종의 무모한 도박과 같은 것이기에 "젊은 여자"는 "난관절제 수술"을 받는다. 그것은 죄의식으로 무장되어 여자를 지배하지 않고 도리어 "상쾌한 느낌"으로 전달된다. 생명에 대한 책임감을 상실한 시대의 인간으로 살아가는 것은 비극일 수밖에 없지만 이연주의 세계는 이처럼 냉혹한 현실을 담담하게 묘파한다.

생명의 탄생이 더 이상 축하받지 못하는 세계가 바로 현대이다. 이 시대는 새 생명이 태어나는 순간조차 "전쟁터에 일개 보병으로 올려지는 시간"(「신생아실 노트」)일 뿐이며, 정상과 비정상의 경계에서 정상의 범주에 들지 못하면("머리가 둘은 아니죠? 팔이 셋은 아니죠? 눈, 코, 입, 제대로 다 있는 거죠?", 「출산 에피소드」) 가차 없이 죽음을 선고하는 현실("애가 이상하면 죽이세요", 「출산 에피소드」)로 인지된다.

세계에 대한 이연주의 적대감은 역사조차도 조롱거리로 인식하게 한다. "4월은 이제 패망한 굴욕의 달"이라거나 "4월은 이제/음탕한 매음굴의 현란한 등불"(「추억 없는 4·19」)이라는 다소 모욕적인 정의에서 과연 역사가 인간의 존엄을 위해 무엇을 할 수 있는가를 반문한다. 뿐만 아니라 종교도 더 이상 일그러진 세계를 지탱하는 버팀목의 역할을 하지 못하는 현실을 냉소적("뼈대만 남은 십자가 앙상하다, 꼴불견이니/내려 문짝에나 기대 받쳐두렴", 「방화범」)으로 진술한다.

이처럼 이연주의 눈에 비친 세계는 모순 그 자체이다. 인간이 설정한 경계를 넘지 못한 인간에 대한 폭력이 난무하는 현실이고, 그러한 현실을 살아가는 인간에게는 모성도, 생명성도, 역사의 위대함도, 종교적 숭고함도 모두 조롱거리일 뿐이다. 이연주는 그러한 현실을 외면하거나 방관자적 태도를 취하는 것이 아니라, 적극적으로 모순의 세계를 묘사하며 끊임없는 질문을 던진다. 그것은 우리가 살고 있는 세계가 과연 도덕적인가, 도덕적 삶은 무엇인가에 대한 존재론적 질문이다. 이연주는 이러한 질문에 대한 해답을 직접적으로 제시하지 않는다. 절망으로 점철된 세계를 살아가는 인간이 모두 "매음녀"가 될 수밖에 없는 현실을 극단적으로 보여주며, 희망 없는 현실의 재현에 집중한다. "박쥐의 검은 옷만이 편안한 세상"(「삼촌 편지」)인 현실에서 탈출할 수 있는 유일한 방법은 오직 죽음뿐이라는 절망적 인식과 이연주의 죽음의 방식[20]은 그런 점에서 함의의 자장이 클 수밖에 없다.

5. 결론

이 책은 자본주의적 세계가 여성의 삶을 어떻게 해체했는가를 이연주의 텍스트를 대상으로 살펴보았다. 자본주의적 세계에서 자본주의적 인간으로 살아간다는 것은 경계 안으로 틈입하거나 혹은 배제되는 극단의 경험만이 남을 뿐이다. 이연주는 자본주의적 세계의 변방에 위치한 매매춘 여성과 그들의 삶을 재현하는 과정을 통해 세계와 인간에 대한 질문을 던지고 있다.

이연주가 목도한 세계는 한마디로 자본주의적 폭력이 지배하는 세

---

20 이연주는 자살로 생을 마감했다. 자아와 세계의 불화가 이연주를 죽음에 이르게 하였다고 판단하는 이승하는 "시집원고(여기서는 제2시집 『속죄양, 유다』를 가리킨다. 필자 주)를 부치고 돌아와 자살하였다"라는 당시 『작가세계』 이동하 편집위원의 말을 근거로 이연주의 죽음을 치밀하게 계획된 자살로 보고 있다. 이승하, 「자살한 시인이 남긴 시집—이연주론」, 『작가세계』 가을호, 2000, 335~336쪽 참조.

계이다. 이것은 가족의 해체를 불러 가장 기본적인 사회 단위의 삶을 영위할 수 없도록 강제한다. 또한 해체된 가족으로 인하여 개별자로 전락한 인간, 특히 여성은 궁극에는 몸으로 자본을 창출할 수밖에 없는 매매춘 여성으로 전화된 삶을 살아가게 된다. 그러나 세계는 이 여성을 피해자로 인지하지 않고 도리어 부도덕하다는 낙인을 찍어 세계로부터 영원히 추방시키려는 의지만을 드러내거나, 이중적 가치관으로 매매춘 여성을 비난한다.

세계에 의해 매매춘 여성으로 낙인찍힌 여성의 삶은 질곡일 수밖에 없다. 세계는 매매춘 여성의 부도덕함을 비난하지만, 이들은 세계를 원망하지 않는다. 바로 이 지점이 이연주가 매매춘 여성을 통해 재현하려는 세계의 모순이다. 틀림없이 존재하고 있음에도 불구하고 은밀히 감추려는 사회적 모순이 실재함을 재현하는 일련의 과정을 통해 세계를 조롱한다. 그 조롱의 주체가 세계에 의해 비난받던 매매춘 여성이라는 점은 의미심장하다.

매매춘 여성은 부도덕의 은유에 그치는 것이 아니라 생명과 모성, 역사와 종교 등 인간의 허위를 부정하는 주체로 재현된다. 이것은 일그러진 세계에 대한 재현을 통해 삶의 본질에 대한 성찰적 질문을 던지려는 이연주의 의도가 구현된 결과이다. 절망의 의식만이 존재하는 세계를 이연주는 매우 사실적으로 묘사한다. 그것은 불의한 세계의 문제가 은폐로 해결되지 않는다는 사실을 분명하게 인지하고 있기 때문이다. 이와 같은 이연주식의 방법은 상당한 효과를 얻고 있는 것으로 보인다. 실체를 인정하고 싶지 않음에도 불구하고 실존하는 세계의 모순 앞에서 올바른 삶이 무엇인가에 대한 진지한 의문을 구성원 모두에게 던지고 있기 때문이다.

이연주 시 읽기

나희덕, 김선우 시 읽기

1. 서론

"당신의 몸은 전쟁터이다.(Your body is battleground)"[1]라는 선언은
오늘날 여성의 몸이 처한 현실을 가장 간명하게 드러낼 수 있는 명
제이다. 애초에 이 표어의 "전쟁터"는 '여성의 신체'를 의미하고 전
투는 출산의 권리에 관한 문제였지만[2], 오늘날 여성이 치러야 하는
전투는 단순히 출산이나 낙태와 관련한 문제만은 아니기 때문이다.
"전쟁터"라는 용어를 굳이 사용한 것은 여성이 처한 현실은 목숨을
내걸어야 할 만큼 위급하며, 그 안에서 타자인 여성이 살아남기 위해
서는 언제나 세계와 '전투'를 치러야만 한다는 절박함의 다른 표현
일 것이다. 또한 이 말은 여성의 현실이 세계와의 화해 가능성을 전

---

1 바바라 크루거(1945~)가 1989년 워싱턴에서 낙태 권리 회복 집회를 위해 사용한
   포스터의 문구이다. 크루거의 포스터에 대한 자세한 설명은 홍덕선 · 박규현, 『몸
   과 문화』, 성균관대학교 출판부, 2010, 402~406쪽 참조.
2 위의 책, 402쪽.

혀 고려할 수 없기 때문에 여성은 세계 안에서 전투적인 존재로 자리매김할 수밖에 없음을 극명하게 드러낸다.

전통적으로 여성 문제는 중층적 억압 속에 놓여 있었다. 그것은 억압되는 대상이 여성이기 때문이기도 하고, 또 여성의 몸이기 때문이다. 이때 여성의 몸이 억압의 대상이라면 남성은 억압의 원인이 된다. 서구의 철학이 규정한 이분법적 사고 체계[3]에서 대개 남성의 몸은 마음과 동의어로 제시되며 여성의 몸은 몸 그 자체로 설정된다.[4] 이 마음과 몸의 관계는 이성/정열, 분별력/감수성, 자아/타자, 깊이/표면, 실재/현상, 초월/내재, 시간성/공간성, 심리학/생리학, 형식/질료 사이의 대립과 위계를 포함하면서[5] 남성의 기표는 우월함을, 여성의 기표는 저열한 것으로 간주되어왔다. 아울러 여성의 몸이 억압의 대상이 되는 것은 육체와 정신을 이분법적 논리로 파악하려는 서구 철학사의 전통에서 몸은 정신적인 것과는 대별되는 부정적인 것으로 여겨져왔기 때문이다.[6] 따라서 남성은 정신의 영역을, 여성은 몸의 영역으로 간주되어 몸, 특히 여성의 몸은 언제나 비하

---

3 엘리자베스 그로츠는 서구의 주류 철학 사상과 당대의 페미니즘이라는 양대 이론에서 몸은 여전히 개념적인 맹점을 지니고 있다고 지적한다. 페미니스트들과 철학자들은 인간 주체가 몸/마음, 사고/외연, 이성/열정, 심리학/생물학이라는 상반되는 양대 특징으로 구성된다는 공통된 입장을 공유하고 있으며, 몸과 마음의 대립은 무수한 대립쌍과 상호 연결되어왔음을 말한다. 그로츠는 몸과 마음의 이항 대립이 남성과 여성의 대립으로 확장됨을 근거로 서구 철학에서 여성의 몸은 결코 철학적 실천의 과제가 아니었음을 분명히 하고 있다. 엘리자베스 그로츠, 임옥희 역, 『뫼비우스 띠로서의 몸』, 여이연, 2001, 53~56쪽 참조.

4 김미현, 「이브의 몸, 부재의 변증법—한국 여성 소설에 나타나는 여성의 몸」, 한국기호학회, 『몸의 기호학』, 문학과지성사, 2002, 14쪽.

5 위의 논문, 13~14쪽.

6 김지혜, 「오정희 소설의 몸 기호 연구」, 한국기호학회, 『몸의 기호학』, 문학과지성사, 2002, 145쪽.

되어왔다.

그러나 근자의 담론은 이러한 왜곡된 관념의 균열을 시도한다. 그러한 시도의 결과로서 여성에 대한, 그리고 여성의 몸에 대한 새로운 의미 부여가 이루어진다. 기계적인 이분법적 시각으로 남성을 마음으로, 여성을 몸으로 이해하는 것은 문제가 있다. 왜냐하면 언제나 마음은 몸을 통해 그 실체를 구현하기 때문이다. 아울러 기호로서의 몸은 결코 백지 상태가 아니며, 오히려 구체적인 사회성이나 역사성, 문화적 차이가 드러나는 공간이다.[7] 몸은 세계를 체험하고, 기억하며, 그것을 재현한다. 따라서 몸은 세계의 도덕성을 반문하고, 왜곡된 세계의 모습에 대해 진지한 질문을 던지게 한다.

남성은 여성을 어머니와 창녀의 이분법적 시각으로 인지하고[8], 여성의 몸을 성적 환상에 입각하여 바라본다. 그러나 어머니 혹은 창녀의 몸에 대한 환상은 선험적인 것이 아니라 학습의 결과물이다. 세계를 통해 남성이 학습한 내용은 상당히 왜곡되어 있고, 그것이 재교육을 통해 확대 재생산되기 때문에 남성 작가가 인지하는 여성의 몸은 여성 문제의 본질을 이해하는 데 한계가 있다. 따라서 남성 작가의 여성 인식 태도는 인간의 삶에 대한 문제 제기에 일조를 할 수 있겠으나, 여성 문제의 본질을 해결하는 구체적 해결책을 마련하지 못한다.

---

7 김미현, 앞의 논문, 14쪽.

8 소위 진보적 성향을 보이는 김남주의 텍스트에서도 끊임없이 호명된 민중의 범주에서 여성은 호명되지 못한 채 소거된 존재로 나타난다. 그 이유는 김남주가 거대 담론으로서의 민족문학을 지향했지만 그의 의식 속에 여전히 가부장적 이데올로기가 자리 잡고 있기 때문이다. 박종덕, 「김남주 시의 여성 이미지 연구」, 『비평문학』 29호, 한국비평문학회, 2008, 157~188쪽.

따라서 이 책은 여성의 몸을 인식하는 여성 작가의 어머니—몸에 대한 인식과 태도, 그리고 세계에 대한 대응 방식을 나희덕, 김선우의 텍스트를 중심으로 살펴보고자 한다.[9] 이것은 여성 작가가 텍스트를 통해 드러내고자 하는 문제적 현실을 토대로 여성의 몸에 대한 인식의 차이를 확인할 수 있고, 궁극적으로는 여성 문제의 해결을 모색하는 한 방향에 대한 진지한 성찰을 가능하게 할 것이기 때문이다.

2. 나희덕: 죽음을 통한 폭력적 세계의 위무

'어머니'라는 기표는 발화 주체에 따라서 넘어설 수 없는 간극을 지니고 있다. 대개의 경우 어머니 혹은 어머니의 몸이라는 기표는 오직 희생적 모성에 초점이 주어진다.[10] 경우에 따라 어머니는 무지한

9　여성주의 시에 대한 비평은 매우 정치한 논리적 전제를 지닐 수밖에 없는 복잡한 문제이다. 그 이유는 여성 문제가 여성만의 문제가 아니라, 세계와의 관계 안에서 형성되는 문제이기 때문이다. 따라서 여성주의 시를 논의함에 있어 작가나 화자의 문제는 여성 문제를 해결하는 방법적 모색을 위해 필수적으로 논의되어야 한다. 작가가 지식인 여성인가, 지식인 남성인가에 따라 현실을 목도하는 태도나 해결 방법론은 상이할 수밖에 없다. 아울러 비평의 주체가 여성인가 남성인가에 따라 해석이 차이를 보인다. 비평의 주체가 여성이라 하더라도 언제나 여성의 편에서 말하지는 않는데, 이를 테면 정문순은 나희덕과 김선우의 모성적 인식에 대한 정면적 비판을 시도하고 있다(정문순, 「어머니 영원한 타자의 이름인가? ― 나희덕과 김선우 시의 모성적 인식에 대해」, 『오늘의 문예비평』 제44호, 2002, 172~190쪽).

10　희생적 모성의 신화를 극명하게 보여주는 시의 사례로는 다음의 시를 들 수 있다. 한 소녀를 사랑한 젊은이가 있었네/그를 조롱하며 소녀가 물었지/"너는 두렵지? 오늘 나에게/네 어머니의 머리를 쟁반 위에 담아 가져오는 것이"//청년은 달려가 어머니를 죽였지/어머니의 가슴에서 선홍빛 심장을 도려내어/사랑하는 여인에게 달려갔네/숨이 가빠 넘어지고 쓰러지면서//심장이 땅바닥에 구르고/애처로운 소리를 내었네/그리고 온화한 음성이 흘러 나왔네//"아가야, 다치지는 않았니?" J.

존재이거나, 아버지로 표상되는 세계의 폭력 앞에서 무기력하게 무너지는 비주체적인 모습으로 비춰진다. 그것은 철저하게 남성적 시각에서 비롯된 문제이다. 심지어 남성 발화자는 아내에 대해서는 일정정도 동등성을 부여하면서도[11] 어머니에 대해서는 가혹하리만큼 희생이라는 기의를 강요하고 있다. 그러나 사실 이는 남성 발화자 개인의 문제라기보다는 학습의 결과물로 보인다. 여성은 희생적 존재가 되어야 한다는 가부장적 이데올로기를 벗어나지 못하고 여성적 삶을 그대로 실천한 어머니를 목도하면서 자의로든 혹은 타의로든 학습되었기 때문이다.

그러나 여성 작가들의 텍스트에서 모성은 남성 작가들에게서 보이는 희생의 당위성이라는 모성과는 의미 차이를 드러낸다. 그것은 화자와 시적 대상이 같은 여성이라는 점에서 연유한 일종의 연민과 이해에서 비롯한다. 나희덕은 『뿌리에게』 이후 여성성의 초점을 모성에 대고 있다. 나희덕이 그려내고자 하는 핵심은 어머니의 몸에 집중되며, 특히 포용, 대지, 헌신, 희생 등의 기의를 지닌 기표들로 그려지고 있다.

> 이런 얘기를 들었어. 엄마가 깜박 잠이 든 사이 아기는 어떻게 올라
> 갔는지 난간 위에서 놀고 있었대. 난간 밖은 허공이었지. 잠에서 깨어난
> 엄마는 난간의 아기를 보고 얼마나 놀랐는지 이름을 부르려 해도 입이
> 떨어지지 않았어. 아가, 조금만, 조금만 기다려, 엄마는 숨을 죽이며 아
> 기에게 한걸음 한걸음 다가갔어. 그러고는 온몸의 힘을 모아 아기를 끌

Echergray, "Severed Heart"(「이상적인 어머니의 사랑」) 여기서는 배리 소온·매릴린 얄롬 편, 권오주 외 역, 『페미니즘의 시각에서 본 가족』, 한울아카데미, 2003, 113쪽.

11 박노해, 「이불을 꿰매면서」, 『노동의 새벽』, 느린걸음, 2004, 26~27쪽.

어안았어. 그런데 아기를 향해 내뻗은 두 손에 잡힌 것은 허공 한줌뿐이었지. 순간 엄마는 숨이 그만 멎어버렸어. 다행히도 아기는 난간 이쪽으로 굴러 떨어졌지. 아기가 울자 죽은 엄마는 꿈에서 깬 듯 아기를 안고 병원으로 달렸어. 아기를 살려야 한다는 생각 말고는 아무 생각도 할 수 없었지. 얼마 지나지 않아 아기는 울음을 그치고 잠이 들었어. 죽은 엄마는 아기를 안고 집으로 돌아와 아랫목에 뉘었어. 아기를 토닥거리면서 곁에 누운 엄마는 그후로 다시는 깨어나지 못했지. 죽은 엄마는 그제서야 마음놓고 죽을 수 있었던 거야.

— 「허공 한줌」[12] 부분

"이런 얘기를 들었어"라고 발화의 주체 자리에서 슬쩍 비켜선 화자는 서사의 내용을 누군가에게서 들은 이야기라고 눙치고 있다. 서사의 내용은 마치 설화에나 있을 법한 내용이다. 굶어 죽은 아이를 먹이기 위해 밤마다 귀신의 모습으로 마을을 돌아다니며 밥을 얻어다가 자식에게 먹인 모성은 설화적 상상력에 그 근원을 두고 있다. 현실에서 충분히 있음직한 서사의 전반부와 죽은 엄마가 살아 있는 아이를 들쳐 업고 병원에 다녀왔다는 비현실적인 서사의 결합을 통해 화자는 삶과 죽음의 경계, 이승과 저승의 경계를 넘나들 수 있는 초월적 힘의 주체가 "엄마"임을 드러내고 있다. 귀신이 된 엄마가 살아 있는 아이를 달래자 "울음을 그치고 잠이 들었"다거나, "아기를 토닥거리면서 곁에 누운 엄마는 그 후로 다시는 깨어나지 못했지"만 비로소 "마음놓고 죽을 수 있었던" 모습을 제시하면서 자식에 대한 엄마의 사랑이 죽음의 경계를 넘어설 만큼 강력한 것임을 형상화하고 있다. 환언하면 모성은 죽음을 무화시킬 만큼 강력한 힘을 발휘한다.

타자의 시 읽기, 주체의 글쓰기

---

12 나희덕, 『어두워진다는 것』, 창작과비평사, 2001, 32쪽.

성난 바람이 닫고 가는 문에
어머니의 손가락이 잘리고 말았다

그보다는 손가락을 넣어
들이치는 바람을 막으셨다고 말해야겠다

얘야, 떨지 마라.
이 피와 살점을 가져다 저 굶주린 바람에게 먹여라.

피에 점화된 불꽃을 보고
문밖의 승냥이들은 달아나기 시작했다

허옇게 굳어가는 손가락을
오, 촛불처럼 들고 걸어가시는 어머니

— 「斷指」[13] 전문

　인용한 시에서 보듯 여성의 몸, 즉 어머니는 "성난 바람", "들이치
는 바람"으로 의미화된 남성적 폭력에 대한 일종의 방어기제이다.
"성난 바람" 때문에 어머니의 손이 '실수로' 잘린 것이 아니라, 어머
니의 '의지적' 행동으로서 "들이치는 바람"을 막았다는 것은 어머니
의 행위에 적극성을 부여한다. "손가락을 넣"는 행위는 어머니의 희
생을 표상한다. 나아가 어머니의 "피와 살점을 저 굶주린 바람에게
먹"이라는 주문은 어머니의 몸이 저주가 아니라, 만유를 살리는 자
양분이 될 수 있음을 의미한다. 다시 말하면 남성적 폭력을 위무할
수 있는 것은 어머니의 희생이라는 의미인데, 텍스트 내에서 어머니

13　나희덕, 『사라진 손바닥』, 문학과지성사, 2004, 71쪽.

는 남성의 폭력을 대결이나 투쟁으로 대응하는 것이 아니라 그 폭력성마저도 끌어안겠다는 의지의 화신으로 형상화된다.

이렇게 희생한 어머니의 몸은 "피에 점화된 불꽃"으로 승화되고, 이를 목도한 폭력적 세계("문 밖의 승냥이들")는 소거된다. 이처럼 나희덕의 시에 등장하는 어머니의 몸은 자기희생을 통해 폭력적 세계를 제어하고 방어하며, 궁극적으로 세계를 비추는 빛("촛불")과 등위를 확보하게 된다.

> 얘들아, 소풍가자.
> 해 지는 들판으로 나가
> 넓은 바위에 상을 차리자꾸나.
> 붉은 노을에 밥 말아 먹고
> 빈 밥그릇에 별도 달도 놀러오게 하자.
> 살면서 잊지 못할 몇 개의 밥상을 받았던 내가
> 이제는 그런 밥상을
> 너희에게 차려줄 때가 되었나보다.
> 가자, 얘들아, 저 들판으로 가자.
> 오갈 데 없이 서러운 마음은
> 정육점에 들러 고기 한 근을 사고
> 그걸 싸서 입에 넣어줄 채소도 뜯어 왔단다.
> 한 잎 한 잎 뜯을 때마다
> 비명처럼 흰 진액이 배어 나왔지.
> 그리고 이 포도주가 왜 붉은지 아니?
> 그건 대지가 흘린 땀으로 바닷물이 짠 것처럼
> 엄마가 흘린 피를 한 방울씩 모은 거란다.
> 그러니 얘들아, 꼭꼭 씹어 삼켜라.
> 그게 엄마의 안창살이라는 걸 몰라도 좋으니,
> 오늘은 하루살이떼처럼 잉잉거리며 먹자.

언젠가 오랜 되새김질 끝에

네가 먹고 자란 게 무엇인지 알게 된다면

너도 네 몸으로 밥상을 차릴 때가 되었다는 뜻이란다.

그때까지는, 그때까지는

저 노을빛을 이해하지 않아도 괜찮다.

다만 이 바위에 둘러앉아 먹는 밥을

잊지 말아라, 그 기억만이 네 허기를 달래줄 것이기에.

— 「소풍」[14] 전문

 어머니의 몸은 과거와 현재, 그리고 미래를 영속시키는 매재이다. 어머니의 몸을 먹고 자란 화자는 "오랜 되새김질 끝에" 자신이 "먹고 자란 게 무엇인지 알게" 되었기에 어머니가 그리하였듯이 자신을 온전히 자식들에게 내어놓는다. 그러한 희생의 장을 화자는 "소풍"으로 표현하여 축제로 승화시키고 있다. 그러므로 어머니의 몸을 먹는 행위는 착취로 인식되지 않고 지극히 즐거운 일로 각인된다. "살면서 잊지 못할 몇 개의 밥상"은 어머니가 차려주었던 몸의 희생이다. 그 몸을 먹고 자란 화자는 이제 자신의 몸을 자식들에게 내어줄 준비를 한다. 어머니의 몸은 "비명처럼 흰 진액이 배어 나"오는 "채소"이며, "엄마가 피를 한 방울씩 모은" 포도주이며, "엄마의 안창살"로 기표화된다. 자식들은 그것이 무엇인지 몰라도 무방하다. 그것은 지금은 알 때가 아니기 때문이며, 알려줘도 모르기 때문이다. 또 세월이 흘러 자연스럽게 자신이 무엇을 먹고 자랐는가를 자각하게 되었을 때 비로소 그/녀들도 그/녀들의 몸으로 또 다른 자식을 위하여 몸의 밥상을 차려야 함을 저절로 알게 되기 때문이다.

121

나희덕, 김선우 시 읽기

---

14 나희덕, 앞의 책, 72~73쪽.

한 여성이 다른 여성에게 해줄 수 있는 가장 중요한 일은 실제적인 가능성에 대한 인식을 분명하게 하고 확장시켜주는 일이다.[15] 그러므로 텍스트 내의 자식들은 딸로 한정하는 편이 유용하다. 그 이유는 "네가 먹고 자란 게 무엇인지 알게" 될 때가 "너도 네 몸으로 밥상을 차릴 때가 되었다는" 것을 알 수 있기 때문이다. 이로써 딸의 삶은 모성 계승의 적자이며, 어머니의 삶이 기록된 몸을 물려받은 주체라는 점에서 동질성을 확보하게 된다.

고추밭을 걷어내다가
그늘에서 늙은 호박 하나를 발견했다
뜻밖의 수확을 들어올리는데
흙 속에 처박힌 달디단 그녀의 젖을
온갖 벌레들이 오글오글 빨고 있는 게 아닌가
소신공양을 위해
타닥타닥 타고 있는 불꽃 같기도 했다
그 은밀한 의식을 훔쳐보다가
나는 말라가는 고춧대를 덮어주고 돌아왔다

가을걷이를 하려고 밭에 다시 가보니
호박은 온데간데 없다
불꽃도 흙 속으로 잦아든 지 오래다
자세히 들여다보니
그녀는 젖을 다 비우고
잘 마른 종잇장처럼 땅에 엎드려 있는 게 아닌가
스스로 죽음을 덮고 있는
관뚜껑을 나는 조심스럽게 들어올렸다

15 아드리엔느 리치, 김인성 역, 『더 이상 어머니는 없다』, 평민사, 1996, 308쪽.

타자의 시 읽기, 주체의 글쓰기

한 웅큼 남아 있는 둥근 사리들!

— 「어떤 出土」[16] 전문

 나희덕의 모성은 대개 식물성으로 형상화된다.[17] 이 텍스트도 그 범
주에서 비껴가지 않는다. 진술된 서사대로 화자는 고추밭을 걷어내
다가 그늘진 한 편에서 "늙은 호박 하나"를 발견한다. 화자가 그것을
들어 올렸더니 호박의 몸통을 갉아 먹는 "벌레들"이 그득하였다. 나
희덕의 모성은 바로 이 지점에서 드러난다. 호박은 어머니의 몸으로
치환되고 몸통은 자식을 살리는 "젖"이 되며, 호박을 갉아 먹는 "벌
레들"은 자식으로 환유된다. 나아가 이 호박, 즉 어머니의 몸은 "소
신공양"하는 성스러운 대상으로 확장된다. 궁극에 그 호박-어머니
는 자식들에게 줄 수 있는 모든 것, 즉 몸을 다 내어주고서야 "스스
로 죽음을 덮고" 고요하게 침잠한다. 불교적 상상력의 표상인 "소신
공양" 혹은 "사리"와 같은 기표들은 어머니의 삶이 자식들에게 지극
히 자비로웠음을 드러내는 기표로서, 모성의 무궁함을 잘 형상화하
고 있다. 마지막 행에서 "한 웅큼 남아 있는 둥근 사리들"은 호박의
씨앗을 의미한다. 이것은 다시 땅에 뿌려지고 자라서 새로운 호박,
즉 어머니의 몸이 될 것이다. 따라서 "호박-소신공양-둥근 사리들"

123

나희덕, 김선우 시 읽기

---

16 나희덕, 앞의 책, 58쪽.
17 정끝별은 이를 "자연친화적 서정"으로 규정한다. 숱한 자연물을 보조관념으로 끌
  어들여 형성한 자연친화적 비유들은 일상 도처에 생명을 불어넣어주는 동시에 여
  성들이 지닌 창조력과 유연성을 발현하도록 도와주지만, 이것이 여성적 자아의 욕
  망을 억압하거나 희생시킴으로써 여성은 아름다울 수 있다는 낯익은 가부장적 신
  화의 잔재가 남아 있지 않은지 의심할 것을 주문한다(정끝별, 『오륙의 노래』, 하늘
  연못, 2001, 120~212쪽).

로 확장되는 연상의 과정은 모성의 승계, 어머니 몸의 확대 재생산이라는 의미로 독해할 수 있다.

지금까지 살펴본 나희덕의 시에서 여성성은 대체적으로 어머니를 통해 형상화되어 희생과 등가로 규정된다. 그러나 이 희생은 가부장적 세계가 강요하는 희생과는 의미의 결을 달리한다. 환언하면 가부장적 세계의 남성이 기대하는 희생이 남성을 위한 일방적이고 맹목적인 희생으로 여성의 몸을 무화시키려는 의도였다면, 나희덕이 그린 모성은 그런 맹목적 희생을 넘어서고 있다는 점이다. 나희덕은 과거 어머니의 희생에 대한 기억을 현재에 그대로 재현하며 당대의 폭력을 어머니의 몸이라는 기표를 통해 형상화한다. 이것은 여성의 몸이 현실적 모순에 대한 방어기제로 작동함을 드러내려는 의도이다. 결론적으로 나희덕의 시에서 그려지는 모성은 죽음과 맞닿아 있다. 이 죽음은 세계의 폭력을 무력화시키는 힘으로 작동한다. 그러므로 나희덕의 모성은 전투적이지 않으나 온유하게 세계의 폭력을 위무하는 역할을 한다는 점을 주목해야 한다.

3. 김선우: 생성과 순환, 우주적 확장의 몸

대체적으로 현대시에서 여성의 몸에 대한 관심은 엄밀하게 말하면 성기에 집중되어 있다. 이 성기를 인식하는 태도는 매우 이중적이어서 이연주의 시[18]에서처럼 남성의 쾌락을 위한 도구적 존재로 전락시

타자의 시 읽기, 주체의 글쓰기

---

18 매음녀로 설정된 여성의 몸은 대표적으로 이연주의 시에서 발견할 수 있다(이연주, 『매음녀가 있는 밤의 시장』, 세계사, 1991). 이연주의 시에서 모성은 극사실적으로 그려져 환상적 상상력을 환기하지 않으며, 생명을 담보하지 않는다. 또한 이

켜 여성의 몸을 물화하는 현대사회의 모순을 비판하는 도구로 이용되기도 한다. 반면에 자연과 인간이 통하는 애니미즘적 사유를 간직하고 있는[19] 김선우의 시에서 여성-어머니의 성기는 자궁과 동의어로서 생명의 잉태, 탄생, 모성의 근원과 같은 우주적 생성의 차원에서 이해되기도 한다. 여성의 유방도 같은 맥락의 의미를 갖는다. 김선우는 새로운 생명이 태어나는 곳(자궁), 그 생명을 먹여 살리는 것(젖-유방)이 결국은 여성의 몸이라는 인식은 남성적 폭력에 대항하는 여성의 새로운 저항 기제로 기능할 뿐만 아니라, 여성이 우주 만유의 생명의 근원이라는 거시적 태도를 드러낸다. 문면 곳곳의 여성, 특히 어머니에 대한 진술에서 어머니의 몸에 적극적 기의를 부여함으로써 남성 중심 사회의 폭력성을 극복하고자 시도하는 흔적을 발견할 수 있다.

대전 가는 버스에 동승했던 사내를 대전에서 집으로 돌아오는 막차에서 또 만났다 완행이었다

내 좌석 바로 뒷자리 술냄새를 풍기며 사내가 곤히 잠들었다 가끔 손바닥으로 쿵쿵 등받이를 치면서 무거운 몸이 귀찮아 죽겠다는 듯, 늦가을 길 위에서 만난 늙은 풀벌레 헐거운 전신으로 "꿍—" 힘겹게 뒤척이듯이

여섯 시간 전 그 사내 버스에 올라 대전에 도착할 때까지 형에서 처조카 선배에서 후배까지 연신 전화를 해대던, 침묵이 두려운 이의 불안이

연주의 모성은 학습된 모성을 있는 그대로 재현한 것이 아니기 때문에 사회의 모순을 담지한다. 언술의 주체에 따라서 묘사되는 여성의 몸이 달라진다는 사실은 여성의 몸을 어떻게 인식할 것인가 하는 문제에 대한 중요한 해답을 줄 수 있다.

19 이혜원, 『생명의 거미줄』, 소명출판, 2007, 115쪽.

사뭇 쾌활하게 우렁우렁거리며 응, 내가 북파간첩이잖아, 응, 대전에 집
회가 있어 가는 길인데, 응, 북파라니깐, 응, 서울도 가야지, 응, 데모하
러, 응, 아니야, 이젠 말해도 돼, 가야지, 응, 내가……

　충주 지나 강원도 들어 자그만 마을에 정착할 때마다 화들짝 놀라 두
리번거리다가 씨발…… 잠결에 한마디씩 독하게 내뱉으며 씨발…… 풀
잎 끝 난간에 앉아 고개를 주억거리는 늙은 명주잠자리처럼 사내가 가
끔씩 날개를 털었고 씨발…… 그때마다 어두워진 들녘에서 모래바람이
붉은 반점처럼 번져왔는데

　오십이 훌쩍 넘은 덩치 큰 사내가 뒤척이다가 별안간 "엄마—" 하였다

　칼끝처럼 그 말이 내 귀를 찔러 누군가 열어놓은 차창으로 왈칵 아까
시 꽃냄새 밀어닥쳤는데 엄마……
　시방을 떠돌던 남루한 내 연인이 짧고 괴로운 낮잠에 들었다가 "엄
마—" 잠꼬대하는 것을 물끄러미 바라보던 늦은 봄날이 있었다 어깨를
가만 빌려주고 그의 손금을 쓰다듬어 벌레 먹은 잎사귀를 따내어주던
그날도 내 귓속으로 아까시 아까시 희디흰 꽃냄새가 홍수로 번지던 완
행버스 안이었다

—「범람」[20] 전문

　화자는 어떤 사내를 버스 안에서 만난다. "내 좌석 바로 뒷자리에
서 술냄새를 풍기"던 그 사내는 "늦가을 길에서 만난 늙은 풀벌레"
같은 모습을 하고 있다. 잠들기 전까지 연신 전화를 해대던 그 사내
는 "북파간첩"이었으며, "데모"를 하러 서울로, 대전으로 돌아다니
는 중이다. 이처럼 사내를 표상하는 기표는 매우 폭력적이며 충분히

20　김선우, 『도화 아래 잠들다』, 창비, 2003, 58~59쪽.

반여성적이다. 그런데 이 폭력적이고 마초적인 기표를 함의한 "오십이 훌쩍 넘은 덩치 큰 사내"의 "잠꼬대"가 사내의 폭력적 기표를 상쇄한다. 사내가 "뒤척이다가 별안간 "엄마—" 하였"던 것이다.

언어가 형성하는 이미지의 아이러니를 극명하게 보여주는 이 텍스트에서 작가는 "씨발"과 "엄마"를 충돌시킬 뿐, 엄마의 실체에 대한 구체적 묘사를 시도하지 않는다. 그럼에도 불구하고 이 불편한 아이러니가 수긍이 되는 것은 "엄마"가 가지는 고정된 이미지의 영향 때문이다. 그러니까 이질적인 두 기표가 충돌하는 지점의 아이러니는 결코 실체가 아니라 허상에 지나지 않는다. 다만 단말마의 비명 같은 "엄마—"라는 소리가 작품의 긴장을 배가시킨다.

문면 그대로 "엄마"는 사내가 살아온 질곡의 삶을 위무한다. 현존하는 힘으로서가 아니라 사내의 기억에서, 그리고 무의식의 상태에서 저절로 흘러나온 단 한 마디의 말인 "엄마"는 궁극적으로 폭력적 남성의 삶을 어루만지는 치유의 존재이며, 정신적 위안을 찾을 수 있는 사내의 도피처이다. 화자의 이 낯설고도 놀라운 경험은 화자의 과거를 떠올리게 하는데 "시방을 떠돌던 남루한 내 연인이 짧고 괴로운 낮잠에 들었다가 "엄마—" 잠꼬대하는 것을 물끄러미 바라보던" 과거의 기억에 닿는다. 이처럼 김선우가 떠올리는 모성, 혹은 어머니의 몸은 실체 없는 기억만으로도 공포의 현실을 살아가는 남성들의 삶을 어루만지는 위로의 역할자로 기능한다. 따라서 김선우의 모성은 폭력적 세계의 위무자라는 역할을 수행하고 있다는 점에서 그 의미를 발견할 수 있다.

무의식의 심연을 지배하던 어머니의 몸이 구체화되는 경우는 상당한 성적 메타포를 내재하고 있다. 다음의 텍스트에서 성은 인간의 삶을 지배하는 본질이며, 나아가 이 성은 우주 만물의 생성과 순환을 가능하게 하는 매개임을 확인할 수 있다.

무슨 조화를 부렸는지 방이 무덤처럼 둥글게 부풀어 오르더니만 사
방이 69천지인 거라 방구들과 천장의 69, 전등과 전등갓의 69, 문틀과
문의 69, 한 시와 두 시의 69, 이불과 요의 69, 자음과 모음의 69, 모서
리와 벽의 69, 두 시와 세 시의 69, 얼룩들의 69, 얼룩이 얼룩을 낳고 얼
룩 속에 제 몸을 비벼넣으면서, 쥐오줌과 곰팡이 꽃의 69, 숟가락과 국
그릇의 69, 주춧돌과 두꺼비집의 69, 옛날 옛적 산이었던 이 터와 지붕
얹힌 것들의 69, 죽은 것과 산 것들의 69, 어머니 태 속의 나와 어머니
의 69

그러고는 이 삼신할미 같은 방이 맨 나중으로 펼쳐 보여준 것은 늙은
아버지와 어머니의 69였는데, 흰머리 성성한 어머니가 외할머니 젖을
빨듯, 시든 아버지가 할머니의 젖을 빨듯, 이상하게도 자분자분 애틋한
소리가 온 방에 가득해져오는 거라 방구들이 천장에게, 모서리가 벽에
게, 한 시가 두 시에게, 삶이 죽음에게 젖을 물리며 늙은 방이 째근째근
숨을 쉬고 있는 거였다

— 「69—삼신할미가 노는 방」[21] 부분

"69"라는 숫자는 매우 외설적이다. 성교를 할 때의 한 체위로서 사
용하는 일종의 은어와 같기 때문이다. 그런데 화자는 이 외설스러운
기표를 탄생의 접점으로 이해한다. 오랜만에 고향집 안방에서 "까슬
하고 굽실한 희끗한 터럭 하나"를 발견한 화자의 상상력은 매우 도
발적으로 발전한다. 처음에는 "어머니", "아버지"의 몸을 상상하다
가 나아가 "조부모"의 몸까지 상상한다. 그러므로 이 "터럭"은 당대

---

21 김선우, 앞의 책, 76~77쪽.

의 몸이 아니라, 승계된 몸의 기표로 확장된다. 그리고 몸의 연속성을 인지하는 순간 방은 "삼신할미 같은 방", 즉 잉태와 생산의 공간으로 확장되어 "쌔근쌔근 더운 숨을 몰아쉬기 시작하는" 공간으로 생명성을 획득하게 된다.

제2연의 내용에서 볼 수 있듯이 "69"는 체위, 즉 자세이다. "방이 무덤처럼 둥글게 부풀어 오르"는 것은 삶과 죽음이 같은 접점을 대고 있다("죽은 것과 산 것들의 69")는 화자의 인식이다. 생명을 지닌 것들이든, 그렇지 않은 것들이든 간에 화자의 의식 속에 만유는 바로 "69"의 자세를 통해 생성되는 것이다. 그러므로 "69"는 요철(凹凸)의 결합, 어머니와 아버지의 성기를 통한 육체적 결합, 나아가 우주의 결합을 의미하고, 이러한 결합만이 만유를 생산해낼 수 있다는 인식에서 작가가 생각하는 여성의 몸 역시 남성과 등가를 이루는 대상으로 인지하고 있음을 알 수 있다.

3연의 내용처럼 계보를 담보하는 "69", 생명의 승계와 연속을 담보하는 "69"라는 기표는 김선우가 인식하는 몸의 생산성을 가장 잘 표상하는 기표로 볼 수 있다. 여성의 몸을 성적 대상으로 물화된 것, 세계를 담보하지 못하는 불구로 인지하지 않았다는 점에서 상당히 발전적인 사고의 표출이라 평가할 수 있다. "삶이 죽음에게 젖을 물리"는 것은 극단적 경계를 넘어설 수 있는 가능성을 담지한 여성의 몸에 대한 새로운 인식으로 평가할 수 있다. 그리고 동일자로서의 몸이 구현하는 "69"라는 기표를 통해 생명의 절반을 담보하는 것이 여성의 몸이라는 발견은 김선우의 시가 형상화하는 여성의 몸에 원초적 생명의식이라는 기의를 부여하기에 충분하다.

김선우의 시에서 몸을 잘 환유하는 것은 성기인데, 이것은 원초적일 뿐만 아니라 개인의 삶의 내력을 담보하는 기표이기도 하다.

몸겨누운 어머니의 예순여섯 생신날
고향에 가 소변을 받아드리다 보았네
한때 무성한 숲이었을 음부
더운 이슬 고인 밤 풀여치들의
사랑이 농익어 달 부풀던 그곳에
황토먼지 날리는 된비알이 있었네
비탈진 밭에서 젊음을 혹사시킨
산간 마을 여인의 성기는 비탈을 닮아간다는,
세간 속설이 내 마음에 천둥 소낙비 뿌려
어머니 몸을 닦아드리다가 온통 내가 젖는데
경성드뭇한 산비알
열매가 꽃으로 씨앗으로 흙으로
되돌아가는 소슬한 평화를 보았네
부끄러워 무릎을 끙, 세우는
어머니의 비알밭은 어린 여자아이의
밋밋하고 앳된 잠지를 닮아 있었네
돌아갈 채비를 끝내고 있었네

— 「내력」[22] 전문

66년 동안이나 여자—엄밀하게 말하면 여성—로 작동하던 어머니의 몸은 "돌아갈 채비를 끝내고" 있다. 화자는 어머니의 여성성을 성기를 통해 확인한다. 젊었을 때 어머니의 성기는 "무성한 숲이었"고 "사랑이 농익어 달 부풀던" 곳이었지만, 지금은 "황토먼지 날리는 된비알"로 변해버리고 말았다. 무모의 성기가 보여주는 것은 어머니의 고단한 삶이다. "비탈진 밭에서 젊음을 혹사시킨/산간 마을 여인의 성기는 비탈을 닮아간다는" 세상 남자들의 음탕한 농담

타자의 시 읽기, 주체의 글쓰기

22 김선우, 『내 혀가 입속에 갇혀 있길 거부한다면』, 창작과비평사, 2000, 37쪽.

을 떠올리며 화자는 눈물을 흘린다. 그러나 화자는 어머니의 성기에서 "열매가 꽃으로 씨앗으로 흙으로/되돌아가는 소슬한 평화를" 목도한다. 그것은 어머니의 성기가 원초적 평화를 제공하는 근원이었음을 깨닫기 때문에 가능한 것이다. "어린 여자아이의 밋밋하고 앳된 잠지"에서 "무성한 숲"이었다가 다시 "앳된 잠지"로 돌아가는 어머니의 모습은 그 '내력'대로 화자의 삶에 적용될 것이다. 여기서 어머니의 성기는 성에 대한 욕망을 불러일으키는 대상이 아니다. 어머니의 성기는 "평화"를 떠올리게 하고, 고단한 노동의 삶을 증언하게 하며, 여성의 몸이 세계 안에서 어떤 의미를 담보하는가를 정확히 보여주는 것이다.

월경 때가 가까워오면
내 몸에서 바다 냄새가 나네

깊은 우물 속에서 계수나무가 흘러나오고
사랑을 나눈 달팽이 한쌍이 흘러나오고
재 될 날개 굽이치며 불새가 흘러나오고
내 속에서 흘러나온 것들의 발등엔
늘 조금씩 바다 비린내가 묻어있네

무릎베개를 괴어주던 엄마의 몸냄새가
유독 물큰한 갯내음이던 밤마다
왜 그토록 조갈증을 내며 뒷산 아카시아
희디흰 꽃타래들이 흔들리곤 했는지
푸른 등을 반짝이던 사막의 물고기떼가
폭풍처럼 밤하늘로 헤엄쳐 오곤 했는지

알 것 같네 어머니는 물로 빚어진 사람

가뭄이 심한 해가 오면 흰 무명에 붉은,
월경 자국 선명한 개짐으로 깃발을 만들어
기우제를 올렸다는 옛이야기를 알 것 같네
저의 몸에서 퍼올린 즙으로 비를 만든
어머니의 어머니의 어머니들의 이야기

월경 때가 가까워오면
바다냄새로 달이 가득해지네

— 「물로 빚어진 사람」[23] 전문

남성들의 정액과 달리 여성의 월경혈은 금기시되거나 격하된다. 정액과 비슷한 '하얀 체액'인 모유와 비교해도 더 심하게 거부되고 은폐되어야 할 것이 바로 '빨간 체액'인 월경혈이라 할 수 있다. 하지만 여성의 몸을 더럽다고 생각하는 것은 여성의 몸이 제자리에 있지 않을 때나 그로 인해 질서를 교란시키고 전복시킬 때 초래되는 현상이다.[24] 즉 남성 중심주의 체계에 위험을 초래할 때 그것은 더러운 것으로 간주된다. 가부장적 인식에 의하면 월경기에 있는 여성과 섹스를 하면 성병을 얻는다거나, 이 시기에 임신한 아이는 불구자가 되거나 악령이 들린다는 속설도 있다. 그리고 여성의 월경혈은 임신 실패의 증거물이지만 남성의 정액은 수정 가능성의 증거물이기에 더 생산적이라고 간주된다. 그래서 월경은 "아이를 갖지 못한 것에 대해

타자의 시 읽기, 주체의 글쓰기

---

23 김선우, 『도화 아래 잠들다』, 창비, 2003, 40~41쪽.
24 여성의 월경에 대한 금기는 민속학적 관점에서도 흔히 발견할 수 있다. 동제를 지낼 때 월경을 하는 여자를 마을로부터 격리시키거나, 해안가에서 만선을 기원하는 제를 지낼 때 월경을 하는 여성을 절대로 배에 태우지 않았던 것은 여성의 월경혈을 죽음으로 인식하였기 때문이다.

자궁이 우는 것"이라는 비유까지 등장한다. 이런 오해와 편견 때문에 여성은 스스로도 자신의 몸을 더럽다고 인식하기 쉽다.[25] 그러므로 월경이란 진정한 여성이 되어가는 자랑스러운 징표가 아니라 남성과 '다른' 몸이 되어가는 기호에 더 가깝다. 남성적 관점에서 월경과 더불어 시작되는 여성호르몬의 발달로 인해 굴곡 있게 된 몸은 성적인 욕망의 대상이 될 뿐이고, 임신이 가능해진 몸은 재생산을 위한 기계가 될 뿐이다.[26]

그러나 여기에서의 월경은 결코 여성의 몸을 오염시키는 저열한 것이 아니다.[27] 월경을 하는 어머니의 몸은 성과 속이 중첩된 공간으로서 매우 중층적으로 나타난다. "흰 무명"의 어머니와 "붉은 월경자국 선명한 개짐"의 대비적 심상은 중첩적인 어머니의 몸을 가장 잘 표상하는 기표들이다. 어머니는 "물"인데 이 물[28]은 신화적 관점

---

25 김미현, 「이브의 몸, 부재의 변증법—한국 여성 소설에 나타나는 여성의 몸」, 한국기호학회, 『몸의 기호학』, 문학과지성사, 2002, 15~16쪽.

26 김미현, 위의 논문, 16쪽.

27 김선우의 시를 에코페미니즘의 관점으로 접근하는 엄경희는 김선우가 생리나 자궁과 같은 여성적 이미지와 자연 이미지를 자주 혼합하여 여성과 자연의 관계를 하나로 접목시키는 상상력을 드러내고 있다고 평가한다. 김선우는 여성성을 드러내기 위해 자연성을 수사적 차원에서 끌어들이지 않고 자연의 본성을 여성성으로, 역으로 여성의 본성을 자연성으로 환치시킴으로써 이 둘에 아무런 차등이 없음을 보여준다. 엄경희, 『질주와 산책』, 새움, 2003, 102~103쪽.

28 김선우의 시를 논의의 대상에서 제외했으나 한국 여성시에 나타나는 달-물-여성의 상징적 대응에 대한 연구는 김옥순, 「한국 현대시에 나타난 모성 이미지」를 참조할 수 있다(이화어문학회, 『우리 문학의 여성성·남성성』, 월인, 2001, 29~66쪽). 김옥순은 이 논문에서 김남조, 천양희, 신달자, 강은교, 최승자, 김승희, 김혜순 등의 시에 나타나는 모성 이미지를 분석하여 여성시의 모성성이 달-물-여성의 신화적이고 상징적 리듬을 가진 대응을 통해 어떻게 시로 구현되고 있는가를 고구하고 있다.

에서 죽음의 의미 외에도 생명의 탄생, 부활 등의 의미를 갖는다.

비가 내리지 않는다는 것은 대지의 죽음을 의미하는데 이때 어머니, 즉 확장된 여성들이 보여주는 "흰 무명에 붉은 월경 자국 선명한 개짐으로 깃발을 만들어" "기우제"를 올리는 행위는 여성의 몸이 무생명성을 생명으로 회복시킬 수 있는 근원적 힘임을 보여준다. 여성의 성기는 만유가 "흘러나오"는 생명의 원천이다. 이것은 "바다"와 "물" 등으로 형상화되고 있으며, 이는 "엄마의 몸냄새"에서 "내 몸"의 냄새로 계승되는 역사성을 담보하는 소재들이 된다.

그러므로 남성적 관점에서 인식하는 '월경'과 달리 이 텍스트 내에서의 '월경'은 이러한 더러움을 전복시킨다. 가부장적 관점에서 여성이 월경을 한다는 것은 남성과 다른 몸이 되어간다는 것, 페니스가 결여된 불완전한 남성이 되어간다는 것과 동일하지만, 김선우는 이를 "월경-기우제-비"로 확산시켜 이해하고 나아가 '월경혈'을 여성의 "몸에서 퍼올린 즙"으로 인식한다. 그런 맥락에서 어머니-여성의 월경은 "바다"로 표상되는 '생명의 원천'에 나아갈 수 있는 매개의 역할을 하고 있다.

지금까지 살펴본 바와 같이 김선우가 형상화하는 여성의 성기-몸은 생명성으로 규정할 수 있다. 여성의 몸은 월경을 하기 때문에 새로운 생명의 잉태와 탄생을 가능하게 한다. 아울러 여성의 몸은 '갈라진 피부'[29]를 가지고 있기에 세계를 받아들일 수 있는 것이다. 그러므로 여성은 '이빨달린 질'[30]을 가진 공포의 존재가 아니라, 그 '갈라진 피부'로서 폭력으로 기표화된 남성적 세계를 위무하며, 새로운 생

---

29 김미현, 앞의 논문, 19쪽.
30 위의 논문, 24쪽.

명을 낳을 수 있는 존재임을 정확하게 형상화하고 있다.

4. 결론

페미니즘이 논의되기 시작한 지 오랜 시간이 흘렀음에도 불구하고 페미니즘 문학이 현재성을 지니는 이유는 이것이 이론만으로는 해결하기 어려운 당대의 문제이며, 복잡하고 중층적으로 얽혀 있는 문제이기 때문이다. 환언하면 문제적 현실을 목도하고 서술하는 주체가 남성인가 혹은 여성인가에 따라 여성 문제를 풀어나가기 위한 방법론이 상이하다는 점이다.[31] 여성 문제에서는 서술 주체의 계급과 계층을 세분하는 다양한 층위에 따라 현실 인식의 태도와 해결 방법이 그 방향을 달리한다. 특히 이러한 상황에 정치가 틈입하게 되면 그 문제는 풀 수 없을 만큼 얽히게 된다. 그럼에도 불구하고 여성 문제에 대해 끊임없이 의문을 제기하고 구체적 텍스트에 형상화된 여성의 현실에 대해 의구심을 가져야 하는 이유는 여성 문제가 단지 여성 개인의 문제가 아니라 세계의 문제이기 때문이며, 해체의 관점이 아니라 통합을 모색해야 하는 문제이기 때문이다. 또한 여성 문제에 대

나희덕, 김선우 시 읽기

---

31 예를 들어 조태일은 "삶과 인간에 대한 포용력, 이해, 따뜻함, 사랑, 자기희생, 인내 등 어머니들이 견지해온 덕목을 배우라"고 말한 바가 있다. 조태일의 발언을 문제 삼을 수 있는 것은 '어머니들이 견지해온 덕목이라는 것들이 과연 누구를 위한 것인가?'라는 새로운 질문을 생산한다는 것이다. 가부장적 관점에 익숙한 세계가 강요하는 이 덕목들은 결코 여성의 본질을 규정할 수 없다. 뿐만 아니라 이것들을 여성의 덕목이라고 규정한 이는 가부장적 세계이기 때문에 여성주의적 관점에서 이것은 매우 폭력적인 언사이다. 조태일, 「시를 찾아서, 시를 위하여」, 『창작과비평』 겨울호, 1995, 338~342쪽.

한 끊임없는 문제 제기를 시도하고 발전적 전망과 가능성 안에서 그에 대한 해답을 강구할 때 비로소 여성 문제를 뛰어넘는 인간의 문제에 대한 한 해명을 얻게 될 것이다.

이 책에서 논의 대상으로 설정한 나희덕과 김선우의 시편들은 모성의 새로운 의미를 발견하고 그것으로부터 남성 중심적 세계 안에서 여성이 합리적으로 대응할 수 있는 방안을 모색하였다는 점에서 그 의미를 찾을 수 있다. 먼저 나희덕의 경우 여성성은 대체적으로 어머니를 통해 형상화되어 희생과 등가로 규정된다. 특히 어머니의 몸은 현실적 모순에 대한 방어기제로 작동할 수 있는 유용한 수단임을 드러낸다. 특히 죽음과 맞닿아 있는 모성은 세계의 폭력을 무력화시키는 힘으로 작동한다. 김선우가 형상화하는 여성의 몸은 생성과 순환의 과정을 보여주는 생명성으로 규정할 수 있다. 이것은 여성의 몸이 세계로부터 버림받은 불구의 것이 아니라, 새로운 생명의 잉태와 탄생을 가능하게 하고 나아가 전 우주를 포용할 수 있는 존재라는 명료한 인식의 결과이다.

어떤 경우에도 모성의 극복이 모성의 부정과 동일시되어서는 안된다. 모성의 극복은 그것의 부정으로부터 비롯되는 것이 아니라 모성의 함의를 새로운 차원으로 확대하려는 노력이어야 한다. 환언하면 모성과 희생을 등가로 규정하는 차원이 아니라 모성의 다양한 결을 생산해내는 담론적 차원에서 접근해야 한다는 것이다. 그런 점에서 나희덕이나 김선우가 그려내고자 하는 모성은 남성 중심적 사고가 만들어낸 모성, 즉 남성을 위한, 아들을 위한, 세계를 위한 굴종이라는 맥락을 탈피하고 여성의 본질성을 규정할 수 있는 새로운 의미 부여로 보아야 한다.

김혜순 시 읽기

1. 서론

이 책은 지식인 여성[1] 작가인 김혜순의 텍스트[2]를 대상으로 여성 억압의 양면적 근원을 천착하고 그에 대한 작가의 대응 방식을 구명하는 것을 목적으로 한다. 페미니즘에 대한 이론적 착근이 이루어지기 이전의 시기였던 1980년대 초반에 여성 문제에 대한 문제 제기를 시도하기 시작하여 끊임없이 여성과 세계의 대응 관계에 집중해온 김

---

1   이 책에서 '지식인 여성'이라는 한정적 용어를 사용하는 이유는 우선 여성 문제를 인식하는 주체가 누구인가에 따라 텍스트의 구현 양상이 달라질 수밖에 없기 때문이다. 주체에 따라 세계를 수용하는 관점과 태도가 달라질 뿐만 아니라, 그것의 대응 방식에 있어서도 큰 편차를 보일 수밖에 없음을 전제한 용어로 사용한다.

2   이 책에서 분석 대상으로 삼은 김혜순의 시집을 출간 순서대로 열거하면 다음과 같다. 김혜순, 『또 다른 별에서』, 문학과지성사, 1981; 『아버지가 세운 허수아비』, 문학과지성사, 1985; 『우리들의 陰畵』, 문학과지성사, 1990; 『나의 우파니샤드, 서울』, 문학과지성사, 1994; 『불쌍한 사랑기계』, 문학과지성사, 1997. 이 책에서 인용한 작품의 출처는 시집 제목과 출간 년도, 인용 면수만 명기하는 방식을 택할 것임을 밝힌다.

혜순의 일련의 작업은 우리나라 페미니즘 시의 역사를 구축하고 있다고 해도 과언이 아니다.

그러나 김혜순의 최초 시집에서는 여성에 대한 관심의 맹아가 드러날 뿐[3], 그것이 구체적인 문제의식으로 확대되었다고 평가하기에는 무리가 따른다. 가령, 「리듬」[4]에서 김혜순은 여성을 눈물로 정형화된 비애의 존재로 인식하고 있다. 환언하면 여성은 지워질 수밖에 없는 불안한 존재, 세상과 대결하지 못하고 자기 자신을 지워야 하는 존재로 묘사된다. 또한 여성은 "절름발이 여자", "부러진 다리"의 불구자로 그려지는데, 이는 온전한 여성성을 획득하지 못하고 있는 당대 여성의 왜곡된 삶을 형상화한 모습이다. 이와 같이 김혜순의 첫 시집에서는 여성 문제에 대한 인식의 싹이 분명하게 드러나지만, 여성이 억압되고 있는 구체적 현실의 모습이 묘사되지 않는다.

그러나 김혜순은 첫 시집 이후의 작업에서 본격적으로 여성 문제

박자의 시 읽기, 주체의 글쓰기

---

3 김혜순의 최초의 시집은 문학과지성사에서 출간한 『또 다른 별에서』(1981)이다. 시인이 자서에서 밝히고 있듯이 이 시집은 "1981년 5월 이전에 쓴 시들을 역연대순으로 묶"는 방식을 취하고 있다. 따라서 이 시집에 실려 있는 시는 앞에 수록된 작품일수록 시인이 지닌 '지금'의 관심사를 반영한다고 할 수 있다. 그런데 이 시집의 맨 첫 작품「납작납작—박수근 화법을 위하여」라는 사실은 시사하는 바가 매우 크다. 이 시에 그려진 여성은 "발바닥도 없"고, "입술도 없"고 "표정도 없"는 무성성의 존재로 그려지고 있다. 김혜순은 박수근이 그린 그림 안에서 여성의 모습이 처한 현실을 발견하고 그것에 대하여 "하나님, 보시기에 마땅합니까?"라고 묻고 있다. 이 질문은 김혜순의 시력에서 여성 문제에 대한 최초의 질문으로 기록될 만하다.

4 위의 책, 82쪽. 제목 "리듬"은 여성의 눈물을 의미한다. 텍스트 내에서 여성의 삶을 견인하는 동력은 "눈물"인데 시인은 이를 "리듬"으로 인식한 것이다. 그러나 아직은 여성 문제에 대한 김혜순의 의식이 "그 여자 끌어올리는 뜨거운 리듬이 있어/리듬이 지우며,/지우며 가는 세상이 하나 흐리어 있어."와 같이 비애의 수준에 머물고 있다.

에 천착하고 그것에 대한 나름의 대응 방식을 모색하고 있다. 기왕의 연구[5]를 통해 김혜순의 시가 갖는 문학적 의미는 상당히 구명되었다고 판단한다. 특히 김혜순의 시에 나타난 시적 주체의 성격을 몸적 주체로 규정하고 그것이 제시하는 탈근대성의 의미를 구명한 후, 김혜순의 시가 근대성과 탈근대성의 성찰 속에서 여성시의 사유 질서를 확립하는 계기를 마련하고 있다는 의의를 발견한 신진숙[6]의 논의나, 변형되고 뒤틀린 신체를 절단하고 먹는 행위의 분석을 통해 이러한 행위가 여성을 억압하는 성 정체성의 굴레를 벗겨내는 단서로 작동하고 있음을 밝힌 김용희[7]의 논의는 주목할 만하다.

여성 문제는 타자로 억압받는 여성과 억압의 근원인 세계와의 불화에서 비롯되는 것이다. 따라서 이 책은 선행연구를 유연하게 수용하되, 우선 여성 억압의 근원을 파악하는 데 주력할 것이다. 이는 여성 문제의 원인을 다각적으로 접근하려는 의도이며, 여성 문제를 해결하기 위한 전제적 탐구이기 때문이다. 아울러 왜곡된 세계에 대하여 어떤 방식으로 문제 해결을 시도하고 있는가를 살필 것이다. 이러

---

5 김용희, 「김혜순 시에 나타난 여성 신체와 여성 환상 연구」, 『한국문학이론과 비평』 제22집, 한국문학이론과 비평학회, 2004, 310~333쪽; 김향라, 「한국 현대 페미니즘시 연구: 고정희·최승자·김혜순의 시를 중심으로」, 경상대학교 박사학위 논문, 2010; 나희덕, 「다성적 공간으로서의 몸: 김혜순론」, 『현대문학의 연구』 제20집, 새미, 2003, 307~327쪽; 신진숙, 「김혜순의 시에 나타난 몸적 주체와 탈근대성 고찰」, 『페미니즘연구』 통권9권, 한국여성연구소, 2009, 197~232쪽; 양은창, 「김혜순 시에 나타난 신체 지칭어의 성격」, 『어문연구』 56권, 어문연구학회, 2008, 503~523쪽; 이송희, 「김혜순 시의 몸 상상력과 의미구조」, 『호남문화연구』 36집, 전남대학교 호남문화연구소, 2005, 159~182쪽; 이주영, 「김혜순 시의 몸 이미지에 대한 고찰」, 중앙대학교 석사학위 논문, 2000.

6 신진숙, 앞의 논문, 197~232쪽.

7 김용희, 앞의 논문, 310~333쪽.

한 과정을 통해서 김혜순의 시에 드러나는 사회적 맥락을 더욱 확실하게 구명할 수 있으리라 기대한다.

2. 여성 억압의 근원 탐구

2-1. 억압의 외적 근원—아버지와 자식

김혜순은 세계의 일상적인 관계를 전복하는 방식으로 텍스트를 구축한다. 이것은 남성과 여성의 대립적 구조를 명료하게 하여 여성 억압의 원인이 일차적으로 가부장적 세계의 남성에게 있음을 드러내기 위한 전략이다. 특히 아버지와 자식을 여성 억압의 근원으로 간주하는 김혜순의 시선은 여성의 억압이 세계와 가정을 통해 동시에, 그리고 중층적으로 이루어지고 있다는 의식을 반영한 것이다.

타자의 시 읽기, 주체의 글쓰기

음악이 피리 구멍에서 나오듯
느타리버섯이 진창에서 벗어나오듯

어두운 자궁 속에서 고고의 힘찬 울음이 터져나오듯
쓰러진 육체의 구멍 속에서부터 고통 에 찬
영혼이 벗어나오듯

그렇게 무거운 살을 털어버리며
영겁의 기억의 무게를 벗으며
터져나오려는
수천의 무지개빛 종소리를 틀어쥐고
고치를 벗어나 더듬이를 세우고
형형색색의 날개를 펴 마악,

저 푸른 하늘로 투신하려 할 때
갑자기 스러지듯 드러눕는
무심한 번개 한 자락
내 두 날개를 짓뭉개버렸지

— 「기어다니는 나비」[8] 전문

텍스트 내의 "나비"는 여성을 상징한다. 이 나비는 "푸른 하늘"을 향해 '날아오르는' 것이 아니라 "투신하려" 한다. 이것은 세계 내에서 여성의 삶이 무한대의 가능성을 안고 살아갈 수 있는 것이 아니라 목숨을 걸고 살아갈 수밖에 없다는 비극적 인식이다. 이러한 비극적 인식의 원인은 다름 아닌 세계, 즉 남성이다. "내 두 날개를 짓뭉개버"린 "무심한 번개 한 자락"은 결코 여성의 자유로움을 보장하지 못한다. 금속성의 이미지인 "번개"는 투신하려는 "나비"의 삶을 원천적으로 봉쇄하고 분절시키는 억압의 기표이다.

여성이 탄생의 과정조차 수월하지 못하다는 인식은 텍스트의 결마다 드러나고 있다. "구멍"이나 "진창", "자궁" 혹은 "쓰러진 육체의 구멍" 등은 여성의 출생이 결코 수월하지 않음을 드러내는 기표이다. 화자는 목숨을 건 우화의 고통스러운 과정을 견뎌내고 태어났음에도 불구하고 결국은 "짓뭉개"져버릴 수밖에 없는 "나비"의 운명을 전복하고자 한다.

화자는 세계의 억압자인 아버지를 "처자식"을 "단칼에 베어버린" 존재로 묘사하여 아버지가 구축한 세계에 대해 반발한다. 아버지에 대한 이러한 심리적 저항은 나아가 "장검 대신 깡통 차고 늠름하게

김혜순 시 읽기

---

8 『아버지가 세운 허수아비』, 1985, 11쪽.

펄럭" 이고 있는 "허수아비" 의 모습으로 희화화된다.

아버지가 허수아비를 만드신다
어머니 저고리에 할아버지 잠방이를
꿰어서 허수아비를 만드신다
아버지가 가을 한낮에 허수아빌 만드신다
낡아빠진 군모에 구멍뚫린 워카를
꿰어서 녹슨 메달을 매다신다
아버지가 허수아빌 세우신다,
넓고넓은 가을 들판에
아버지가 허수아빌 세우시고
넝마들에게 준엄하게 이르신다
황산벌에 계백 장군 임하시듯
늠름하게 쫓아뿌라, 잉

황산벌에 계백 장군 펄럭인다
장검 대신 깡통 차고 늠름하게 펄럭인다
단칼에 베어버린 처자식은
논두렁 자갈 되어 굴러 있고
단칼에 흩어버린 신라 경계는
세월이 지워버렸는데
계백 장군 홀로 남아 나이롱 저고리 입고
혼자서 흔들린다
그 뒤편에 전쟁보다 더 무서운
입다물고 귀 막은 적막강산이
호올로 큰 눈 뜨고 있다

— 「아버지가 세운 허수아비」[9] 전문

타자의 시 읽기, 주체의 글쓰기

9 『아버지가 세운 허수아비』, 1985, 79~80쪽.

가부장적 관점에서 아버지는 육체와 정신의 근원이며 세계를 바라보는 주체이자 통로이며, 이데올로기의 교육자이자 계승자인 존재이다. 그래서 남성은 아버지의 이름을 따른다. 아버지의 이데올로기를 학습한 세계 안의 개별자–남성은 무비판적으로 학습한 그것을 다시 확대 재생산한다. 그러나 화자의 시선에 포착된 아버지라는 존재는 결코 영웅으로 그려지지 않는다. 아버지는 결코 세계를 구원할 수 있는 무한 능력의 소유자가 아니다. 현재의 나를 구성하는 아버지는 그저 "허수아비"일 뿐이다. '허수'라는 조롱의 메타포는 화자가 인식하는 부성을 규정하는 핵심 기표이다. "낡아빠진 군모"와 "구멍뚫린 워카", "녹슨 메달", "깡통", "나이롱 저고리" 등의 기표는 아버지라는 이름이 갖는 권위를 부정하고 해체한다.

1연에서 화자의 시선은 아버지가 만든 허수아비에 집중된다. 화자는 이 아버지–허수아비의 연장선에서 "계백 장군"을 떠올린다. 남성적 관점에서 계백은 신라와의 전투 과정에서 목숨을 건 구국의 영웅이기에 삶의 표사라 할 만하다. 그러나 여성적 관점에서 계백은 냉혈한일 뿐이다. 출전하기 전에 자신의 처자식들이 패전 뒤 노비가 되어 치욕을 당하는 것보다는 차라리 자신의 손으로 죽이는 것이 낫다고 생각한 계백은 처자식을 학살한다. 그런데 아버지 또는 남편이 "단칼에 베어버린 처자식은" "논두렁 자갈 되어 굴러 있"음에도 불구하고 아버지–남편은 구국의 일념을 완수한 영웅으로 대접받는다. 화자가 전복을 시도하는 지점은 바로 여기이다. 남성적 이데올로기에서 영웅으로 판단할 수 있을지 모르나 여성적 관점에서 여성의 삶을 억압하는 정도를 넘어서 생명을 제거하는 폭력 그 자체로 형상화되는 아버지 "계백"의 허위성을 화자는 폭로하려는 것이다.

여성의 삶을 억압하는 이러한 부정적 존재는 '남성'으로 한정되는 것이 아니라 남성 중심적 '세계'로 확장되어 시인으로 하여금 여성 억압의 근원을 천착하게 한다.

너는 우리 배추와 무들에게
중금속을 솔솔 뿌린 다음
빗물을 조금씩 끼얹어서
시내버스에 꽉꽉 채워넣고
구둣발로 지근지근 밟는다
우리 배추와 무들은
침을 흘리고 썩은 똥물을 갈기며
서로의 가슴과 가슴을 가장 여린 곳과 여린 곳을
맞댄 채 알맞게 절여진다
하고 싶은 사랑의 말도
옷깃에 숨겼던 비밀한 이[蝨]들도
알지 못할 너를 향한 두루뭉수리의 증오도
비에 젖어 쇠통 속에서
간간하게 간이 밴다
그 다음 너는 절여진 우리를
시내버스에서 꺼내어
우리의 장엄한 직장으로 패대기친다
우리 배추와 무들에게
햇살 같은 고춧가루도 뿌려주고
두 콧구멍에 여름 휴가 같은
향기로운 쪽파도 박아주면서
두 겨드랑이에 깨물고 싶은 자식 같은
마늘도 끼워주면서
머릿속 켜켜에
수천 년 묵은

교훈적인 젓갈도 넣어주면서
우리 배추와 무들로 김치를 버무린다
그 다음에 너는
땅속에 묻어둔 캄캄한 항아리에
우리를 차곡차곡 넣고
자물쇠를 꽝! 채운다
그렇게 한 60년
우리는 맛있게 익어간다
알지 못할 너의
이
세상에서!

— 「우리 배추와 무들은」[10] 전문

　김혜순의 텍스트에서 여성이 식물성 질감으로 형상화되는 경우는 흔하지 않다. 그런데 인용한 텍스트에서 여성은 "배추"와 "무"로 비유된다. 아울러 여성의 대척점에 있는 대상도 명료하게 "너"로 표상된다. "너"의 폭력은 "중금속"과 "빗물"로 실체화된다. 그 폭력 앞에서 "배추"와 "무"는 "침을 흘리고 썩은 똥물을 갈기"는 수모를 당하며 해체된다.

　"장엄한 직장으로 패대기친다"라든가 "햇살 같은 고춧가루", "여름 휴가 같은/향기로운 쪽파" 등의 반어적 언술은 부조리한 세계를 효과적으로 조롱한다. 여성이 살아가는 고통스러운 현실에 대한 이러한 조롱의 저항은 여성을 좌절의 존재로 인식하지 않고 세계와 맞서 대응할 수 있는 존재로 인식하기에 가능한 표현들이다.

---

10 『아버지가 세운 허수아비』, 1985, 103~104쪽.

그러므로 김치를 만드는 과정과 여성이 직장 생활, 즉 사회에서 겪어야 하는 불평등한 현실을 엮어나간 이러한 시편에서 세계는 결코 여성의 편이 아님을 여실히 확인할 수 있다. 여성이 처한 남성 중심적 세계의 실체는 "깜깜한 항아리"와 같다. 그 속에서 "맛있게 익어"가는 것, 즉 '썩어갈' 수밖에 없는 존재가 여성이라는 비극적 인식은 특유의 감각적 이미지로 확장되면서 여성적 삶의 억압이 어디에 근원을 두고 있는가를 성찰하게 한다.

김혜순의 시에서 대응의 대상은 세계와 아버지에 한정되지 않고 자식으로 확장된다. 관습적으로 볼 때 어머니는 자식을 위한 희생적 존재로 그려진다. 극단적으로 희생하지 않는 모성은 세계의 극렬한 비난에 봉착한다. 그럼에도 불구하고 김혜순의 시에서 자식은 결코 어머니가 목숨을 담보하고 보호해야 하는 운명적 존재가 아니다. 도리어 자식은 어머니를 죽이는 타자로 형상화된다.[11]

타자의 시 읽기, 주체의 글쓰기

가르쳐주지 않아도
열려진 입술은 젖을 찾아낸다
그리곤 내 몸 속에서 단물을 빼내간다
금방 먹고도 또 빨아먹으려고 한다
제일 처음
내 입 안에서 침이 마른다
두 눈에서 눈물이 사라지고
혈관이 말라붙는다

---

11 김혜순의 시를 에코페미니즘의 관점에서 이해하는 엄경희는 어머니의 몸을 생명을 낳고 보육하는 근원으로 간주한다. 따라서 어머니의 몸은 자식들에 의해 '고갈'되고 훼손되는데 이러한 일련의 과정을 '오염'으로 파악한다(엄경희, 『질주와 산책』, 새움, 2003, 99~100쪽 참조).

흐르던 피가 사라지고
산천초목이 쓰러지고
낙동강 물이 마르고 강바닥이
외마디 비명을 지르며 터진다
전신이 흠뻑 빨려나간다
먹은 것을 토하면서도
열려진 너희들의 입술은
젖꼭지를 물고야 만다
마침내 온몸이 텅 비어
마른 뼈와 가죽이 남을 때까지
천궁이 갈라지고
은하수 길이 부서져내릴 때까지
아무런 생각이 떠오르지 않고
영혼마저 말라 죽을 때까지.

— 「껍질의 노래」[12] 전문

일반적으로 모성은 희생과 동의 개념으로 간주된다. 그러나 김혜순의 텍스트에서 모성은 균열을 일으킨다. 이러한 희생이 어머니의 자발적 의지나 의도가 아님이 중요하다. 화자는 여성이자 어머니인 자신의 몸에 대해 "내 몸"이라고 명료하게 소유권을 주장한다. "내 몸"이라는 선언은 화자 자신이 타인에 의해 결코 침범당할 수 없는 주체라는 인식이다. 아울러 그 주체를 공격하는 대상이 자식이라는 자각은 가족에 대한 부정의 차원이 아니라 어머니도 역시 주체라는 명확한 선언과 같다.

자식들은 "가르쳐주지 않아도" 본능적으로 "열려진 입술은 젖을

---

12 『아버지가 세운 허수아비』, 1985, 117~118쪽.

찾아” 내어 어머니의 몸을 훼손한다. 자식들은 “몸 속에서 단물을 **빼내**”가는 존재이며, “금방 먹고도 또 **빨아먹으려고**” 하는 왕성한 식욕의 소유자들이다. 자식들의 흡혈이 끝난 뒤 어머니는 “침이 마”르고, “눈물이 사라지고”, “혈관이 말라붙”으며, “전신이 흠뻑 빨려나”가는 고통을 겪게 된다. 끝끝내 자식들은 “먹은 것을 토하면서도” “젖꼭지를 물고야” 마는데, 이는 어머니가 “아무런 생각도 떠오르지 않고/영혼마저 말라 죽을 때까지” 계속된다. 이처럼 화자는 자식들을 모성으로 거두어야 하는 대상으로 인식하기보다는 자신의 몸을 훼손하고 나아가 정신까지 말살하는 파괴자로 인식하고 있다는 점에서 매우 독특하다. 그것은 어머니가 개별자라는 인식이 있기에 가능한 것이다.

타자의 시 읽기, 주체의 글쓰기

그럼에도 불구하고 자식의 공격은 맹렬하다. 어머니에 대한 자식의 공격은 어머니의 신체만을 훼손하는 것이 아니라 “산천초목이 쓰러지고 낙동강 물이 마르고 강바닥이 외마디 비명을 지르는” 고통을 수반한다. 여기서 모성은 대지와 맥락을 같이하게 된다. 또한 모성의 파괴는 “천궁이 갈라지고 은하수길이 부서져 내”리는 우주의 파괴 행위와 같은 맥락이다. 따라서 자식이 어머니의 몸을 해체하려는 욕망은 궁극적으로 우주를 해체하는 것과 같은 행위가 된다.

텍스트 내의 화자는 자식에 의해 죽임을 당한 여성의 몸, 즉 어머니의 몸을 “껍질”로 인식한다. 그런데 여기서 껍질인 어머니의 몸은 희생으로 점철되어 있지 않고, 또 어머니-여성 스스로가 그것을 즐기거나 감내하는 모습으로 그려지지 않는다는 점이 주목할 만하다. 다시 말하면 어머니 스스로가 자신의 몸을 자식들에게 내어던지는 자발성의 발로가 아니라, 자식들이 강제적으로 어머니의 몸과

정신을 파괴하고 있기 때문에 희생을 강요당하는 피해자라는 의식이다. 이런 점에서 김혜순의 시에 보이는 모성은 일방적 희생과는 다르다. 어머니는 자의식을 가진 주체로서 설정된다는 점에서 김혜순의 시가 지니는 모성의 변별점이 드러난다.

표면적으로 볼 때 김혜순의 시에는 아버지 살해 욕망이 드러난다. 이것은 무비판적으로 계승되는 가부장적 이데올로기에 맞서기 위해 선택한 극단의 조치이다. 남성과 여성의 관계를 지나치게 이분법적으로 접근하고 있다는 비판에 노출되어 있음에도 불구하고 아버지 살해 욕망은 바꾸어 말하면 여성의 현실이 아버지를 죽여야만 바로 잡힐 수 있을 만큼 억압적임을 역설하는 김혜순 고유의 방법론인 것이다.

2-2. 억압의 내적 근원—어머니와 미분화된 자아

모성은 여성성을 지배하는 하나의 이데올로기로 작동한다. 여성주의 시에 대한 비판적 입장을 견지하고 있는 필자들은 여성 시인이 형상화한 모성이 결국은 남성적 이데올로기가 강제한 모성을 그대로 답습하고 있기 때문에 변별점이 드러나지 않음을 지적한다.[13] 그러나 모성의 극복은 모성의 부정이 아니라 그것의 함의를 새로운 차원으로 확대하려는 노력의 일환으로 이해하는 것이 타당하다. 환언하면 여성주의 시의 모성은 맹목적 희생과 등가의 가치가 아니라, 여성의 본질로서 이해되어야 한다는 점이다.

---

13 정문순, 「어머니, 영원한 타자의 이름인가?—나희덕과 김선우의 모성적 인식에 대해」, 『오늘의 문예비평』, 제44호, 2002, 172~190쪽.

김혜순의 시에서 주목해야 할 부분은 여성 억압의 근원을 남성으로만 한정하여 인식하고 있지 않다는 점이다. '바리데기' 설화를 토대로 여성성의 근원을 천착하고 있음에도 불구하고[14] 언제나 항상 여성-어머니를 희생적 존재로 신격화하지 않는다는 점에 주목할 필요가 있다. 이것은 여성 억압의 상당 부분이 바로 여성 자신에 있다는 김혜순의 인식인데, 여기에는 여성 문제의 해결에 새로운 대응 방식이 필요하다는 반성이 내재해 있다.

타자의 시 읽기, 주체의 글쓰기

　나는 엄마다
　딸이 나를 엄마라고 부르고
　내가 또 새끼를 근엄하게 훈계하고
　먹여서 기르니
　나는 엄마다
　엄마이기 때문에
　나는 엄마 행세를 한다
　그건 안돼!
　하지 마!
　때릴 거야!

　그전엔 난 엄마가 아니었다
　어렴풋한 기억 저편
　나에게도 엄마가 있었다
　두 눈이 전우주를 향해 열려 있고
　손가락들이 해왕성 명왕성을 꼬집고 놀 때
　나에게도 엄마가 있었다
　나의 엄마도 나에게 엄마 행세를 했다

14 김혜순, 『여성이 글을 쓴다는 것은』, 문학동네, 2002.

별 떨어질라 푸르른 창공 아래엔

지붕을 덮고

바람 불라 넓은 벌판 한가운데

벽을 세우는

엄마가 있었다

엄마는 늘 말씀하셨다

시야를 좁게 가져라

저 까만 우물을 향해 투신해라

영혼을 아무데나 흘리고 다녀선 안 된다

그래서 나도 엄마가 될 수밖에 없었다

어린 자식의 시야에 칸을 지르고

널푸른 영혼에 금을 긋고

우물을 파는

자못 교훈적인 엄마가 되었다

— 「엄마」¹⁵ 전문

화자는 여성–어머니로서 살아가는 자신의 모습에 대해 상당히 회의적이다. "자못 교훈적인 엄마가 되었다"라는 자조적인 언술에서 어머니–모성에 대한 비관적 태도를 엿볼 수 있다. 보통의 페미니즘 시에 드러나지 않는 여성 억압의 근원을 어머니, 즉 동일한 성으로 설정하고 있다는 점에서 독특한 화자의 인식을 발견할 수 있다.

대개의 경우 페미니즘이 문제 삼는 여성 억압의 근원은 세계–남성이었다. 그러나 이 텍스트에서 화자–여성의 억압은 바로 여성–어머니에 의해 시도된다. "두 눈이 전우주를 향해 열려 있고/손가락들이 해왕성 명왕성을 꼬집고 놀 때"는 화자가 어린 시절, 즉 남성 위주의

---

15 『아버지가 세운 허수아비』, 1985, 119~120쪽.

세계가 순환하는 법칙을 인지하기 이전의 상태이다. 가부장적 사고에 침윤되기 이전의 이 상태는 여자가 아닌 여성으로서 남성과 동등한 지위를 지닌 상태이며, "전우주", "해왕성", "명왕성" 등 우주적 상상력의 상태, 무궁한 가능성을 지닌 미완의 상태이다.

그런데 그 가능성의 상태를 닫아버린 자는 다름 아닌 여성-어머니이다. 화자의 어머니가 그리하였듯이 화자도 자식-딸을 억압한다. "푸르른 창공 아래엔/지붕을 덮고" "넓은 벌판 한가운데/벽을 세우는" 화자는 구습을 되풀이하는 똑같은 엄마가 되어가고 있다. 인간으로서의 삶에 대한 제약과 세계를 응시하는 눈을 제거하는 어머니의 교육 내용은 "시야를 좁게 가져라"라는 준엄한 명령에 초점이 맞춰진다. "영혼을 아무데나 흘리고 다녀선 안 된다"라는 잔소리는 화자의 꿈을, 인간다운 삶을 포기하도록 만드는 폭력이다.

그런데 이 폭력은 대물림된다. 여성-어머니에게 좌절과 포기의 교육을 받은 화자-여성은 똑같은 폭력을 자신의 후대에 물려주고 있다. 다만, 화자는 어린 자식-딸의 세계에 "칸을 지르고", 자유로운 "영혼에 금을 긋"는 "교훈적인 엄마"가 되는 것에 대해 상당한 회의를 가지고 있다는 점이 주목할 만하다. 즉 가부장적 이데올로기의 무비판적 답습이 아니라, 그것을 후대의 여성에게 물려주기를 거부하는 '타자의 귀환'으로 이해할 수 있기 때문이다.

텍스트 내에서 화자가 시도하는 세계의 구성 요소에 대한 비판은 다시 화자 자신에게로 향한다. 이것은 세계와의 관계를 단절하려는 의도라기보다는 네트워크화된 세계의 한 구성원인 자신에 대한 부정을 통해 더 나은 자아를 회복하기 위한 방법론이라 할 수 있다. 환언하면 자신을 제외하고 무조건적으로 타자를 부정하는 것이 아니라, 자신에 대한 비판과 부정을 통해 궁극적으로 개별자로서의 자의식을 획득하기 위한 성찰을 내포하고 있다는 점이다.

　　미꾸라지 한 마리가 샘물을 다 버려놓는다고, 벼르고 별러 미꾸리를
잡기로 한다 그래 나는 그를 버리기로 한다 나락 베어낸 자리에 고랑
을 치고 나는 기다린다 한참 기다리다 내 몸 속으로 그가 차오르면 물
을 훑어내고 두 손을 집어넣어 뻘을 제끼면 누런 미꾸리가 손에 잡힌
다. 아니 한 마리가 아니잖아 언제 이리 새끼를 깠누 나는 잡히는 대로
미꾸리를 움켜 낸다 잡아낸 미꾸리를 다라이에 담아 호박잎으로 쓱쓱
문지른다 껄끄러운 호박잎에 닿은 위장이 타는 듯하다 몸속으로 다시
흙탕물이 차오른다 그래 잊어버리기로 하자 이제 그만 그의 집을 부숴
버리자 움켰다 놓았다 하던 꿈틀거리는 미꾸리 위에 그만 왕소금을 한
줌 확 끼얹고 재빨리 솥뚜껑을 갖다 덮는다 소금 맞은 미꾸리들이 솥뚜
껑을 들썩들썩 밀어올린다 그래 이제 조금만 참으면 가슴이 후련할 거
야 가방이 던져지고 안경이 깨지고 그는 달아날 거야 그래그래 떠날거
야 다신 보지 말자 나는 양 무릎 속에 머리를 처박고 기다린다 이제 남
은 일은 저 미꾸리를 된장국에 푹 삶아 뼈까지 부서지도록 갈아야 한다
내 잠속에는 항상 맷돌이 있지 않던가 나날의 뼈를 부수어 저 잠의 목
구멍으로 밀어넣던 꿈이 있지 않던가 나물을 넣고 끓여야지 산초가루
도 듬뿍 치고 땀 뻘뻘 흘리면서 먹어야지 그를 갈아먹는 거야 아궁이에
솥을 걸고 불을 지핀다 마당이 타는 아궁이 속처럼 벌겋게 달아오른다
소금 맞고 죽은 미꾸리를 쏟아부으려고 가마솥 뚜껑을 열자, 바로 그때
시어머니가 마당으로 들어오신다 아이구 이 방 왜 이리 더워 문 열어놓
고 누워라 새아가

　　　　　　　　　　　　　　　　　　　　　　—「낮잠」[16] 전문

　화자가 "벼르고 별러" "미꾸리를 잡기로" 결심한 이유는 "미꾸

16 『나의 우파니샤드, 서울』, 1994, 20~21쪽.

라지 한 마리가 샘물을 다 버려놓"기 때문이다. 여기서 "미꾸라지"
는 화자의 내면에 존재하는 부정적 기표들을 포괄한다. 그것은 타
자인 세계가 강요한 억압이 아닌 여성의 내면에 학습된 형태로 존
재하는 것들, 예를 들면 세계에 대한 항복이나 굴종 등을 포괄한다
고 볼 수 있다. 그러므로 화자가 자신의 내면에 존재하며 여성적 삶
을 억압하는 또 다른 자아인 "미꾸리"를 "버리기로" 결심한 것은
이 미꾸리가 결코 온전한 여성적 삶을 담보할 수 없다는 깨달음 때
문이다.

　화자는 자기 증식을 하는 "미꾸리"를 향해 공격을 감행한다. "껄
끄러운 호박잎"이나, "왕소금"은 "미꾸리"를 고통에 빠뜨리는 공격
성의 기표들이다. 그것은 타자에 대한 공격이 아니라 자신에 대한 준
엄한 비판이다. 이는 김혜순의 인식층이 여성 문제의 원인을 오직 외
부의 세계, 가부장적 이데올로기에서만 찾으려 하지 않고 그 문제를
내면의 것으로 치환하고 있음을 드러낸다. 염결한 자기반성의 "맷
돌"이 가동되는 순간 "가방이 던져지고 안경이 깨지"는 고통이 뒤따
르게 되고 종국에는 "다신 보지 말자"라는 단호한 선언에 이르기까
지 화자가 겪는 자기 고통은 철저하게 내면화된다.

　그런데 이러한 고통이 자기완성에 이르려는 순간 "시어머니"가 등
장한다. 여성, 특히 기혼 여성에게 시어머니라는 존재는 매우 독특하
다. 같은 여성이지만 여성성의 본질이 다르고, 같은 엄마이지만 친정
엄마와의 질감과 다른 이 존재는 한마디로 규정할 수 없는 매우 중층
적인 의미를 지닌 대상이다. "시어머니"는 여성이면서 여성이 아닌
존재이다. 환언하면 시어머니는 항상 가부장적 이데올로기를 수행하
는 자로서, 여성의 삶을 억압하는 비동지적 관계로만 설정된다. 텍스
트의 문면이 시어머니의 발화로 종결된 채 더 이상 진행되고 있지 않

타자의 시 읽기, 주체의 글쓰기

지만, 독자는 텍스트 내적 화자가 시도하는 치열한 자기반성과 부정이 결국 시어머니에 의해 좌절될 것임을 확인하는 데 큰 어려움을 겪지 않는다.

길지 않은 잠, 깊은 꿈을 꿀 수 없는 오수의 시간("낮잠")에 여성이 시도한 자기부정은 비록 좌절될 것이 분명하지만 그럼에도 끊임없이 자기부정을 통해 진정한 여성성에 도달하려는 김혜순의 투쟁은 세계에 대한 비난을 넘어서 문제의 본질을 여성 자신에게서 찾으려 시도하고 있다는 점만으로도 매우 진보적이라 평가할 수 있다.

이와 같은 문제의식의 내면화는 다른 텍스트에서도 발견할 수 있다.

무서워 무서워
소금기둥 위에다 비옷을 걸친
내가 지나간다
십 년 장마에 반쯤 녹아
키가 줄어든
내가 지나간다

검은 우산을 쓰고
다가온
네 검은 안경테 밑에서
소금물이 줄줄
녹아내린다

그래그래 다 녹자
이까짓 소금기둥

다 녹여버리자
바닷물이 더 짜지게

　　　　　　　　　　　—「팔십 년 긴 장마」[17] 전문

　제목의 "팔십 년"은 여성의 삶 전체를 환유하는 기표로 이해할 수
있다. 여타의 작품과 마찬가지로 이 텍스트 내에서도 화자는 여성을
억압하는 근원을 세계로 설정한다. "십 년 장마"라든가 "검은 우산
을 쓰고 다가온 검은 안경테"의 "너"는 간명하게 가부장적 세계의
기표이다. 이 세계는 "소금기둥"으로 환유된 여성을 녹인다. "녹아
내린다"는 것은 형체가 사라진다는 것이고, 이는 본질의 변화가 수
반된다는 점에서 여성의 삶이 철저하게 해체되고 있음을 보여준다.
　그런데 화자는 그러한 변화에 대한 저항의 의지를 세계의 폭력을
수용하는 태도로 드러낸다. "다 녹자"라는 언술은 세계의 폭력에 무
기력하게 부정되는 여성이 아니라 그 녹는 과정을 통해 비로소 "바
닷물이 더 짜지게" 될 수 있는 원동력을 얻게 되기 때문이다. 온전한
주체를 확립하기 위해서는 선결해야 하는 것이 바로 자신의 해체라
는 인식을 드러내는 이러한 텍스트는 여성 문제의 해결 방법에 대한
새로운 인식을 촉구한다는 점에서 큰 의미를 갖는다.
　지금까지 살펴본 바와 같이 김혜순의 텍스트가 가지는 미덕은 외
부 세계에 대한 공격을 통해 여성 억압의 현실을 고발하는 차원에 한
정되지 않고, 문제적 현실을 정확하게 목도하는 여성을 화자로 내세
워 여성적 삶을 억압하고 왜곡하는 또 다른 근원인 여성을 반성하고
있다는 점이다.

타자의 시 읽기, 주체의 글쓰기

---

17 『우리들의 陰畵』, 1990, 11쪽.

3. 몸의 언어를 통한 세계의 횡단

앞에서 살펴본 바대로 김혜순의 시선은 왜곡된 세계를 향해 있고, 그 세계에 대한 명확한 응시[18]를 통해 억압의 현실을 횡단[19]하려 한다. 세계에 대한 부정, 염결한 자기반성을 통한 현실의 횡단은 몸을 통해 드러난다. 서구의 철학이 규정한 이분법적 사고 체계[20]와 달리 김혜순이 묘사하는 여성—몸은 세계를 해석하는 눈이면서 동시에 그 세계에 대항하는 시선이자 사유의 출발점이다.[21]

따라서 김혜순의 몸은 타자화된 대상이 아니라, 세계를 인식하고 응시하는 하나의 주된 방법이라 말할 수 있기에 '몸의 시학[22]'이라 명

18 호미 바바, 나병철 역, 『문화의 위치』, 소명출판, 2003, 16쪽. 여기서 바바가 말하는 '서구'를 '가부장적 세계'로, '피식민자' 혹은 '이주민'을 '여성'으로 이해할 수 있다. 가부장적 시선은 여성에게 남성의 정체성을 부여하려 한다. 그러나 여성의 진정한 정체성은 그런 시선에 의해 결코 '보여질 수 없으며' 실종된 인격이나 탈락된 정체성으로 남게 된다. 그리고 그 과정에서 살아남은 타자인 여성의 눈은 가부장적 시선을 혼란시키는 '응시'로서 되돌아온다. 따라서 '응시'는 가부장제를 분열시키는 한 방법으로 저항의 의미를 담보하게 된다.

19 고미숙 외, 『들뢰즈와 문학기계』, 소명출판, 2002, 31쪽.

20 이 책, 112쪽, 각주 3 참조.

21 환언하면 여성의 육체는 여성 경험의 가장 문학적인 토대인 동시에 그것의 축어성에 대한 은유이다. 헬레나 미키, 김경수 역, 『페미니스트 시학』, 고려원, 1992, 189쪽. 여기서는 김미현, 「육체의 글쓰기」, 이화어문학회, 『우리 문학의 여성성·남성성』, 월인, 2001, 104쪽 재인용.

22 신진숙, 앞의 논문, 209쪽. 여성이 시도하는 '몸으로 글쓰기'는 그동안 모멸당했던 여성의 육체로부터 출발하여 여성 자신의 말을 창조해낼 수 있는 자유로운 공간을 확보하려는 작업을 동반한다. 때문에 '몸으로 글쓰기'는 몸에 관한 글쓰기가 아니라 몸을 쓰는 것이며 자아를 쓰는 진행형의 자기 진술이다. 김성례, 「여성의 자기 진술의 양식과 문체의 발견을 위하여」, 『또하나의 문화』 제9호, 1992, 131쪽. 여기서는 이화어문학회, 『우리 문학의 여성성·남성성』, 월인, 2001, 104~105쪽 재인용.

명하기도 한다. 여성 시인들에게 전통도, 선배도, 경전도 없다고 단언하며 "우리에겐 우리의 몸이 경전이다[23]"라는 선언적 외침을 토대로 김혜순의 텍스트는 구축된다.

특히 여성의 몸과 등가를 이루는 '달'은 텍스트 내에서 매우 특별한 가치를 갖는다. 김혜순은 '달'을 통해 여성의 정체성을 확인하고자 한다.

밤하늘이 시커먼 우물처럼 몸을 숙였다
그 속으로 별들이 떨어져갔다
무한정 떨어지고 떨어져갔다
저 멀리서 여자의
치마 끝자락이 하늘 우물까지
당겨져 올라갔다
파도의 검푸른 옷자락도
숨막혀 숨막혀 뛰어올랐다
여자의 몸이 하늘 우물 속으로 치솟아
더 높게 더 높게 공중으로
떨어져갔다

새들은 잠 깨어 어두운 나뭇가지에 앉아 있었다
그 중 한 마리가 비명을 내지르자
밤의 살이 찢어지고 비릿한 피가 새어나왔다

여자의 몸이 활처럼 휘고
뜨겁게 젖은 뿌우연 살덩어리가
여자의 숲 아래로 고개를 내밀었다

23 김혜순, 『여성이 글을 쓴다는 것은』, 문학동네, 2002, 232쪽.

파도의 검푸른 옷자락이 여자를 덮어주었다
여자는 지금 마악 낳은 아기를 배 위로 끌어올렸다
땀 젖은 저고리를 열고 물컹한 달을
넣은 다음 고름을 묶고 젖을 물렸다
가슴 아래 밤의 나무들이 그제야
프르르 참았던 한숨을 내쉬었다

—「월출」[24] 전문

이 텍스트는 여성을 생산의 주체로 바라보고 있다는 점에서는 일 반적인 여성 작가의 인식과 크게 다르지 않다. 그러나 남성과 여성 의 육체적 결합을 통한 생산이 아니라 우주와 여성의 교접 과정과 생 산으로 인식 층위를 확장하고 있다는 점이 다르다. "여자의 몸이 활 처럼 휘"는 모습은 쾌락의 극치에 다다른 여성의 모습을 상상하게 한다. 이러한 에로틱한 상상력은 "밤하늘"과 "여자"의 교접으로 구 체화되는데, "밤하늘"은 한 개인이 아니라 우주의 환유이며, 여자가 "지금 마악 낳은 아기", 즉 "달"은 범우주적 생명으로 확장된다. 이 러한 쾌락과 고통의 과정을 거쳐 여자가 생산을 마치는 극적 긴장의 순간 우주는 기다렸다는 듯이 "푸르르 참았던 한숨을 내쉬"게 된다. 그러므로 세계는 여자의 생산을 중심으로 작동한다.

여기서 "땀"이나 "젖"은 그 출처가 여성의 몸이기에 '애브젝트 (abject)[25]라 할 수 있다. 남성적 관점에서 이 애브젝트는 정결함, 청 결과는 거리가 먼 것들로서 오줌, 똥, 토사물, 침, 신체의 털 등이 있

---

24 『불쌍한 사랑기계』, 1997, 51쪽.
25 박주영, 「영원히 지워지지 않는 흔적」, 한국여성연구소, 『여성의 몸』, 창비, 2005, 75쪽.

는데, 여기에 땀이나 젖이 포함된다. 이러한 사물은 청결의 대척점에 놓인 것으로, 보거나 싱싱하는 것만으로도 메스꺼운 느낌을 주는 것들이다. 애브젝트가 더럽고 역겨운 대상이라면 애브젝션(abjection)은 주체가 그 대상에 대해 갖는 육체적이면서도 상징적인 어떤 느낌이다. 애브젝트와 대면한 여성이 애브젝션을 체험하면서도 애브젝트에 저항하는 이유는 애브젝트가 문명화과정에서 배제된 원초적 억압의 대상을 상징하며, 원시와 문명의 경계를 표상하기 때문이다.[26] 그러나 화자는 이 애브젝트에 대한 새로운 의미 부여를 통해 애브젝트의 생산처인 여성의 몸을 통해 가부장적 이데올로기를 넘어서려는 노력을 보여준다.

김혜순의 텍스트에서 두드러지는 것은 해체와 전복의 과정이 이미지와 결합된 몸을 통해 드러난다는 점이다. 특히 미각적 이미지를 주목할 수 있는데, 미각은 독립적으로 사용되기보다는 시각적 이미지와 결합하여 그 의미 형성을 더욱 구체화한다.

타자의 시 읽기, 주체의 글쓰기

　　이 길은 짓부수어 고명으로 얹어 먹을 수도 있다.

　　이 길은 불에 올려놓고 두 시간 이상 살캉하게 삶아 먹을 수도 있다.

　　가슴 아픈 이 길은 삼삼하게 절여
　　고춧가루 끼얹어 마늘까지 곁들여 먹을 수도 있다.

　　길은 어떻게든 먹어주어야만 또 자란다.
　　모든 길 잡수시고 주무시는 할머니 무덤 위 잔디들 더 짓푸르듯이.

---

26 위의 논문, 75~80쪽 참조.

나, 오늘 우리 외할머니와 함께 만들었던 길

찬찬히 풀어내어

짠 눈물 양념 방울 떨어뜨리며

　　　　　—「길을 주제로 한 식사 5 — 딜리셔스 포에트리」[27] 부분

"길"은 반드시 걸어야 할 당위를 상징하기도 하지만 벗어날 수 없는 운명을 의미하기도 한다. 화자는 이 "길"을 "짓부수어" 먹는 방법으로 현실의 재구축을 시도한다. "우리"라는 동지적 입장에서 "외할머니와 함께 만들었던 길"은 역사성을 담보한 길로 그 의미가 확장된다. 과거의 "외할머니"와 현재의 "나"가 걸어가는 길은 "어떻게든 먹어주어야만 또 자"라는 길이다. 그러므로 이 두 인물의 행위는 새로운 미래, 열린 세계로 나아갈 수 있는 구체적인 방법론이다.

'먹는다'라는 동사의 주체가 될 수 없었던 여성[28]과 달리, 텍스트 내의 화자는 끊임없이 먹는다. "먹을 수도 있다"라는 가능성의 언표는 여성이 주체로의 복귀가 가능함을 드러낸다. 아울러 여성이 먹는 대상은 "가슴 아픈 이 길"인데 이것은 파편화된 세계에 대한 저항에 그치는 것이 아니라, 세계가 구축하고 강요한 여성의 운명에 대한 거부라 할 수 있다.

경우에 따라 김혜순의 현실 대응은 자발성이 전제된 저항, 죽음을 담보하는 극단적 대응 방식을 보여준다. 이는 여성의 현실이 이러한 극단적 대응을 생각할 수밖에 없을 만큼 억압적임을 방증하는 것이기도 하다.

---

27 『불쌍한 사랑기계』, 1997, 68~70쪽.

28 김용희, 앞의 논문, 322쪽.

그날도 여전히 백지 위에 도장은 빵빵 찍혔고 그날도 여전히 술잔은 채워졌다 비워졌고 여자들은 치마를 끌어내렸고 이 손 좀 치워요 소리질 렀고 그날도 여전히 차창을 열고 그는 침을 찍 뱉었고 의자는 빙빙 돌았 고 색색가지 넥타이들은 깃발처럼 펄럭였고 9시 뉴스는 59벌의 흰 와이 셔츠를 보여줬고 구두 닦는 아이들은 구두에 침을 퉤퉤 뱉어 광을 내었고

그녀는 적군의 아이를 가진 그녀는 낮잠만 자는 그녀는 배가 자꾸만 불러오는 그녀는 가슴이 커져오는 그녀는 아무도 도장을 찍어주지 않았 으므로 아무것도 할 수 없는 그녀는 슈퍼마켓에 갈 수도 없고 극장에 갈 수도 없고 반상회에 갈 수도 없는 그녀는 머리를 깎인 그녀는 조리돌림 을 당한 그녀는 아무도 집에 오지 않는 나날을 견딘 그녀는 만삭이 되어 눈동자만 누우처럼 커다래진 그녀는 아기가 나오려 하자 25층 꼭대기로 올라간 그녀는

누우 한 마리 25층 옥상에서 뛰어내린다 동물의 세계 카메라는 사자 에게 쫓기는 누우 한 마리를 쫓아간다 누우는 새끼를 낳다 사자떼에 쫓 기고 말았다 어미의 몸 속에서 머리와 앞다리 두 개를 내놓던 새끼 누우 는 태어나다 말고 놀라 죽고 말았다 그리하여 스스로 죽은 새끼를 자궁 에서 끌어내지 못하는 누우는, 손이 없는 누우는 죽은 새끼를 반은 자궁 속에, 반은 몸 밖에 매단 채 온 들판을 헤매다닌다 이 죽은 새끼를 꺼내 주세요 가다간 쓰러지고 다시 쓰러진다 땡볕의 들판은 죽은 새끼를 금 방 썩게 한다 이미 누우떼들은 강을 건너간 지 오래, 혼자 남은 어미 누 우의 눈이 점점 커진다

— 「참혹」[29] 전문

이 텍스트는 거꾸로 독해하는 것이 의미를 이해하는 데 더 유연하 다. 3연의 "누우 한 마리 25층에서 뛰어내린다"라는 구절은 2연과 3

29 『불쌍한 사랑기계』, 1997, 104~105쪽.

연의 연결 고리로 간주하고 우선 3연을 이해해보자. 화자는 텔레비전에서 방영하는 동물의 왕국이나 동물 소재 다큐멘터리를 시청하고 있는 것으로 보인다. TV 화면에 비치는 모습은 냉혹한 정글의 모습이다. '새끼를 밴 누우'(여성)가 새끼를 낳는 도중에 "사자"(남성)에게 쫓긴다. 그 과정에서 새끼는 놀라 죽는다. "스스로 죽은 새끼를 자궁에서 끌어내지 못하는" 모습이나 "손이 없는" 모습은 극한의 고통을 이해할 동반자의 부재를 암시하며 이는 여성이 견뎌야 할 불구자적인 세계의 모습을 함의한다. 환언하면 "누우"를 버린 새끼의 아버지인 수컷, 즉 남성의 무책임함과 버림받은 여성으로서의 "누우"가 견뎌야 할 세계의 벽이 얼마나 냉혹하고 견고한가를 보여준다. 세계 속에 고립된 여성의 모습은 누우 떼들이 "강을 건너간 지 오래"인 황량한 초원의 모습과 "혼자 남은" 어미 누우 "의" "점점 커"지는 "눈"과 오버랩되면서 고독한 주체자로서의 여성의 모습이라는 의미를 획득하게 된다.

이제 다시 텍스트의 1연과 2연의 의미를 이해할 수 있다. 1연은 세계의 모습이고, 2연은 세계 속에 내던져진 여성의 모습이다. 1연에서 세계는 철저히 남성 위주로 순환한다. 그 속에서 여성의 모습은 치마가 끌어내려지고, "이 손 좀 치워요"라고 "소리질"러보지만 여성의 외침은 공허한 메아리에 지나지 않는다. 여전히 세계는 "색색가지 넥타이들은 깃발처럼 펄럭였고 9시 뉴스는 59벌의 흰 와이셔츠를 보여"주는 등 남성적 가치관에 매몰되어 있다. 여기서 우리는 이 여성의 모습을 '매매춘' 여성 정도로 이해할 수 있다. '도장을 찍다'라는 관습적 표현이 성관계를 맺었다는 의미로 통용되는 점, 2연에서 "아무도 도장을 찍어주지 않았으므로 아무것도 할 수 없"다는 진술로 미루어 이 텍스트 안의 여성을 몸이 자본 창출의 수단인 매매춘 여성으로 이해할 수 있는 근거를 갖게 된다.

2연에서 "적군의 아이를 가신" 여성은 무기력한 상태로 방치되어 있다. 세계에서 그녀는 철저하게 소외되어 있다. 일상의 삶을 영위할 수도 없을뿐더러, 원하지 않게 "적군의 아이"를 임신하였다는 이유만으로 "머리를 깎"이고 "조리돌림을 당"하는 등 세계의 손가락질을 받는다. 세계는 그녀가 임신한 계기에 대해 궁금해하지 않고 그녀를 철저하게 외면한다. 이렇듯 세계에서 버림받은 그녀는 결국 자신의 삶을 포기하고자 한다. 더 심각한 것은 세계의 구성원인 여성들조차 텍스트 내의 '매매춘 여성'에게 어떤 위로를 하지 않는다는 점이다. "반상회에 갈 수도 없는" 이 여성의 모습이 이를 극명하게 증명한다. 같은 여성이지만 "그녀"를 제외한 나머지 여성들은 남성과 동일한 가치관으로 이 여성을 비난한다. 그러므로 "그녀"의 억압은 다층적으로 구조화되어 있다. 이러한 상황에서 그녀가 선택할 수 있는 유일한 저항은 "25층 꼭대기로 올라"가서 세계를 향해 투신하는, 즉 몸을 통한 극단적 저항밖에는 없다.

세계로부터 배제된 여성, 세계로부터 방치된 여성의 삶이 어떤 파국을 맞이하는가를 적나라하게 보여주는 이 텍스트를 통해 화자는 여성의 삶이 얼마나 "참혹"한 것인가를 생생하게 묘파한다. 특기할 만한 것은 타자인 여성의 삶이 남성–세계에 의해서만 억압당하는 것이 아니라, 동성인 여성에 의해서까지 외면당하는 모습을 통해 여성 억압의 원인이 매우 다양하게 존재하고 있음을 고발하고 있는 점이다. 나아가 부조리한 세계에 대한 저항의 방법을 몸에서 찾고 있다는 점에서 김혜순의 독특한 문제 해결 방식을 간파할 수 있다.

그러나 무엇보다도 김혜순의 텍스트가 갖는 미덕은 여성 문제 해결에 대한 모색이 원망이나 비원에 머물러 있지 않다는 점이다. 이것

타자의 시 읽기, 주체의 글쓰기

은 김혜순의 반성이 자신을 배제한 채 외부 세계의 변혁만을 통해 이
루려는 것이 아니라, 자신을 포함한 세계의 해체를 통해서만 가능하
다는 것을 의미한다.

너는 나를 짓밟는다
때묻은 뒷꿈치로
나를 짓뭉개고 뒤흔든다
네 발가락 사이에서
내 피가 튀고, 억울한 피톨이 튄다
부끄러운 사랑이 찢어지고
연약한 살점이 짓뭉개져 드러난다
그 다음 너는 나를 쥐어짠다
입술이 뒤틀리고
숨겨둔 봄의 씨앗들이 터져나온다
피눈물이 주르르 쏟아진다
너는 그것을 단숨에 들이켠다

나는 네 몸통 속에서
불씨처럼 익어간다
네 목젖을 타고 오르는
빨간 플러스, 빨간 플러스
이번엔 네 체온이 급상승중
나는 너의 피 속에 불을 지른다
너의 전신이 모닥불처럼 타오른다
그 다음 나는 너의 뇌 속으로 들어간다
들어가서 나는 지랄 발광한다
덩달아 너도 고래고래 소리치고
시궁창에 처박힌다
나는 너의 눈 속으로 들어가 너의

동공을 꽉 틀어막는다
나는 너를 뒤흔들고 들쑤신다
나는 너를 패대기친다
나는 너의 골통을 쳐부순다
나는 너를 피흘리게 한다
그리고 너의 깊디깊은 잠과 함께
나도 이제 죽어간다

—「복수」[30] 부분

텍스트 내의 "나"와 "너"는 공감대를 형성할 수 없는 적대적 관계로 설정된다. "나"를 여성과 여성적 삶 전체를 환유하는 기표로 간주하고, "너"를 "나"의 대척점에 위치한 세계로 이해한다면 텍스트의 의미는 쉽게 드러난다. "나"는 발효되는 술이다. "너"는 "나"를 마시는 주체이다. 발효라는 것은 자신의 본질을 포기하고 새로운 것으로의 화학적 변화를 감수할 때 가능한 일임을 상기하면 화자는 목적을 이루기 위해 자신의 본질을 언제라도 포기할 준비가 되어 있다.

세계인 "너"는 "나"를 "짓밟는" 고통에 빠뜨리고, "짓뭉개고 뒤흔"들어 세계의 폭력 앞에서 무기력하게 나를 노출시킨다. 그 과정에서 "피가 튀고", "사랑이 찢어지고", "살점이 짓뭉개져 드러"나는 고통을 고스란히 온몸으로 겪는다. 세계의 고통은 정신만을 말살하는 것이 아니라 여성의 몸을 불구로 만들어버린다는 이러한 의식의 절박함이 김혜순 시를 이끌어나가는 힘이다.

타자인 "나"는 세계가 가한 폭력을 똑같은 방법으로 되갚는다. 본질을 버리고 새로운 것으로 '발효'된 "나"는 "너의 피 속에 불을 지

타자의 시 읽기, 주체의 글쓰기

---

30 『아버지가 세운 허수아비』, 1985, 64~66쪽.

른" 후 "너의 뇌 속으로" "들어가서 지랄 발광"을 한다. 나아가 "너의 눈 속으로 들어가" "동공을 꽉 틀어막"고, "너를 뒤흔들고 들쑤"시고 "너를 패대기"치고, "너의 골통을 쳐부"수어 "너를 피흘리게" 만든다. 중요한 것은 "나"가 "너"에게 가하는 고통이 새삼스러운 것이 아니라 "네"가 "나"에게 가했던 고통과 동일하다는 점이다. 다만 "너"는 그것이 고통임을 인지하지 못할 만큼 세계의 폭력은 일상화되어 있음을 의미한다.

'몸으로 싸우기'의 결말은 "너의 깊디깊은 잠과 함께/나도 이제 죽어"가는 것이다. "너"를 죽이고 "나"만 살아남는 전쟁이 아니라, "너"와 함께 "내"가 죽을 수밖에 없다는 인식은 세계를 결코 이분법적으로 인식하지 않는 김혜순의 발전적 태도이다. 여성 문제를 오직 여성의 문제로 국한시켜놓지 않은 문제의식의 포괄성이 그 대응 전략의 유연함을 유발한 것이다. 관점을 달리하면 모든 것이 소거된 후 새로운 것을 창조할 수밖에 없을 정도로 여성이 처한 세계가 절망적임을 드러내고 있다고 볼 수도 있겠으나, 결론적으로 김혜순의 "복수"는 타인에 대한 원망의 차원에서 머무는 것이 아니라 자신의 해체를 통해 이루어진다는 점에서 여성주의 시의 새로운 가능성을 열어놓았다는 평가가 가능하다.

4. 결론

불안정한 여성 내면을 환상적 언술로 구현해내는[31] 김혜순 시의 진

---

31 정끝별, 『오륙의 노래』, 하늘연못, 2001, 129쪽.

정성은 현실에 대한 냉철한 인식에서 출발한다. 내면적 자아와 현실직 자아의 욕망이 상충(相衝)하는 가운데서(「레이스 짜는 여자」[32]) 여성의 삶이 "총칼 대포 피해 피난 보따리 이고 지고/우왕좌왕 쫓기는 꿩떼" 같아서 "죽어서도 못 썩을 우리들의 陰畵"(「우리들의 陰畵」[33])의 삶이라는 것을 적나라하게 드러내고, "슬픔주머니 등에 매단 채/전속력으로 한평생 낙하"(「저 자석 붙은 땅이」[34])할 수밖에 없는 암울한 상황임에도 불구하고 그것으로부터 벗어나기 위한 끊임없이 몸을 움직이는 것이야말로 김혜순의 텍스트를 더욱 가치 있게 만드는 원동력이다.

지금까지 살펴본 김혜순의 시에 나타나는 여성-어머니는 경우에 따라 관습적인 여성의 모습, 생명을 창출하는 주체로서 상정되기도 한다. 그러나 김혜순의 시에서 새로운 여성 시의 가능성을 볼 수 있는 근거는 학습된 모성 이데올로기를 답습하거나 재생산하지 않고 이를 전복시키고 있다는 점이다. 어머니와 연계된 혹은 한정된 주체로서의 여성이 아니라, 아버지와 자식에 대한 부정을 통해서라도 여성적 삶의 정체성을 확보하려는 노력은 분명 가부장적 관점으로 본다면 비정상적이고 무모한 행위에 지나지 않는다. 그러나 이데올로기화한 모성과 여성의 자기 정체성에 대해 균열을 내려는 이와 같은 시도는 분명 여성 시의 새로운 방향을 제시하고, 여성 시의 언술 범위를 확장하는 데 크게 기여하고 있다.

여성 억압의 근원을 아버지와 자식으로 상징화된 가부장적 세계로

---

32 『우리들의 陰畵』, 1990, 108~109쪽.
33 위의 책, 26~27쪽.
34 위의 책, 39쪽.

타자의 시 읽기, 주체의 글쓰기

한정하지 않고 동일한 성인 여성조차도 여성 억압의 근원이 되고 있다는 인식을 전제로 김혜순은 여성 문제의 해결을 위한 방법으로 '몸으로 싸우기'를 제시한다. 특히 억압의 근원을 여성에서 찾고 있다는 것은 김혜순의 인식이 단순히 여성의 연대를 통한 문제 해결을 모색하고 있지 않음을 의미한다. 환언하면 여성의 연대가 가능하기 위해서는 개별자로서의 여성이 주체의 위치를 굳건하게 지켜야 하며, 그렇게 되기 위해서는 철저하게 여성의 현실에 대한 이해가 선행되어야 함을 의미한다. 이는 문제 해결을 위한 감정적 대응이 아니라는 점에서 상당히 발전적이라 할 수 있다.

김혜순 시 읽기

제2부

주체의 글쓰기

시 '보기'와 영화 '읽기'

1. 서론

시의 언어가 고도의 은유와 상징을 통해 주제를 압축하여 전달하는 것과 같이 영화 또한 시각적 은유와 상징 등의 진술 방식을 전유함으로써 더욱 입체적으로 주제를 전달한다.[1] 영화가 시적 진술 방식을 차용하고 있다는 것은 관객의 시선이 영화를 '본다'는 차원에 머무는 것이 아니라 '읽는다'는 의미를 함의하는 것이다. 영화를 '읽는다'는 것은 조작된 상황을 보거나, 구조가 있는 이야기를 보거나, 영화적 방법으로 재창조된 세계를 본다는 의미이거나 표현의 의미를 파악한다는[2] 등의 다양한 의미로 수용된다. 마찬가지로 시를 '읽는다'는 것은 언어로 재창조된 세계를 이해하는 것이니 사실 영

---

1 시와 영화 문법의 유사성에 대한 상술은 김용희, 「시와 영화의 문법과 현대적 미학성」, 이형권·윤석진 편저, 『문학, 영화를 만나다』, 충남대학교 출판부, 2008, 72~98쪽 참조.

2 김성태, 『영화』, 은행나무, 2003, 47~106쪽 참조.

화를 '본다'는 것과 시를 '읽는다'는 것은 그리 큰 간극을 지니지 않는다.

이 책은 김기덕 감독[3]의 영화 〈봄 여름 가을 겨울 그리고 봄〉[4]을 중

---

3 김기덕 감독의 필모그래피는 다음과 같다. 〈악어〉(1996), 〈야생동물 보호구역〉
(1997), 〈파란 대문〉(1998), 〈섬〉(2000), 〈실제상황〉(2000), 〈수취인불명〉(2001),
〈나쁜 남자〉(2002), 〈해안선〉(2002), 〈봄 여름 가을 겨울 그리고 봄〉(2003), 〈사마
리아〉(2004), 〈빈집〉(2004), 〈활〉(2005), 〈시간〉(2006), 〈숨〉(2006), 〈비몽〉(2008),
이상 마르타 쿠를랏, 조영학 역, 앞의 책, 136~165쪽 참조. 이후 〈아리랑〉(2011),
〈아멘〉(2011), 〈피에타〉(2012), 〈뫼비우스〉(2013), 〈일대일〉(2014) 등이 있다.
  김기덕 감독의 영화에 대한 연구 성과로는 정성일이 엮은 것을 들 수 있다(정성
일 편, 『김기덕, 야생 혹은 속죄양』, 행복한 책읽기, 2003). 이 책은 김기덕의 영화
〈악어〉〈야생동물보호구역〉〈파란 대문〉〈섬〉〈실제상황〉〈수취인불명〉〈나쁜 남
자〉〈해안선〉〈봄 여름 가을 겨울 그리고 봄〉을 대상으로 연구한 작품론이다. 여기
서 다루고 있는 〈봄 여름 가을 겨울 그리고 봄〉은 쇼트를 중심으로 분석한 논문이
다. 이 책의 561~568쪽에는 김기덕과 관련한 다양한 자료의 출처가 소개되어 있
다. 이외에 〈섬〉을 다룬 논문으로는 이승원의 것이 있다(이승원, 「욕망, 그 포획과
미끄러짐 사이—김기덕의 〈섬〉을 읽는다」, 수유연구실+연구공간 '너머', 『철학극
장, 욕망하는 영화기계』, 소명출판, 2002, 106~125쪽 참조). 저자는 비록 〈섬〉이
라는 영화에 한정하고 있지만 김기덕 영화의 원점이 '야생성'과 '욕망'에 있다고
규정한다. 본격적인 논문의 형식은 아니지만 김성곤은 〈수취인불명〉에 대해 "전
쟁의 상처가 아직 아물지 않고 있는 한국 근대사의 비극과 인간교육의 단절을 상
징적으로 그려낸 예술영화"라고 평가하고 있다(김성곤, 『영화 속의 문화』, 서울대
학교 출판부, 2004, 256~257쪽). 김기덕을 연구한 학위 논문으로는 오유영, 「김
기덕 영화에 나타난 인간의 본성 연구」, 충남대학교 석사학위 논문, 2011; 임정식,
「김기덕 영화의 타자성 연구」, 고려대학교 석사학위 논문, 2008; 정효진, 「김기덕
영화의 '감춤-드러냄'에 관한 연구: 〈나쁜 남자〉와 〈빈집〉을 중심으로」, 서강대학
교 석사학위 논문, 2007; 박선, 「김기덕 영화의 물의 이미지 연구」, 원광대학교 석
사학위 논문, 2006 등이 있다. 학술 논문에서 주목할 만한 성과로는 오현화·정재
림, 「종교영화에 나타난 인간 존재론과 구원: 박찬욱 〈박쥐〉와 김기덕 〈봄 여름 가
을 겨울 그리고 봄〉을 중심으로」, 『서강인문논총』 30집, 서강대학교 인문과학연
구소, 2011, 207~237쪽이 있다.
4 마르타 쿠를랏은 이 영화를 '인간 존재의 신비를 다룬 영화'라고 평가했다. 문화
적 차이가 있음에도 불구하고(저자는 아르헨티나 출신이다) 마르타 쿠를랏은 김기

심으로 이 영화의 서사를 구축하는 불교적 상상력과 그 구현 방식으로서의 은유[5]를 고찰하고자 한다. 은유는 축자적 언어를 사용하여 전달하기 극히 어려울 아이디어들을 표현하는 방법을 제공하기도 하고(표현 불가능 가설), 특별히 간결한 의사소통 수단을 제공하는 것이기도 하고(압축성 가설), 우리의 현상적 경험의 생생함을 포착하는 데 도움이 될 가능성이 크다(선명성 가설).[6] 이러한 은유의 특성을 전제로 이 책에서는 영상으로 표현된 은유의 의미를 파악하고 그것을 통해 감독의 의도가 어떻게 관객에게 수용되는가와 같은 질문에 대한 해답을 찾고자 한다. 이것은 일차적으로는 시와 영화의 상호텍스트성[7]에 대한 한 해명을 제시할 수 있을 것이며, 나아가 영화와 시의 소통 방식에 대한 이해를 높일 수 있으리라 기대한다.

덕 감독의 영화가 함의하는 메시지를 상당히 정확하게 간파하고 있는 것으로 보인다. 마르타 쿠를랏, 조영학 역, 『나쁜 감독―김기덕 바이오그래피』, 가쎄, 2009, 61~65쪽 참조.

5 시적 진술 방식으로서의 은유에 대응하는 영화 문법의 용어는 몽타주 혹은 은유적 몽타주이다. 은유적 몽타주는 은유로 만들어지는 몽타주를 말한다(벨라 발라즈, 이형식 역, 『영화의 이론』, 동문선, 2003, 145~146쪽 참조). 영화의 핵심 개념으로 간주되는 몽타주는 일반적으로 두 개 이상의 쇼트가 커트나 페이드를 통해 결합된 것을 가리킨다(볼프강 가스트, 조길예 역, 『영화』, 문학과지성사, 2006, 111쪽). 따라서 은유적 몽타주는 이질적인 두 개의 장면 혹은 그 이상의 장면들이 병치되어 새로운 의미를 형성해내는 영화적 기법으로서 '은유의 시각적 제시'로 이해할 수 있다.

6 레이먼드 W. 깁스, 나익주 역, 『마음의 시학』, 한국문화사, 2003, 174~176쪽 참조.

7 영화와 시의 친연성에 대한 논구는 윤석진, 「오래된 그러나 새로운, 문학과 영화의 대화」, 이형권·윤석진 편저, 『문학, 영화를 만나다』, 충남대학교 출판부, 2008, 64~65쪽; 이형권, 「시의 영화, 영화의 시」, 위의 책, 99~116쪽; 이형권, 「영상화 시대의 시 쓰기」, 위의 책, 117~146쪽; 고현철, 「시와 영상예술의 상관성」, 교재편찬위원회, 『문학과 영상예술』, 삼영사, 2003, 49~62쪽 등을 참조할 수 있다.

2. 계절의 순환과 악업의 반복

계절 그 자체 혹은 계절의 순환[8]은 텍스트 전개에서 상당히 오래[9] 그리고 광범위하게 사용되었다. 연대기적 서사 방식[10]의 하나인 계절의 순환 구조에서 범박하게 봄은 만유의 시작을 알리는 계절이거나 인생의 출발을 함의하는 시간의 의미로, 여름은 성장이나 질풍노도의 감정적 혼란을 표상하는 시간으로 사용된다. 가을은 결실과 쇠락이라는 이중적 의미로, 겨울은 죽음과 시련 혹은 새로운 출발을 예비하는 단련의 시간이라는 함의를 지닌다. 이렇게 보면 사실 계절은 독

타자의 시 읽기, 주체의 글쓰기

8 프라이가 논의한 이미지의 순환적인 형식은 도식으로 요약될 수 있지만, 네 개의 주된 양상이 몇몇 순환 내에 있음을 주목하고 있다. 예를 들어 일 년의 주기는 봄, 여름, 가을, 겨울이다. 하루의 주기는 아침, 정오, 저녁, 밤이다. 물의 주기는 비, 샘, 강, 바다(눈[雪])이다. 삶의 주기는 청년, 장년, 노년, 죽음이다(노스럽 프라이, 임철규 역, 『비평의 해부』, 한길사, 2003, 316쪽, 317쪽 각주 116번 참조). 프라이가 제시한 이 도식 중에서 일 년의 주기, 하루의 주기, 물의 주기, 삶의 주기 등은 영화 내에서 '봄-아침-비-청년' 등으로 대응되어 영화의 서사 전개와 상당히 일치한다.

9 계절의 순환을 서사 전개의 방법으로 택하고 있는 텍스트의 사례는 매우 다양하다. 멀리 고려시대의 「동동」에서부터 조선시대 가사인 「면앙정가」(송순), 「사미인곡」(정철), 「농가월령가」(정학유) 등이 계절의 순환을 서사 전개의 기본 방식으로 이용하고 있는 텍스트이다. 현대시에서 계절의 순환은 인간의 성장과 곧잘 비유된다. 서정주의 「국화 옆에서」나 「다시 밝은 날에」 등의 텍스트에서 봄은 출발, 여름은 성장 혹은 격정적 사랑의 실현, 가을은 이별 혹은 정신적 성숙, 겨울은 죽음이나 새로운 시작의 예비 시간 등의 의미를 함의한다. 이와 같은 사례를 통해 볼 때 계절의 순환이라는 모티브는 전통적인 서사 전개의 한 방식임을 알 수 있다.

10 이야기의 순서를 배치하는 방법으로서 비연대기적 서사 방식의 반대 개념으로 쓰인다. 연대기적 서사는 사건들이 일어나는 순서를 역전시키지 않는 것이며, 관객들에게 극중 인물의 흥망성쇠에 실시간으로 동참하고 있다는 강력한 환상에 기초하여 서사를 전개하는 것이다. 서정남, 『영화서사학』, 생각의나무, 2004, 134~135쪽 참조.

립적이고 확정적인 의미만으로 텍스트의 형성에 기여하는 것이 아니라 상당히 모순적인 의미를 내포하고 있다고 볼 수 있다. 그 이유는 시간의 흐름이 분할되지 않고 연속적인 성격을 지니고 있기 때문이다.

일반적으로 봄은 시작, 생명의 탄생 등과 같은 상징적 의미를 지닌다. 이 영화에서 '봄'의 은유적 몽타주 역시 이 범주를 크게 벗어나지 않는다. '봄'은 서사가 시작되는 계절이며, 인물의 성장이 이루어질 것임을 예고하는 계절이다. 텍스트 내에서 '봄'은 길지 않은 러닝타임을 가지는데 이는 전체 서사의 도입 역할을 하기 때문이다.

'봄'에서는 동자승이 물고기와 개구리, 뱀의 몸통에 돌을 매달아 장난치는 모습을 보여주고, 이를 통해 악업을 쌓는 인간의 모습을 제시한다. 텍스트의 '봄'은 생명의 탄생 등과 같은 일반적인 봄의 의미와는 상당히 이질적이지만 서사의 시작이라는 점에서 의미를 지닌다.

〈그림 1〉

〈그림 2〉

여름은 성장의 의미를 지니는 계절이다. '봄'과 이어지는 '여름'은 동자승이 성장하였을 것이며, '여름'의 천둥과 번개, 소나기와 같은 격정적인 감정의 변화나 신체적 성장을 겪게 될 것임을 암시한다. '여름'은 인간적 욕망과 종교적 이상 사이에서 갈등하는 청년승의 모습을 통해 인간이 겪는 번민을 집약적으로 제시한다.

　'여름'의 첫 장면은 교미하는 뱀을 경이롭게 바라보는 청년승의 얼굴을 클로즈업 기법을 통해 보여주는 것으로 시작된다. 이것은 청년승이 육체적 욕망을 자각하리라는 일종의 복선이다. 고립된 절에서 자란 청년승에게 그 누구도 인간의 성적 욕망을 가르치지 않았지만 절로 요양을 온 소녀를 보는 순간 청년승은 육체적 욕망을 자각한다. 그것은 주지스님의 말대로 "저절로 그렇게 된 것"이며, 그 욕망을 따르는 청년승의 모습 또한 지극히 자연적인 것이다.

〈그림 3〉

〈그림 4〉

　비종교적 입장에서 소녀를 사랑하고 육체적 결합을 욕망하고 실현하는 청년승의 행위를 비난할 수 없다. 그러나 노스님의 입장, 즉 종교적 입장에서는 그 의미가 달라진다. 욕망의 초극을 통해 해탈에 도달하는 것이 불교적 가르침의 정수라 할 때 적어도 청년승의 행위는 그러한 가르침에서 어긋나 있기 때문이다. 따라서 '여름'은 자연인으로서의 청년과 수도자로서의 청년승이 겪는 내적 갈등, 더 구체적으로는 육체적 욕망과 종교적 이상 사이의 갈등을 보여준다. 다만 감독은 수도자인 청년승의 모습보다는 인간적 욕망에 충실한 청년의 모습에 방점을 둠으로써 성장통을 겪는 보편적 인간의 모습을 제시한다.

'여름'의 장면에서 청년승은 병이 들어 절로 요양을 온 소녀를 만나게 되고, 그 소녀를 통해 성적 욕망을 실현한다. 따라서 '여름'은 청년승에게는 격정적인 시간이 될 수밖에 없다. 인간적 욕정을 주지 스님에게 발각당한 뒤 소녀는 절에서 추방당한다. 이후 소녀를 잊지 못한 청년승은 불법(佛法)을 거역하고 욕망을 따라 자발적으로 절을 떠난다. 주목할 것은 절을 떠나는 청년승이 바랑에 대웅전의 작은 돌부처를 챙겨 넣는 모습이다. 이것은 청년승이 느끼는 양심의 가책을 의미할 수도 있고, 언젠가는 청년승이 다시 절로 돌아올 것임을 암시하는 일종의 기호일 수도 있다.

가을은 쇠락의 이미지를 강하게 가지는 계절이다. 긍정적 의미로 보면 여름의 시련을 이긴 후에 결실을 맺는 계절로 볼 수도 있다. 그렇기 때문에 가을은 양가적 계절이다. 시련을 견뎌내야만 결실을 맺을 수 있기 때문에 시련과 결실은 다른 듯하지만 결국 그 의미의 근원은 같다.

〈그림 5〉

〈그림 6〉

'가을'의 미장센[11]에서 속세로 떠난 청년승은 살인자가 된다. 불법

---

11 미장센은 영화의 화면 구성이나 연출을 설명하기 위해 사용되는 영화 비평 용어이

을 거역하고 사랑을 좇아 속세로 내려갔던 청년에게 남은 것은 살인이라는 죄악뿐이다. 소녀를 열렬히 사랑했지만 청년의 바람과 달리 소녀의 사랑이 다른 이를 향해 있었음에 분노한 청년의 살인은 사랑과 같은 인간적 감정이 얼마나 공허한 것인가를 묵시적으로 보여준다. 비록 사랑이 "저절로 그렇게 된 것"임에도 불구하고 현세의 욕망은 덧없고 허망한 것이라는 불가의 가르침에 입각한 미장센이 가을이라는 계절과 맞물려 제시된다.

'겨울'은 불교적 가르침이 견고해지는 시간이다. '가을'에 절을 떠났던 청년은 중년의 나이로 다시 절로 돌아온다. 생략된 서사를 추리해보건대 청년은 감옥에서 자신의 죗값을 치렀을 것이다. 환란의 시기를 보낸 청년이 다시 절로 돌아온다는 설정은 의미심장하다. 그것은 속세의 번뇌와 죄악으로 인한 내면의 상처를 치유할 수 있는 공간이 절이라는 점을 함의하기 때문이고, 주지스님의 가르침 또는 반야심경의 진언인 '공(空)'을 깨달았음을 의미하기 때문이다. 따라서 '겨울'은 불법을 깨닫고 그것을 견고하게 할 수 있는 계절이다.

〈그림 7〉 　　　　　　 〈그림 8〉

다. 볼프강 가스트, 조길예 역, 『영화』, 문학과지성사, 2006, 87쪽.

절로 돌아온 주인공은 무예를 연마하고 몸에 맷돌을 묶은 채 반가사유상을 들고 산을 오른다. 몸에 매단 맷돌은 자신이 어렸을 때 지은 원죄의 은유이다. 반가사유상을 안은 것은 자신의 지향점이 불도에 있음을 보여준다. 험난한 산길을 오르는 과정을 통해 주인공은 자신의 원죄를 씻기 위한 고행을 한다. 따라서 '겨울'은 표면적으로는 고독과 절망의 시간으로 보이지만 시간의 내부에는 고행을 통해 진리에 도달할 수 있는 가능성이 내재해 있다.

다시 '봄'으로 돌아온 장면은 매우 익숙하다. 그것은 영화의 첫 번째 장면과 완벽하게 일치하기 때문이다. 공간의 변화를 두지 않고 인물의 변화만 있지만, 사실 두 인물은 첫 번째 장면의 인물과 다를 바가 없다. 깨달음을 얻지 못한 동자승과 동자승의 죄악을 일깨우는 주지스님의 역할은 텍스트가 시작되는 '봄'과 동일하기 때문이다. 죽은 노승만큼 나이가 든 주인공이 대웅전 마루에 앉아 동자승의 얼굴을 그려주고 있다. 잠시 후 대웅전 앞마당으로 올라온 거북이 한 마리를 주워 등껍질을 두드려보던 동자승은 배를 타고 산으로 간다.

〈그림 9〉

〈그림 10〉

동자승은 지금의 주지스님이 어렸을 때 그러했듯이 물고기를 잡아 입에 돌을 쑤셔 넣고는 헤엄치지 못하는 모습을 보며 즐거워한다. 개구리에게도, 뱀에게도 같은 행위를 한다, 이러한 동자승의 모습은 카메라 앵글이 점점 후퇴하여 정상의 반가사유상의 시점으로 치환되어 제시된다. 관객은 이 익숙한 미장센을 통하여 감독의 의도를 쉽게 간파할 수 있다. 현재의 주지승과 동자승의 업보는 운명처럼 일치한다. 악업을 쌓을 수밖에 없는 것이 인간의 운명임을 드러내기 위한 계절이 '봄'이다. 따라서 이 지점의 '봄'은 생명의 출발이라는 관습적 상징에 머물지 않고 원죄가 반복되는 불행의 출발점이라는 비극적 함의를 지닌다.

지금까지 살펴본 바와 같이 텍스트의 계절은 순환한다. 그러나 텍스트 내에서 계절은 시간적 배경만을 드러내는 것이 아니라 인물의 성장과 행위 등 사건과 긴밀히 연관되면서 서사를 구축하는 은유적 역할을 담당한다. 따라서 시간의 흐름 즉 계절의 순환은 넓은 의미에서 악업의 반복을 의미한다고 할 수 있다. 과거 청년의 악업은 살생(殺生), 주지 않는 것을 취하는 것(不與取), 삿된 음행(邪淫)[12]이었다. 이러한 악업을 끊는 유일한 방법은 부처님의 가르침을 깨달아 선업을 쌓는 것이다. "전생의 일을 알고 싶은가 금생에 받은 그것이라네 내생의 일을 알고 싶은가 금생에 만드는 그것이라네(欲知前生事 今生受者是 欲知來生事 今生作者是)"[13]라는 불가의 가르침을 감독은 계절의 순환이라는 서사 장치를 통해 효과적으로 제시하고 있다. 그러면서도 이러한 가르침에 도달하여 불성을 지니는 것이 매우 지난한 일이며, 또 자기 각성을 위해 끊임없이 스스로를 경계해야 함을 계절의 은유

타자의 시 읽기, 주체의 글쓰기

---

12 김윤수, 『불교의 근본원리로 보는 반야심경 · 금강경 읽기』, 마고북스, 2005, 198
   쪽 참조.
13 김윤수, 위의 책, 203쪽.

를 통해 효과적으로 형상화하고 있다.

3. 우주 만유에 내재한 불성과 진리의 각성

불가에서 살생을 엄격히 금하거나 수행하는 자들의 육식을 금지하는 것은 우주의 만물에는 불성이 있다는 믿음 때문이다. 이는 미물인 동물에게서도 불성을 발견할 수 있으며 또는 그 미물을 통해서 불성을 깨달을 수도 있음을 의미한다. 그러므로 영화에서 동자승이 죽이게 되는 '물고기'[14]와 '개구리'[15], '뱀'[16] 등은 생명을 가진 모든 것의 환유 혹은 환유적 몽타주[17]이다. 제자리에서 제 역할을 다하며 살아가는 미물

14 불교에서 물고기는 아주 중요한 소재이다. 물고기는 잠을 잘 때도 눈을 감지 않는다고 알려져 있지만 사실은 투명한 막에 의하여 눈이 덮여 있기 때문에 눈을 뜨고 있는 것은 아니다. 그러나 이와 같은 특성 때문에 불교에서 물고기는 각성의 의미를 지닌다. 중국 선종(禪宗)의 의식과 규율을 적은 『勅修百丈淸規』에는 "물고기는 밤낮으로 눈을 감지 않으므로 수행자로 하여금 자지 않고 도를 닦으라는 뜻으로 목어를 만들었으며 또한 이것을 두드려 수행자의 잠을 쫓고 정신 차리도록 꾸짖는다."라고 적고 있다. 낮이나 밤이나 눈을 뜨고 있는 물고기의 속성을 不眠勉學하는 수도자의 자세에 비유한 것이다. 불교와 관련한 사물의 상징적 의미는 박호석, 『불교에서 유래한 상용어·지명 사전』, 불광출판사, 2011; 동국대학교 불교문화연구원 편, 『한국불교문화사전』, 운주사, 2009 등을 참고할 수 있다.

15 블라바스키에 의하면 개구리는 창조와 구원을 표상하는 으뜸가는 존재들 가운데 하나이다(이승훈, 『문학상징사전』, 고려원, 1995, 15쪽).

16 불교에서 뱀은 관자재보살로서 무지한 인간들을 일깨워 지혜의 등불을 밝혀주고 가르쳐서 올바로 살게 하도록 교육하는 보살을 의미한다. 중생을 가르치다가 희귀한 중생을 만나 스스로 막히게 되자 복잡하고 오묘한 중생계에 내려와 모든 중생의 근기를 실제로 체험하고자 관자재보살은 뱀신이 되어 스스로 광명을 터득하고 학문을 넓히는 성품을 지닌다.

17 하나의 사상이나 사회적 개념을 기술하지 않고 형상을 통해 표현하는 몽타주를 말한다. 쿠헨부흐의 사례로 "슬럼가, 작동을 멈춘 기계들, 가게 앞에 늘어선 사람들

들의 생명을 하찮게 여기는 모습은 동자승의 행위를 통해 환기된다. 관객은 악의를 품지 않았지만 결국 죄가 되는 행위를 보여주는 것에서 감독의 의도를 추리한다. 그것은 의도를 품지 않았으나 결과론적으로 죄가 되었던 동자승의 행위를 보여줌으로써 올바른 삶이 무엇인가에 대한 본질적 질문이다.

영화에 제시되는 다양한 사물은 우주 만유를 상징한다. 그것은 '물고기', '개구리', '뱀', '고양이' 등의 동물로부터 '물'에 이르기까지 다양하다. 김기덕은 불성을 지닌 우주 만유를 통해 욕망의 덧없음과 진정한 진리에 대한 근원적 탐구를 시도한다. 김기덕이 〈봄 여름 가을 겨울 그리고 봄〉에 대해 "인간을 포함한 자연계의 큰 현상에 대해 원리에 대해 고민하는 영화", "그 원리와 고민을 통해 새로운 인간의 의식적 경지를 발견하고 싶었"[18]던 영화라고 자평하는 것이 그 근거이다.

동자승의 호기심 혹은 욕망은 평생의 악업으로 작동한다. 동자승이 '물고기', '개구리', '뱀' 등을 함부로 살생하는 것을 지켜보던 스님은 잠자는 동자승의 허리춤에 커다란 돌을 매달아 놓는다.

동자승: 스님, 내 등에 돌이 붙었어요. 빨리 풀어줘요.
스　님: 고통스러우냐?
동자승: 예, 스님.

타자의 시 읽기, 주체의 글쓰기

의 행렬" 등은 "경제 위기"를 의미하며, "휘날리는 눈보라, 고드름, 빙판이 된 고속도로" 등은 "겨울"을 나타내는 것이다(볼프강 가스트, 조길예 역, 앞의 책, 120쪽). 이 용어는 개념의 연상 작용을 시각적으로 표현한 몽타주의 의미(벨라 발라즈, 이형식 역, 앞의 책, 137쪽)에 문학 용어인 환유가 결합된 것으로서 '환유의 시각적 제시'로 이해할 수 있다.

18 마르타 쿠를랏, 조영학 역, 앞의 책, 124~125쪽.

스　님: 물고기도 너처럼 그리하였느냐?

동자승: 예, 스님.

스　님: 개구리도 너처럼 그리하였느냐?

동자승: 예, 스님.

스　님: 뱀도 너처럼 그리 하였느냐?

동자승: 예, 스님.

스　님: 일어나거라. 걸어보거라.

동자승: (몇 걸음 못 가 주저앉는다.) 힘들어 못 걷겠습니다, 스님.

스　님: 물고기와 개구리와 뱀은 지금 어떻겠느냐?

동자승: 잘못했습니다, 스님.

스　님: 가서 찾아서 모두 풀어주고 오너라. 그럼 풀어주마.

동자승: (일어선다.)

스　님: 물고기와 개구리와 뱀 중 어느 하나라도 죽었으면은 너는 평
　　　　생 동안 그 돌을 마음에 지니고 살 것이다.

동자승: (배를 타고 산으로 간다.)

— 〈봄 여름 가을 겨울 그리고 봄〉 중 '봄' 장면 일부

　사실 동자승의 행동은 비종교적 관점에서 본다면 충분히 용인 가능한 행동이다. 그러나 불교적 상상력이 전제된 이 영화에서 동자승의 행위는 당연히 노스님에 의해 질책당하게 된다. 또한 비판의 차원을 넘어서는 교조적 주제가 노스님의 대사를 통해 직접 드러난다. '살생을 하지 말라' 는 직접적인 가르침보다 "물고기와 개구리와 뱀 중 어느 하나라도 죽었으면은 너는 평생 동안 그 돌을 마음에 지니고 살 것이다"와 같은 은유적 표현을 통한 암시와 복선에서 이 영화가 가진 시적 함의를 확인할 수 있다.

　관객은 동자승의 허리춤에 매달린 '돌' 에 주목할 필요가 있다. 처음에 그것은 동자승이 장난삼아 '물고기' 의 입에 물리거나 '개구

리', '뱀' 등의 몸뚱이에 묶어놓은 것과 동일한 성격을 지닌다. 동자승은 그것이 얼마나 큰 악업이며 스스로를 옭아맬 족쇄인지 알지 못한다. 그것은 '돌'로 은유된 죄악의 의미를 동자승이 깨닫지 못했기 때문이며, 또한 '돌'이 인간이 평생 동안 지고 살아야 하는 삶의 업보와 같은 것임을 깨닫기에 동자승은 속세의 때가 아직은 묻지 않았기 때문이다.

다음으로 영화에 등장하는 동물 중에서 주목해야 할 것은 '뱀'과 '고양이'이다. '봄'에서 동자승에 의해 죽임을 당하는 '뱀'은 생명을 지닌 만유의 상징으로 이해할 수 있다. 또 '여름'에 등장하는 '뱀'은 청년승에게 인간의 욕망을 자각하게 하는 동기로 작용한다. '여름'의 첫 장면에서 교미를 하는 '뱀'의 모습이 클로즈업을 통해 제시된다. 그 모습을 경이롭게 바라보는 청년승의 얼굴에서 청년승이 폭풍 같은 사랑의 감정을 느끼게 될 것임을 예상할 수 있다. 이처럼 '봄'과 '여름'의 '뱀'은 살의와 욕정 등 인간의 잠재된 욕망을 은유한다.

그러나 '가을'의 장면에서 '뱀'의 함의는 상당히 이질적이다. 청년이 연행된 후 스님은 배 위에 나무를 쌓고 '폐(閉)'자를 쓴 종이로 코와 눈과 입과 귀를[19] 막고 소신공양으로 열반에 든다. 이때 불이 붙은

타자의 시 읽기, 주체의 글쓰기

---

19 가을에서 살인범이 된 청년은 주지스님과 같은 방법으로 자살을 기도한다. 그러나 청년은 눈, 코, 입에만 폐(閉)자를 쓴 종이로 막고, 귀를 가리지 않았다. 이는 이중적인 해석의 가능성을 보여준다. 귀를 막지 않았다는 것은 여전히 속세에 대한 욕망과 집착이 그를 구원에 이르지 못하게 함을 의미하며, 동시에 타자의 목소리(노승의 가르침)를 통해 청년이 구원에 이를 수 있음을 시사한다(오현화 · 정재림, 앞의 논문, 229쪽 참조). 그러나 주지스님의 행위는 청년의 행위와 상당한 의미 차이를 보인다. 청년과 달리 주지스님은 눈과 코와 귀와 입을 모두 폐(閉)자로 막음으로서 속세와의 완전한 단절을 통해 구원에 이르고 있기 때문이다(오현화 · 정재림, 위의 논문, 228쪽 참조).

배 안에서 뱀 한 마리가 물을 가로지른다. 이것은 앞서 살펴본 계절의 순환과 관련하여 해명할 수 있다. 환언하면 계절이 순환하듯 인간의 악업 또한 반복되는 것이다. 동자승의 악업이 반복될 수밖에 없듯이 노스님의 과거 또한 악업으로 점철되어 있음을 의미한다. 따라서 '가을'의 '뱀'이나 '겨울'의 미장센에서 불당에 머무는 '뱀'은 사라지지 않는, 또는 사라질 수 없는 인간의 원죄를 상징한다고 볼 수 있다. 그것은 육신은 사라져도 그 원죄는 남을 것이라는 비극적 전망의 표상이다.

'고양이'가 등장하는 장면은 '가을'이다. 주지 스님은 살인죄를 저지르고 다시 절로 돌아온 청년에게 '반야심경'[20]을 새기게 한다. 이때 스님은 '고양이'의 꼬리를 붓으로 삼아 '반야심경'을 쓴다. 주목할 것은 '고양이'의 꼬리가 지니는 역설적 의미이다. 불교에서 말하는 축생(畜生)은 삼악도의 하나로서 중생이 죄를 지어 죽은 뒤에 짐승의 몸이 되어 괴로움을 받는다는 길이다. 양육되는 짐승의 무리이므로 축생이라고 하며, 축생은 고통이 많고 낙이 적으며, 식욕·음욕만 강하고 무지하여 부자·형제의 윤리가 없으며 서로 싸우고 잡아먹으므로 늘 공포 속에 산다. 축생에 빠지지 않는 방법은 죄를 짓지 않는 것이지만 청년은 이미 죄를 지은 상태이다. 즉 청년은 축생에 빠질 것이기 때문에 주지스님은 "분노를 마음에서 지"우기 위한 방법으로 짐승인 '고양이'의 꼬리로 '반야심경'을 새기게 한다.

따라서 축생에 빠지지 않기 위하여 짐승인 '고양이'를 구원의 은유로 수단화한 것[21], 살인의 도구였던 '칼'이 속죄의 도구가 된다는 것

시 '보기'와 영화 '읽기'

---

20 '반야심경'에 대한 자세한 설명은 김윤수, 앞의 책, 227~284쪽을 참조할 것.
21 불심이 강했던 세조를 자객으로부터 구해준 고양이 전설(최정희, 『한국불교전설

과 '반야심경'을 '새기는 행위'를 통해 욕망을 초극한 구원, 즉 번뇌로부터의 해탈에 이르게 되는 것 등은 모두 은유로 작동하게 된다. 특히 '칼'은 욕망을 실현하지 못한 청년의 좌절감을 상징하는 것이고, 청년이 죄를 짓게 되는 결정적인 수단이다. 욕망의 좌절 앞에서 살인 도구로 전락한 '칼'로 죄를 씻기 위해 '반야심경'을 "파"는 장면은 매우 역설적이지만 그 의미는 시적 은유로 읽힌다.

  마지막으로 이 영화에서 아주 중요한 의미를 지니는 것은 '물'이다. 이 영화의 공간적 배경은 부유하는 절이다. 부감 쇼트[22]와 (익스트림)롱 쇼트를 통해 보여주는 이 장면은 감독이 설정한 미장센이 매우 은유적일 것임을 함축하고 있다. 대개의 절이 깊은 산속에 위치한 것과 달리 이 영화에서 작은 사찰은 '물'에 둘러싸여 있기 때문이다. '물'[23]은 속세와 절을 단절하는 일차적 기능에서 나아가 속세로 표상되는 번뇌와 절로 표상되는 해탈의 경계를 보여준다. '물' 밖의 세계가 욕망의 표상이라면 '물' 안의 세계는 초극의 기호로서 작동하는데 이는 일종의 방향 도식[24]에 기대어 그 근거를 얻을 수 있다.

  99』, 우리출판사, 1996. 391~394쪽)에서 알 수 있듯이 한국 불교에서 고양이는 보호, 구원의 상징적 의미를 지니고 있다. 여기서는 오현화 · 정재림, 앞의 논문, 228쪽과 각주 19번 참조.

22 부감은 크게 보면 신의 관점에서 인간의 세계를 내려다보는 듯한 조감으로부터 인물의 운명, 숙명, 무능과 무기력을 표현하고, 어느 정도 인물의 모습을 가분수로 보이게 하는 정도를 통해 인물의 불안한 모습이나 그가 처한 현재 상황을 나타낸다. 서정남, 앞의 책, 55쪽 참조. 이 부감 쇼트는 영화의 마지막 장면에서도 효과적으로 사용된다.

23 김기덕 영화에서 물은 매우 중요한 은유적 소재이다. 물의 이미지는 감독의 다른 영화들, 〈악어〉〈야생동물 보호구역〉〈섬〉 등에 일관되게 제시된다. 대체적으로 김기덕 영화에서 사용되는 물은 단절과 경계를 은유한다(박명진, 『욕망하는 영화기계』, 연극과인간, 2001, 225~239쪽 참조).

24 G. 레이코프 · M 존스, 노양진 · 나익주 역, 『삶으로서의 은유』, 박이정, 2006,

영화 속 서사가 진행되는 내내 '물'로 둘러싸인 절 안과 절 밖의 세계는 작은 배에 의해 연결된다. 나룻배는 번뇌와 해탈, 욕망과 초극의 경계를 오가며 대립적 가치의 두 세계를 매개한다. 경우에 따라 이 나룻배는 욕망의 전이를 위한 도구이거나('여름'), 욕정의 덧없음을 의미하기도 하고('여름'), 속세에서의 도피를 위한 수단이거나('가을'), 죽음에 이르는 도구('겨울')로 은유화된다.

영화 전체의 공간적 배경인 '물' 위에 부유하는 절의 미장센은 매우 신선하다.[25] 떠 있다는 것은 그 무엇에도 얽매이지 않은 자유로움을 의미하고, 자유롭다는 것은 욕망을 지니지 않았음을 내포한다. 이후 '여름'의 미장센에서 주지스님은 청년승에게 "욕망은 집착을 낳고, 집착은 살의를 품게 한다."라는 진언을 전하는데, 부유하는 절은 이러한 대사와 일치하는 공간이다.

특히 '여름'은 '물'의 계열체를 통해 은유를 구축한다. '비'로 구성된 미장센은 청년승과 소녀의 사랑이 순간적일 수밖에 없음을 암시한다. '폭포' 옆에서의 정사는 두 청춘 남녀의 격정적인 사랑이 결국 '물'처럼 흘러가는 덧없는 것임을 보여준다. '물' 위를 떠다니는 배 안에서의 정사 역시도 부유하는 욕망의 덧없음을 효과적으로 보여주고 있다.

37~57쪽 참조. 방향 도식은 일종의 지향적 은유라 할 수 있다. 이것은 위-아래, 안-밖, 앞-뒤, 접촉-분리, 깊음-얕음, 중심-주변 등의 공간적 지향성과 관련이 있기 때문이다. 이러한 은유적 지향성은 자의적인 것이 아니라, 우리의 물리적·문화적 경험에 뿌리를 두고 있다. 일반적으로 '안'은 내면이나 정신적인 것을, '밖'은 외면이나 물질적인 것을 은유한다는 점에서 절 안과 밖의 의미를 유추할 수 있다.

25 이것을 일종의 도식으로 본다면 "⊙"과 같은 모양이 된다. 슈나이더에 의하면 이것은 무한의 중심을 표상하는 도상으로 이해할 수 있다(이승훈, 『문학상징사전』, 고려원, 1995, 122쪽). 따라서 원은 무한, 우주를 표상하고 그 중심에 있는 절은 진리의 정수가 된다.

'겨울'에서 주인공이 뚫어놓은 얼음 구멍에 이름 없는 여인이 빠져 죽는 장면은 '물'이 죽음의 장소가 됨을 보여준다. 같은 맥락에서 주인공이 소신공양한 노스님의 사리를 '물'에서 건져내는 것('겨울')도 물이 원죄로 인한 죽음이자 원죄의 끝인 구원임을 함의한다고 할 수 있다. 또한 '물'은 인간의 욕망이 영원한 것이 아니라 덧없이 사라져 가는 것이라는 것을 암시한다. 소신공양한 노스님의 사리를 건져낸 주인공은 얼음으로 불상을 새기고 정수리에 봉안한다. 날씨가 풀릴 무렵 불상은 녹아 '물'에 떠내려간다('겨울'). '물'이 지니는 욕망의 덧없음은 이와 같은 장면에서 극대화된다.

지금까지 살펴본 바와 같이 영화에 등장하는 다양한 사물들은 이 영화가 드러내고자 하는 진리의 각성이라는 주제 구현에 충실하게 작동한다. 인간의 욕망을 드러내는 다양한 동물들과 물은 인간이 속세에서 지향하는 것이 결코 진리가 되지 못함을 드러낸다. 아울러 미물에도 불성이 담겨 있음을 통해 우주 만유가 진리요, 진리를 깨달을 수 있는 수단임을 역설하고 있다.

4. 은폐와 소거를 통한 불립문자(不立文字)의 구현

김기덕의 다른 영화에 비해 〈봄 여름 가을 겨울 그리고 봄〉은 대사가 거의 없다[26]고 해도 과언이 아니다.[27] 대사가 소거된 채 관객의 상

타자의 시 읽기, 주체의 글쓰기

---

26 대사가 배제된 것에 대해 김기덕은 다음과 같이 말하고 있다. "저는 의도적으로 대사를 줄이려고 하지는 않습니다. 다만, 침묵도 대사라고 생각합니다. 침묵은 가장 다양한 의미의 대사입니다." 마르타 쿠를랏, 조영학 역, 위의 책, 44쪽.
27 말은 무성의 영상이 전달할 수 없는 몇 가지 정보를 전달하는 언어적 효과를 갖는

상력을 자극하는 것은 불교적 성격을 지니는 이 영화가 주제를 '불립문자(不立文字)'를 통해 전달하고자 하는 의도를 담고 있음을 알게 한다. 또 소거된 대사를 통한 서사의 전달은 시가 함축된 이미지를 통해 의미를 구축하는 것과 유사하다. 이 영화는 각각의 계절에서 핵심적인 상황에 대한 이해를 돕기 위하여 대사가 등장할 뿐 거의 모든 장면은 은유적 몽타주와 미장센, 그리고 다양한 쇼트[28]를 통하여 내러티브가 형성되고 전개된다. 이 또한 이 영화를 시적으로 이해할 수 있는 한 근거가 된다.

그렇기 때문에 이 영화에 대한 분석은 시각적 은유, 즉 은유적 몽타주에 대한 해석을 통해 의미를 이해하는 방법으로 접근할 가능성이 열린다. 그러나 이것은 이 영화가 지니는 한계가 아니라 도리어 영화와 시의 상호텍스트성을 고민하게 할 만큼 유의미하다. 특히 서사 전개의 방법으로 채택한 미장센은 시적 이미지의 제시 방법과 상당히 일치한다. 대사를 통해 서사를 제시하는 장면은 아래와 같은 몇 개의 장면에 불과하다.

다. 첫째, 말은 시각적으로 재현된 행위에 대하여 여러 기의들의 가능성 사이에서 관객을 안내한다. 이것은 말의 의미 정착 기능이다. 둘째, 말은 이데올로기적 의미를 부여하고, 영상이 단정적으로밖에 제시할 수 없는 것에 대해 가치 판단을 내릴 수 있게 해준다. 그 결과 말은 관객이 다양한 방식으로 보는 것을 해석하기 위한 지시를 내려준다. 셋째, 말은 영상이 '보여줄' 수밖에 없는 것, 장소·시간·인물 등을 명명한다. 넷째, 말은 인물의 대화를 전달함으로써 '서술 행위'에 직접화법의 가능성을 첨가한다. 앙드레 고드로·프랑수아 조스트, 송지연 역, 『영화서술학』, 동문선, 2001, 110쪽. 대사가 거의 없음에도 불구하고 관객이 이 영화를 '해석'할 수 있는 이유는 시각적 이미지가 언어로 치환될 수 있기 때문이다. 다시 말하면 영화는 하나의 사물을 '보여' 주지만 관객은 그것을 '명명'함으로써 언어적으로 수용한다.

28 이 영화의 쇼트에 대해서는 박성수, 「봄 여름 가을 겨울 그리고 봄」 또는 「영화의 자연주의」, 정성일 편, 앞의 책, 432~449쪽 참조.

청년승: 잘못했습니다, 스님.

스　님: 저절로 그렇게 된 것이다. (소녀에게) 이제 아프지 않느냐?

소　녀: 네.

스　님: 그게 약이었구나. 이제 나았으니 떠나거라.

청년승: 아, 저, 안됩니다. 스님.

스　님: **욕망은 집착을 낳고, 집착은 살의를 품게 한다.**

— 〈봄 여름 가을 겨울 그리고 봄〉 중 '여름' 장면 일부

"저절로 그렇게 된 것이다."라는 스님의 말처럼 인간의 성적 욕망은 인위적인 것이 아니라 자연적인 것이다. 그러나 두 사람의 욕망은 처지와 상황에 어긋나는 일그러진 것이기 때문에 주지스님은 소녀를 도시로 돌려보낸다. "그게 약이었구나."라는 스님의 말은 인간이 겪는 고통의 근원이 결국은 욕망에 기원하고 있음을 함의한다. 소녀의 고통이 사라진 것은 인간적인 욕망에 순응하였기 때문이다. 그러나 이 순응은 인간의 모든 고통을 해소하지 못한다. 도리어 청년승에게는 더 큰 고통을 야기한다. 소녀와 헤어지게 된 청년승이 오열하며 간청하지만 주지스님의 뜻은 완고하다. "욕망은 집착을 낳고, 집착은 살의를 품게 한다."라는 스님의 말은 욕망에 대한 집착이 또 다른 고통을 낳는다는 가르침인 동시에 '가을'의 사건을 예고하는 복선의 역할을 한다.

스님: 그래, 그동안 행복하게 잘 살았냐? 어디 재미있는 얘기 좀 들어
　　　보자. 허허. 음, 속세가 많이 괴로웠나 보다.

청년: (신경질적으로) 절 좀 그냥 내버려두세요 스님. 괴롭습니다.

스님: 뭐가 그리 괴로워?

청년: 난 사랑을 한 죄밖에 없습니다. 내가 원한 건 그 여자뿐이었습

니다.

스님: 그런데?

청년: 걘 다른 사람을 만났습니다. 나 말구요.

스님: 그랬구나.

청년: 그게 말이 됩니까? 나만 사랑한다 해놓구?

스님: 그래서?

청년: 그래서, 그래서 참을 수가 없었습니다.

스님: **속세가 그런 줄 몰랐더냐? 가진 것을 놓아야 할 때가 있느니라.**
내가 좋은 걸 남도 좋은 줄 왜 몰라.

청년: 그래도 어떻게 그럴 수가……. 에잇! 씨팔, 개좆 같은 것들!

스님: 그렇게 참을 수가 없냐?

청년: (고함치듯) 예!

스님: 음…….

― ⟨봄 여름 가을 겨울 그리고 봄⟩ 중 '가을' 장면 일부

속세에서의 삶을 궁금해하는 스님에게 청년은 "괴롭습니다"[29]라고
소리친다. 사실 청년의 이 발언은 스님의 입장에서는 당연히 예견될
수밖에 없는 결과였으나 청년은 그 사실을 깨닫지 못한 것뿐이다. 속
세는 진흙탕과 같은 곳이어서 괴로움뿐이라는 스님의 인식은 불교적
주제를 다룬 다른 텍스트에서도 빈번하게 출현하는 사은유[30]로 볼 수
있다.

---

29 청년의 괴로움은 불가에서 말하는 인생의 팔고(八苦) 중 사랑과 여읨의 괴로움, 즉
'애별리고(愛別離苦)'나 구하여 얻지 못하는 괴로움, 즉 '소구불득고(所求不得苦)'
에 해당한다고 볼 수 있다. 김윤수, 앞의 책, 48쪽.

30 대표적으로 함세덕의 「동승」을 들 수 있다. 이 텍스트의 동자승은 자신을 버린 어
머니를 찾기 위해 속세로 떠나려 하지만 주지스님은 속세는 구렁이가 들끓는 진흙
탕과 같은 곳이기에 내려가서는 안 된다고 소년을 만류한다.

스님과 청년의 대화에서 청년이 겪는 괴로움의 원인이 드러난다. "난 사랑을 한 죄밖에 없습니다. 내가 원한 건 그 여자뿐이었습니다."라는 청년의 말은 아직도 청년이 괴로움의 근원을 제대로 깨닫지 못하고 있음을 보여준다. 사랑만이었다면 청년의 괴로움은 생성되지 않았을 터이지만 청년은 그 사랑을 '원'하였기 때문이다. 이것은 청년의 욕망이 사랑 그 자체가 아니라 육체의 독점적 소유에 닿아 있음을 의미한다. 결국 독점하지 못한 사랑은 분노를 부르게 되고 그것은 살인으로 이어진다. 스님은 분노를 삭이지 못한 청년에게 "가진 것을 놓아야 할 때도 있느니라."라고 가르치지만 미성숙한 청년의 입장에서 그 화두는 결코 깨달음으로 체화되지 못한다.

대사가 소거된 대신에 이 영화는 매우 긴 시간을 주인공이 산에 오르는 모습('겨울')을 보여주는 데 할애한다. 주인공이 자신의 허리춤에 맷돌을 묶은 채 반가사유상을 안고 산에 오르는 장면은 두말할 것 없는 시적 은유이다. 반가사유상은 주인공의 지향점을 의미한다. 그러나 주인공의 허리춤에 매달린 맷돌은 현세적 욕망 등 진정한 깨달음에 도달하는 것을 방해하는 장애물로 읽힌다. 거친 산길을 오르는 동안 주인공이 나뒹굴거나 미끄러지는 등의 미장센은 진리에 도달하는 과정이 얼마나 고통스러운 형극의 길인가를 잘 보여준다. 고통스러운 산길은 인생을 은유한다. 그 끝에 도달한 정상에서 주인공은 반가사유상을 앞에 두고 합장을 한다. 이를 통해 감독은 인생의 진정한 진리는 불도임을, 그리고 '색즉시공(色卽是空) 공즉시색(空卽是色)'의 깨달음을 통해서만 마음의 평정을 얻을 수 있음을 역설한다.

주인공이 산을 오르는 내내 들리는 〈정선아리랑〉[31]은 소거된 대사

타자의 시 읽기, 주체의 글쓰기

---

31 김영임이 부른 이 노래의 가사는 다음과 같다. "아— 강원도 금강산 일만 이천 봉

를 대신하며 생략된 서사를 채우는 일종의 은유이다. 대사가 소거된 화면을 가득 채운 음악은 서사의 내용과 긴밀하게 연결되면서 관객들에게 상황을 시청각적으로 전달한다. 관객은 청각적 이미지(음악)와 시각적 이미지의 결합 과정을 인지하면서 그 안에서 소거된 서사를 유추하게 된다. 그러므로 이러한 음악의 환기적 용법[32]은 일종의 은유로 이해할 수 있다.

대사가 절제되어 있다는 특징과 더불어 지적할 수 있는 것은 이 영화에는 등장인물의 이름이 제시되지 않는다는 점이다. 그것은 영화를 통해 감독이 말하고자 하는 메시지가 특정한 인물로 한정되는 것이 아니라 욕망으로 점철된 세계를 살아가는 모든 이에게 적용되는 것을 의미한다. 이름은 인물의 성격을 규정하고 행동을 예측하게 하며 경우에 따라서는 주제를 암시하기도 한다. 그러나 이 영화에서 동자승도, 노스님도, 소녀도, 그녀의 어머니도, 경찰도 모두 이름이 호명되지 않는다.

특이한 것은 서사적 맥락에서 매우 이질적으로 돌출하는 여인에게

팔만 구 암자 유점사 법당 뒤에 칠성단 더듬고 팔자에 없는 아들 딸 낳아달라고 석 달 열흘 노구에 정성을 말고 타관 객리 외로이 난 사람 괄시를 마라 **세파에 시달린 몸 만사에 뜻이 없어 홀연히 다 떨치고 정열을 의지하여 지향 없이 가노라니 풍광은 예와 달라 만물이 소연한데 해 저무는 저녁놀 무심히 바라보며 옛일을 추억하고 시름없이 있나니 눈앞의 온갖 것이 모두 시름뿐이라** 아리랑 아리랑 아라리요 아리랑 고개로 나를 넘겨주오 태산준령 험한 고개 헝클어진 가시덩굴을 헤치고 시냇물 굽이치는 골짜기 휘돌아서 불원천리 허겁지겁 허위 단신 그대를 찾아 왔건만 보고도 본 체 만 체 돈다 무심. 아— 강원도 금강산 일만 이천 봉 팔만 구 암자 법당 위에 촛불을 밝혀놓고 아들 딸 낳아달라고 두 손 모아 비는구나." 이 노래를 일종의 은유로 간주할 수 있는 것은 가사의 밑줄 친 부분이 주인공의 처지와 부합하며 서사를 제시하기 때문이다.

32 레이몬드 스포티스우드, 김소동 역, 『영화의 문법』, 집문당, 2001, 175~176쪽 참조.

도 이름이 없다는 점이다. '겨울'의 미장센에서 주인공(수감 생활을 마치고 다시 절로 돌아온 청년승은 이제 중년이 되었다. 이 역할을 맡은 이는 김기덕 감독 본인이다)은 빈 절을 청소하고 열반에 든 노스님의 사리를 수습한 후 얼음에 불상을 조각하고 사리를 봉안한다. 혼자서 무예를 연습하며 불법에 정진하던 어느 날 보랏빛 보자기로 얼굴을 가린 여인이 아이를 안고 절로 찾아든다.

여인은 불당 안에서 하염없이 운다. 밤이 깊어지자 아이를 절에 남겨두고 도망치듯 돌아가던 여인은 주인공이 뚫어놓은 얼음 구멍에 빠져 목숨을 잃는다.[33] 얼굴을 가렸다는 것은 이름이 없는 것과 마찬가지로 실체를 드러내지 않는다는 것을 의미한다. 따라서 관객은 여인의 실체를 알 수 없으며 또한 아이의 아버지가 누구인가에 대한 판단을 유보할 수밖에 없다. 일체의 대사가 소거되었기 때문에 관객은 상황적 맥락에 의존하여 인물을 추론할 수밖에 없는데 이러한 암묵적 제시는 시적 이미지의 제시와 유사하다.

이와 같이 영화에 등장하는 인물들에게 이름이 없다는 것은 이들이 실체를 드러내지 않는다는 의미이다. 그러나 그보다 더 중요한 것은 이들이 모두 이름 없는 존재, 즉 무화된 존재, 미분화된 존재로서 우주 만유의 한 부분에 지나지 않는다는 의미라는 점이다. 이와 같은 은폐를 통해 감독은 공(空)의 각성이 특정한 인물에게만 해당하는 것

타자의 시 읽기, 주체의 글쓰기

---

33 여인의 실체는 끝내 확인되지 않는다. 그러나 영화에서 중요한 것은 여인의 실체라기보다는 여인의 급작스러운 죽음에 있다. 아이를 버릴 수밖에 없는 여인은 속세가 지닌 또 다른 욕망의 기호일 수 있다. 욕망에 집착했던 여인의 죽음은 '법구경'(惡行品 21)을 통해 해석할 수 있다. "허공도 안 되고 바다 속도 안 되며 깊은 산 바위 틈에 숨어도 안 된다 이 세상 그 어디에서도 지은 악의 재앙은 피할 수 없네(非空非海中 非隱山石間 莫能於此處 避免宿惡殃)" 김윤수, 앞의 책, 201쪽 참조.

이 아니라 관객, 나아가 인간 모두에게 보편적으로 적용되어야 하는 진리임을 역설하고 있다.

5. 결론

삶에 대한 근원적 통찰을 보여준 〈봄 여름 가을 겨울 그리고 봄〉은 대사에 의존하여 서사를 전개하기보다는 불교적 소재를 은유적으로 활용하는 서사 전달 방식을 택하고 있다. 이것은 영화와 시의 친연성을 고려하게 하는 근거가 된다. 주지하는 바와 같이 시는 압축된 이미지를 제시하여 시적 의미와 긴장을 형성한다. 이 영화 또한 이미지의 조합을 통해 긴장을 조성하고 서사를 전개한다. 김기덕의 〈봄 여름 가을 겨울 그리고 봄〉을 분석하는 과정을 통해 이 영화가 수용한 은유의 의미를 몇 가지로 정리할 수 있다.

첫째, 계절의 변화와 맞물리는 인간의 성장이다. 일종의 이니시에이션 스토리인 이 영화에서 시간의 흐름은 계절의 변화를 시각적으로 제시하는 방법으로 드러난다. 그러나 그보다 더 효과적인 방법은 주인공의 변해가는 얼굴을 보여주는 것이다. 인물의 성장을 직간접적인 묘사를 통해 제시하는 문자 텍스트와 달리 영화는 시각적 이미지를 동원한 보여주기를 통해 인물의 성장을 제시한다. 압축된 시간과 인물의 성장에 따른 사건의 전개 과정에서 차용된 다양한 은유적 몽타주는 영화의 서사가 예측 가능하다는 한계에도 불구하고 미숙한 인간의 성장담과 고통을 통해 얻는 깨달음, 즉 진리에의 도달이라는 영화적 목적을 충실히 수행한다.

둘째, 공간과 소재가 지니는 은유적 의미이다. 개구리, 물고기, 뱀,

부유하는 절과 그 절을 둘러싼 물, 산문과 절 사이를 오가는 나룻배 등은 각각 중요한 시적 은유로 기능한다. 특히 물로 인하여 단절된 절은 속세와의 단절을 시각적으로 보여준다. 속세와 절을 오가는 나룻배는 이 이질적인 두 공간의 매개체가 된다. 영화가 전개되는 동안 나룻배는 절 안의 진리를 속세로 퍼 나르는 역할보다 속세의 근심과 우환을 절 안으로 끌고 들어오는 은유적 역할에 충실하다. 또한 익스트림 롱 쇼트와 부감 쇼트는 시적 생략과 같은 여운의 효과를 제공하고 있다. 뿐만 아니라 극단적으로 제시되는 이미지를 통한 과감한 압축은 서사적 긴장을 유지하는 데 매우 효과적이다.

셋째, 은폐된 이름, 즉 무명(無名)이 지니는 은유적 의미이다. 주지 스님도, 동자승도, 절을 찾아온 아픈 소녀도, 그의 어머니도, 살인자가 된 청년을 찾아온 경찰관도 모두 이름이 명시적으로 드러나지 않는다. 은폐된 이름은 본질을 드러내지 못한다. 이것은 김춘수의 「꽃」에 닿아 있다. 「꽃」의 화자는 호명을 통해 대상과의 관계를 드러내고 싶어 한다. 그러나 영화는 그 어느 곳에서도 호명을 통한 관계 규정의 욕망을 드러내지 않는다. 그것은 본질이 은폐된 현대인을 환유할 수도 있고 또는 본질을 드러내는 것에 대한 현대인의 병적 두려움이 반영되었기 때문일 수도 있다. 중요한 것은 구원에 이르고자 하는 모든 이의 이름이 소거되었다는 점이다. 따라서 영화의 인물은 특정인으로 한정되는 것이 아니라 영화를 바라보는 모든 관객으로 확장되며 이로써 영화적 메시지는 공감을 형성하게 된다.

현대시로 글쓰기

1. 서론

언어는 '에르곤'이 아니라 '에네르게이아'라는[1] 명제를 상기할 때 언어를 부려 글을 쓰는 행위는 그 자체로서 글쓴이가 세계를 발견하는 것이며 철학을 체화하는 것이라 할 수 있다. 그것은 글을 쓰는 행위가 기존의 언어를 나열하는 차원에 머무는 것이 아니라 글쓰기 과정을 통해 에네르게이아, 즉 '무엇'인가를 이루어낼 수 있기 때문이다. '무엇'은 세계와 관련되는 무한성이다.

실용적 글쓰기[2]가 아닌 성찰의 글쓰기에서 훔볼트의 이 명제가 매우 중요한 것은 글을 쓰는 행위를 통해서 학습자들이 사고를 확장하

---

1 이성준, 『훔볼트의 언어철학』, 고려대학교 출판부, 1999, 84~98쪽 참조.

2 실용적 글쓰기란 실생활에서 직접 활용할 수 있는 글쓰기를 의미한다. 예를 들면 자기소개서 쓰기나 이력서 쓰기 혹은 공문서 쓰기(양영희 · 서상준 · 손춘섭, 「'공문서 바로 쓰기' 교육의 개선 방안」, 『한국언어문학』 76집, 한국언어문학회, 2011, 479~505쪽) 등이 여기에 포함될 것이다.

고 새로운 의미를 발견하는 등 글쓰기의 궁극적 목표와 상통하기 때문이다. 학습 현장에서 글쓰기 교육을 중시하고 다양한 교수 학습 모델을 강구하려는 목적 또한 이와 같은 맥락으로 이해할 수 있을 것이다.[3] 그 이유는 글쓰기를 통해 학습자는 자아 정체성을 발견할 수 있고[4], 자신을 둘러싼 세계와 세계를 구성하는 다양한 요소 안에서 자아를 규정하며 새로운 삶의 방향을 설계할 수 있기 때문이다.

이 책은 충남대학교 기초 교양 교과목인 『표현과 논술 1: 국어와 작문』(이하 『국어와 작문』[5]) 수강생들을 대상으로 아버지를 소재로

타자의 시 읽기, 주체의 글쓰기

---

3 글쓰기 교육과 관련한 다양한 방법들이 시도되고 있다는 것은 역으로 표준화된 글쓰기 교육 모델이 부재하다는 것을 의미할 수도 있다. 표준 모델을 세우기 불가능한 이유는 무엇보다도 학습 환경과 학습자들의 역량의 차이 등에서 기인할 것이다. 그럼에도 불구하고 교수자의 개성적 환경에 적합한 새로운 글쓰기 방법을 모색하려는 노력이 계속되고 있음에 주목해야 한다(조용림, 「글쓰기 과목의 수업 방안 모색」, 『한국언어문학』 86호, 한국언어문학회, 2013, 373~397쪽 참조).

4 글쓰기를 통해 자기 성장에 도달할 수 있음을 실증적으로 고구한 정기철의 논문은 글쓰기 교육의 방법적인 측면에서 시사하는 바가 크다. 이 논의는 글쓰기를 통해 내면의 고통을 치유할 수 있으며, 나아가 '나'의 자아 존중감을 높일 수 있다는 점에서 글쓰기의 효용성을 발견하고 있다(정기철, 「글쓰기 능력 향상을 위한 자기 표현의 글쓰기」, 『한국언어문학』 74집, 2010, 529~555쪽). 또 글쓰기를 통한 자아 정체성 구성에 관한 연구로는 박현이의 논문을 주목할 수 있다. 필자는 자전적 경험담 쓰기, 자전적 에세이 쓰기, 유언 편지 쓰기, 자서전 쓰기 등의 다양한 방법을 통해 학습자들이 자아를 탐색하고 의미를 발견하는 과정을 구명하고 있다(박현이, 「자아 정체성 구성으로서의 글쓰기 교육 연구」, 충남대학교 박사학위 논문, 2010). 이 외에도 김영희는 글쓰기가 자아 정체성을 확립하는 데 매우 중요한 역할을 하고 있음을 증명한다(김영희, 「'자기 탐색' 글쓰기의 효과와 의의: 대학 신입생 글쓰기 수업 사례를 중심으로」, 『작문연구』 11집, 한국작문학회, 2010, 45~109쪽).

5 국어작문교재편찬위원회, 『사고와 표현』, 충남대학교 출판부, 2009. 『국어와 작문』은 학습자들에게 글쓰기와 관련한 전반적 지식을 교수하고 이를 통해 글쓰기 능력을 배양하기 위한 교과목이다. 본 강좌는 특정한 주제로 글쓰기를 학습하는 것이 아니기 때문에 실제 글쓰기는 교수자의 재량에 따라 정해진 주제를 바탕으로

한 현대시를 이용하여 작문 수업의 효과 제고와 수월성을 시도한 결과물이다. 교수자가 학습 보조 자료로 현대시를 제공한 것은 학습자들이 보다 쉽게 글쓰기에 접근할 수 있도록 하기 위함이었다. 교수 현장의 다양한 환경들은 논외로 두고, 학습자들이 글쓰기를 곤욕스러워 하는 이유 중의 하나는 '무엇'을 써야 할 것인가에 대한 방향성이 없다는 점을 고려한 것이다.

교수자가 '아버지'를 소재로 하여 글쓰기를 진행한 이유는 다음과 같다. 첫째, 가정과 사회에서 부재하는 아버지 혹은 소거된 아버지에 대한 재탐색의 의미가 있다. 자기소개서와 같은 실용적 글쓰기에서 학습자들은 아버지를 언급하지만 실제 아버지에 대한인지 상태는 매우 추상적이다. 이것은 학습자들이 아버지라는 대상에 대하여 치밀하게 관찰하지 않았기 때문으로 볼 수 있다. 좋은 글이 대상에 대한 관찰에서 시작된다는 점을 전제로 학습자들에게 아버지를 관찰하게 하고 이를 바탕으로 글쓰기 훈련을 진행하려는 의도이다.

둘째, 글 쓰는 과정을 통해 아버지를 이해하자는 의도가 있다. 학습자들은 아버지를 늘 자신의 곁에 있는 대상으로 인지할 뿐 개인 혹은 인간으로서 아버지를 이해하고 있지 않았다. 현실적 상황에서 학습자들의 부모님의 연령이 50대라는 점도 고려 대상에 포함되었다.

2012년 통계청 자료에 의하면 40대와 50대 가장의 사망 원인 중 자살이 2위[6]를 차지할 정도로 심각한 사회문제가 되고 있다. 아버지의 자살 원인은 매우 복합적인 문제일 것이지만, 우선은 가정에서 소

글을 쓰거나, 학습자 스스로 정한 주제를 가지고 글을 쓴 후 이를 피드백하는 과정을 통해 학습자들의 글쓰기 역량을 강화하는 방식을 취한다.
6 http://www.kostat.go.kr/2012년 사망 원인 통계 [표5] 연령별 3대 사망 원인 구성비 및 사망률 참조.

외된 아버지를 가족인 '나'가 이해하도록 하는 의도가 담겨 있다. 나아가 아버지에 대한 이해를 통해 아버지와의 소통이 단절된 원인을 발견함으로써 궁극적으로 아버지의 '시대'에 대한 이해를 도모할 수 있기 때문이다.

2. 서술 대상에 대한 학습자들의 인식 특성

교수자는 다음과 같은 절차로 강의를 진행하였다.[7] 첫 단계는 '아버지'라는 단어와 관련하여 떠오르는 생각을 단어나 문장의 형태로 자유롭게 기술해보라는 것이었다. 이것은 관찰 이전의 생각을 묻는 것으로서 학습자들의 생각이 어떤 고정관념이나 추상적 단계에 머물러 있지 않은가를 점검하기 위한 의도이다.

둘째 단계는 '나의 아버지'와 관련하여 떠오르는 생각을 문장의 형태로 자유롭게 기술해보라는 것이다. 이는 관념화된 대상으로서의 아버지가 아니라 자기 관계 내의 존재로서 아버지를 어떻게 인식하고 있는가를 살피기 위한 의도이다.

셋째 단계는 아버지를 소재로 한 현대시 자료를 제공한 후 가장 마음에 와 닿는 작품을 골라 읽은 후 그 작품이 왜 마음에 들었는지를 생각하라는 것이었다. 이것은 학습자들에게 아버지를 인식하는 다양한 관점이 있음을 알게 하려는 의도이다. 특히 작품을 읽으면서 '나의 아버지'와 관련하여 어떤 점이 감동적이었는지, 혹은 시를 읽으면

타자의 시 읽기, 주체의 글쓰기

7　경우에 따라 학습자들에게 현대시를 먼저 읽게 하고 첫째, 둘째 단계를 거쳐 최종적으로 '나의 아버지'라는 글을 완성하는 것이 '현대시를 활용한' 글쓰기 지도에 더 부합할 가능성도 있다. 이것의 선택은 교수자의 판단이다.

서 어떤 생각이 떠올랐는지를 구체적인 구절을 인용하면서 상세하게 기술하거나 작품 감상을 하면서 나의 아버지를 떠올려보고 그 느낌을 글로 써보라는 요구를 하였다. 이것은 텍스트 읽기를 통하여 대상에 대한 사고의 확장이 가능하기 때문이다.

마지막 단계에서 '나의 아버지'를 소재로 하여 제목을 정하고 규준 문서에 맞게 글을 쓰라고 요구하였다. 이것은 텍스트 읽기를 통해 얻은 사고를 구체적 대상에 적용하여 새롭게 쓸 수 있는 능력을 배양하기 위하여 설정한 단계이다.

첫 단계로 교수자는 학습자들에게 "'아버지'라는 단어와 관련하여 떠오르는 생각을 단어나 문장의 형태로 자유롭게 기술해보라."라는 질문을 던지고 그에 대한 자신의 생각을 적도록 요구하였다. 이것은 글쓰기의 단계에서 다양한 소재를 발견하는 과정에 대응되는데 이를 통해 학습자들이 가지고 있는 사고를 알아볼 수 있다. 이것은 아버지에 대하여 사회적으로 강요되거나 학습된 고정관념을 저장하고 있지는 않은가 하는 의문을 제기할 수 있게 한다. 학습자들은 이 질문에 대하여 다음과 같은 다양한 내용을 기술하였다.

① 흰머리, 빨리빨리, 펑퍼짐한 옷, 회사의 노예, 전화기와 대화, 개미, role model, 청춘을 가족에 다 바친 남자, 성난 코뿔소였지만 점점 고목처럼 되어가는 것 같다, 굽힘.

② 진지함과 열의, 가족애, 나는 왜 이렇지?, 무취미, 유능함, 유순하고 친절한 보수주의자.

③ 엄함, 쓸쓸함, 소주, 어머니, 처진 어깨, 흰머리, 부지런함, 무뚝뚝함 뒤의 자상함, 자식에 대한 깊은 사랑.

④ 가정에서는 자상함, 직장에서는 엄격함, 농부, 나무꾼, 고생하심, 롤모델, 지식인, 누나와 나를 잘 모르심.

⑤ 항상 죄송스러운 사람, 유머러스하고 스마트한 사람, 세상에서 제일 자랑스럽고 존경하는 사람, 닮고 싶은 사람, 정이 많고 사람을 좋아하는 내 성격의 원천.

⑥ 담배, 고독함, 외로움, 가장, 넥타이와 정장, 어깨, 무엇이든 고칠 것 같은 능력.

⑦ 눈 뜨자마자 일하는 소, 말없이 지켜봐 주시는 산속의 선비, 멘토, 초월자, 태양, 보물상자, 나의 미래상, 나의 고칠 점, 아버지가 과거에 하지 못했던 것을 나에게 주시는 산타클로스, 화이부동.

⑧ 가족을 지키는 '듬직함', 친구와 같은 '친근함', 가족을 위한 '희생', 철저함, 따뜻함, 감사함, 의지.

⑨ 나에게 사랑과 관심을 주려는 노력, 기대에 못 미쳐 미안한 마음, 가족을 위한 책임감과 희생, 외로움과 힘겨움, 나이가 먹을수록 아버지에 대한 이해와 감사함, 외모와 말투도 비슷해짐.

⑩ 꿈을 위해 노력하신다, 가족을 위해 희생하신다, 성실, 존경, 감사.

⑪ 헌신, 책임감, 아버지의 등을 밀어드림, 10년 전 단단했던 아버지의 등이 지금은 너무 축 처짐.

⑫ 아직은 완전히 이해할 수 없지만 시간이 흐를수록 이해가 되는 사람, 답답함, 살면서 꼭 넘고 싶은 사람.

인용한 학습자들의 진술 내용은 대체로 에르곤의 수준에서 관념적인 사고가 그대로 표출되는 경우가 많다. "희생", "감사함", "자상함", "흰머리", "헌신", "책임감", "가장" 등의 진술은 사실 아버지에 대한 치밀한 관찰과 분석의 결과라기보다는 학습자들이 가지고 있는 고착된 이미지일 가능성이 크다. 또 다른 특징은 학습자들의 진술이 매우 감각적이고 구체성이 결여되는 경우가 많다는 점이다. 학습자들은 "성난 코뿔소였지만 점점 고목이 되"어간다든가, "고독함", "외로움", "화이부동", "소주", "산속의 선비", "쓸쓸함" 등의 이미지로 아버지를 기억하고 있었다.

이와 달리 많지는 않지만 경험에 근거한 구체적 진술도 눈에 띈다. "아버지와 매일 같이 먹는 아침은 참 감사하다.", "아버지는 젊은 나이에 참 많은 일을 하셨다." 등의 진술은 주로 고학번 학습자들의 진술이었다. 또 학습자들은 아버지를 자기반성의 계기로 인지하는 경우도 많았는데, 아버지를 "진지함과 열의"로 기억하는 학습자는 "나는 왜 이렇지?"라는 자괴감을 드러내기도 한다. "닮고 싶은 사람", "멘토", "롤모델", "나의 미래상", "아버지께 죄송한 마음이 들고 앞으로 어떻게 살아야 할지 겁이 난다.", "내가 생각이 없는 것 같아 죄송하다." 등의 진술은 고학번 학습자들일수록 두드러졌다.

흥미로운 것은 학습자들이 아버지를 양가적 감정으로 인지하고 있다는 점이다. "존경의 대상이자 어려움의 대상", "아직은 완전히 이해할 수 없지만 시간이 흐를수록 이해가 되는 사람", "살면서 꼭 넘고 싶은 사람", "닮고 싶은 사람"이지만 "항상 죄송스러운 사람"으로 아버지를 인지하고 있었는데 이 역시 고학번 학습자들의 진술에서 발견되었다.

이후 교수자는 학습자들에게 "'나의 아버지'와 관련하여 떠오르는 생각을 문장의 형태로 자유롭게 기술해보라."는 2단계의 과정을 진행하였다. 1단계의 질문과 다른 점은 사고의 대상을 "나의 아버지"로 한정하였다는 것과 문장으로 기술할 것을 요구했다는 것이다. 이것은 학습자들이 자신의 아버지에 대해서 어떻게 생각하고 있는가를 살피고, 이를 통해 학습자와 아버지의 관계를 유추할 수 있다는 점에 그 의미가 있다. 아울러 학습자들이 자신의 아버지 혹은 아버지의 삶에 대하여 얼마나 구체적이고 치밀하게 사고하고 있는가를 확인할 수 있다. 또 다른 측면에서 이 질문은 아버지에 대하여 깊이 있는 생각을 유도하기 위함이었다. 고정관념화한 아버지의 의미를 극복하고 학습자 개개인이 느끼는 자신만의 아버지에 대한 개성적인 느낌과 생각을 정리한 후에 아버지에 대한 학습자의 사고와 태도가 변화한 점을 발견할 수 있기 때문이다.

① 하루 만에 돈을 많이 벌어 대낮부터 나를 고깃집으로 불러내어 술에 취해 자랑자랑을 하신, 자식에게 멋진 아버지이고픈 나의 아버지. 옛날에 술만 드셨다 하면 잠자고 있는 날 깨워 할아버지 앨범을 꺼내와 애길 하며 울기 시작했고 덩달아 나도 울기 시작했던 이상한 부자지간. 어디 가서 기죽지 말라고 자신의 밥값을 아끼며 돈을 나에게 주셨던 나의 불쌍한 아버지. 전화로나 말로나 길게 얘길 하고 싶지만 경상도 남자이기에 더 이상 몇 마디 말을 하지 못하시는 쑥스러운 나의 아버지.

② 언제나 변함없이 자리를 지켜주시는 소나무. 이제는 자식의 보호가 필요한 늙으신 어린아이. 항상 바른 길과 청백한 삶을 추구하신 선배.

③ 나에게 반면교사이자 정면교사이다. 예전 아빠의 모습을 되풀이하지 않으려 노력하게 하면서 현재 노력하시는 모습을 본받게 하신다.

④ 내가 닮아야 하면서, 이겨야 하는 존재이다. 열심히 공부해야 하는 삶의 목적을 만들어주신 분이다.

⑤ '사회' 속 '개인'으로, 평범하지 않지만 '평범한' 한 가정의 남자이다. 꿈을 놓치고 하루하루를 터벅터벅 걸어가는 아버지이다.

⑥ 가슴에 못을 많이 박은 아버지. 사회생활과 힘겨운 세상에 맞서는 고슴도치.

⑦ 아직은 훗날에도 모르겠지만 이해할 수 없는 부분이 많은 분, 이해해보고 싶은 분.

⑧ 미련하고 답답한 모습에 화가 납니다. 생각만하면 마음이 울컥해집니다. 아버지의 그림자라는 생각이 자주 듭니다. 아버지를 뛰어넘어 산다는 것이 가장 부질없는 생각 같습니다. 내 모든 행동에 아버지가 항상 살아 있습니다.

⑨ 외톨이다. 집에서도 낄 수가 없다. 아빠가 가장 생기 있어 보일 때는 스포츠를 볼 때이다. 그게 힘든 세상을 살아가실 때 쉴 수 있고 낙이

되는 시간일 것이다.

⑩ IMF 시대에 들어서면서 경제의 전반적인 것을 변화시킨 사업의 실패. 굳게 다문 입술과 홀로 마시던 술. 고통을 참는 게 아니라 상처에 이미 무뎌졌다는 쓰라린 말.

학습자들이 진술한 내용은 단어의 수준으로 기술할 때보다 훨씬 구체적으로 드러난다. 아버지의 성격을 기술하기도 하였고, 아버지의 실직으로 인한 경제적 어려움을 기술하기도 하였다. 아버지의 가르침을 따르지 못한 자책과 후회의 감정이 드러나기도 하는 등 대체적으로 실제적인 경험과 사실적인 기억을 바탕으로 기술하고 있다. 특히 단어의 수준으로 기술할 때와 마찬가지로 아버지에 대한 양가성이 드러나고 있는데 아버지를 존경의 대상으로 인지하면서도 극복의 대상으로 바라보고 있다는 점이 흥미롭다.

학습자들이 기술한 내용은 1단계의 질문에 비해 보다 구체적으로 드러나고 있음에도 불구하고 사고는 여전히 추상적인 수준에 머물고 있다. 다시 말하면 아버지와 관련한 현상의 기억을 기술하고 있을 뿐, 그 현상의 원인 등과 같은 심층적인 사고에 도달하지 못하고 있다. 그 이유는 아버지에 대한 기억을 짧은 문장으로 기술할 수밖에 없기 때문으로 보인다. 현상의 기억을 기술하는 것은 아버지와 관련한 글을 쓸 수 있는 싹은 될 수 있지만 이것으로 아버지의 행위가 어떤 의미를 가지는지를 발견하기가 어렵다. 나아가 아버지와의 공감을 형성하고 궁극적으로 아버지를 이해하고자 하는 목표 수준에 도달하기 어렵다. 따라서 이 과정을 거친 이후에 본격적인 글의 형태를 갖추어 아버지를 기술하도록 하였다.

3. 현대시 읽기를 통한 대상의 이해 확장

이 단계에서 교수자는 아버지를 주제로 한 현대시를 제공하였다. 자료로 제공하기 어려운 소설이나 영화 등을 참고 자료로 소개하면서 읽고 보기를 권하였다. 학습자들에게 제공된 현대시는 「소주병」(공광규)[8], 「가정(家庭)」(박목월)[9], 「아버지의 마음」(김현승)[10], 「굴비」(박현)[11], 「못 위의 잠」(나희덕)[12], 「성탄제」(김종길)[13], 「結氷의 아버지」(이수익)[14], 「아버지의 등을 밀며」(손택수)[15], 「나의 자식들에게」(김광규)[16] 등이다.

읽기 자료 ① 「소주병」 / 공광규

술병은 잔에다
자기를 계속 따라주면서
속을 비워간다

빈 병은 아무렇게나 버려져
길거리나
쓰레기장에서 굴러다닌다

---

8 공광규, 『소주병』, 실천문학사, 2004, 14쪽.
9 이남호 편, 『박목월 시전집』, 2003, 민음사, 205~206쪽.
10 김인섭 편, 『김현승 시전집』, 2009, 민음사, 312쪽.
11 박현, 『굴비』, 종려나무, 2009, 22~23쪽.
12 나희덕, 『그 말이 잎을 물들였다』, 창작과비평사, 1994, 28~29쪽.
13 김종길, 『황사현상: 김종길 시전집』, 민음사, 1986, 36~37쪽.
14 이수익, 『이수익 시선집: 물과 얼음의 콘서트』, 나남출판, 2002, 71~72쪽.
15 손택수, 『호랑이 발자국』, 창비, 2012, 30~31쪽.
16 김광규, 『아니다 그렇지 않다』, 문학과지성사, 2001, 115~116쪽.

바람이 세게 불던 밤 나는
문 밖에서
아버지가 흐느끼는 소리를 들었다

나가보니
마루 끝에 쪼그려 앉은
빈 소주병이었다.

읽기 자료 ② 「가정(家庭)」 / 박목월

地上에는
아홉 컬레의 신발.
아니 玄關에는 아니 들깐에는
아니 어느 詩人의 家庭에는
알 電燈이 켜질 무렵을
文數가 다른 아홉 컬레의 신발을.

내 신발은
十九文半.
눈과 얼음의 길을 걸어
그들 옆에 벗으면
六文三의 코가 납작한
귀염둥아 귀염둥아
우리 막내둥아.

미소하는
내 얼굴을 보아라.
얼음과 눈으로 壁을 짜 올린

여기는
地上.
憐憫한 삶의 길이어.
내 신발은 十九文半.

아랫목에 모인
아홉 마리의 강아지야
강아지 같은 것들아.
屈辱과 굶주림과 추운 길을 걸어
내가 왔다.
아버지가 왔다.
아니 十九文半의 신발이 왔다.
아니 地上에는
아버지라는 어설픈 것이
存在한다.
미소하는
내 얼굴을 보아라.

읽기 자료 ③ 「아버지의 마음」 / 김현승

바쁜 사람들도
굳센 사람들도
바람과 같던 사람들도
집에 돌아오면 아버지가 된다.

어린 것들을 위하여
난로에 불을 피우고
그네에 작은 못을 박는 아버지가 된다.

저녁 바람에 문을 닫고
낙엽을 줍는 아버지가 된다.

바깥은 요란해도
아버지는 어린것들에게는 울타리가 된다.
양심을 지키라고 낮은 음성으로 가르친다.

아버지의 눈에는 눈물이 보이지 않으나,
아버지가 마시는 술에는 눈물이 절반이다.

아버지는 가장 외로운 사람들이다.
가장 화려한 사람들은
그 화려함으로 외로움을 배우게 된다.

읽기 자료 ④ 「굴비」 / 박현

한때는 용왕을 꿈꾸고
삼천정병을 이끌고 토끼를 잡으러 가고 싶었을 게다
속살까지 퍼렇게 물든 바다에서 혁명을 꿈꾸다
태어나 처음 공기를 맛보고
은빛 비늘이 벗겨지고
아가미에 소금이 뿌려진 채로
제 태어난 바다를 부릅뜬 눈으로 지켜 보며
나일론 끈에 효수당한 채로
석 달 열흘을 매달려 있다가
가난한 주머니에서 도난당한 지폐 몇 장에 팔려
시퍼렇게 부릅뜬 눈으로
널부러져 있다

우르르 달려든 쇠꼬챙이에
몸뚱이는 산산이 부스러지고
앙상한 뼈와 헤진 내장을 드러낸 채
누웠다
두 눈 부릅뜨고
누웠다

아버지가
누웠다.

읽기 자료 ⑤ 「못 위의 잠」 / 나희덕

저 지붕 아래 제비집 너무도 작아
갓 태어난 새끼들만으로 가득 차고
어미는 둥지를 날개로 덮은 채 간신히 잠들었습니다
바로 그 옆에 누가 박아놓았을까요, 못 하나
그 못이 아니었다면
아비는 어디서 밤을 지냈을까요
못 위에 앉아 밤새 꾸벅거리는 제비를
눈이 뜨겁도록 올려다봅니다
종암동 버스 정류장, 흙바람은 불어오고
한 사내가 아이 셋을 데리고 마중 나온 모습
수많은 버스를 보내고 나서야
피곤에 지친 한 여자가 내리고, 그 창백함 때문에
반쪽난 달빛은 또 얼마나 창백했던가요
아이들은 달려가 엄마의 옷자락을 잡고
제자리에 선 채 달빛을 좀더 바라보던
사내의, 그 마음을 오늘밤은 알 것도 같습니다
실업의 호주머니에서 만져지던

때묻은 호두알은 쉽게 깨어지지 않고
그럴듯한 집 한 채 짓는 대신
못 하나 위에서 견디는 것으로 살아온 아비,
거리에선 아직도 흙바람이 몰려오나봐요
돌아오는 길 희미한 달빛은 그런대로
식구들의 손잡은 그림자를 만들어 주기도 했지만
그러기엔 골목이 너무 좁았고
늘 한 걸음 늦게 따라오던 아버지의 그림자
그 꾸벅거림을 기억나게 하는
못 하나, 그 위의 잠

읽기 자료 ⑥ 「성탄제」 / 김종길

어두운 방안엔
빠알간 숯불이 피고,

외로이 늙으신 할머니가
애처로이 잦아드는 어린 목숨을 지키고 계시었다.

이윽고 눈 속을 아버지가 약을 가지고 돌아오시었다.
아 아버지가 눈을 헤치고 따오신
그 붉은 산수유 열매

나는 한 마리 어린 짐생,
젊은 아버지의 서느런 옷자락에
열(熱)로 상기한 볼을 말없이 부비는 것이었다.

이따금 뒷문을 눈이 치고 있었다.
그 날 밤이 어쩌면 성탄제의 밤이었을지도 모른다.

어느새 나도
그 때의 아버지만큼 나이를 먹었다.

옛 것이라곤 찾아볼 길 없는
성탄제 가까운 도시에는
이제 반가운 그 옛날의 것이 내리는데,

서러운 서른 살 나의 이마에
불현듯 아버지의 서느런 옷자락을 느끼는 것은,
눈 속에 따 오신 산수유 붉은 알알이
아직도 내 혈액 속에 녹아 흐르는 까닭일까.

읽기 자료 ⑦ 「結氷의 아버지」 / 이수익

어머님,
제 예닐곱 살 적 겨울은
목조 적산가옥 이층 다다미방의
벌거숭이 유리창 깨질듯 울어대던 외풍 탓으로
한없이 추웠지요, 밤마다 나는 벌벌 떨면서
아버지 가랑이 사이로 시린 발을 밀어 넣고
그 가슴팍에 벌레처럼 파고들어 얼굴을 묻은 채
겨우 잠이 들곤 했었지요.
요즈음도 추운 밤이면
곁에서 잠든 아이들 이불깃을 덮어 주며
늘 그런 추억으로 마음이 아프고,
나를 품어 주던 그 가슴이 이제는 한 줌 뼛가루로 삭아
붉은 흙에 자취 없이 뒤섞여 있음을 생각하면
옛날처럼 나는 다시 아버지 곁에 눕고 싶습니다.
그런데 어머님,

오늘은 영하의 한강교를 지나면서 문득
나를 품에 안고 추위를 막아 주던
예닐곱 살 적 그 겨울밤의 아버지가
이승의 물로 화신해 있음을 보았습니다.
품안에 부드럽고 여린 물살은 무사히 흘러
바다로 가라고,
꽝 꽝 얼어붙은 잔등으로 혹한을 막으며
하얗게 얼음으로 엎드려 있던 아버지,
아버지, 아버지……

읽기 자료 ⑧ 「아버지의 등을 밀며」 / 손택수

아버지는 단 한 번도 아들을 데리고 목욕탕엘 가지 않았다
여덟살 무렵까지 나는 할 수 없이
누이들과 함께 어머니 손을 잡고 여탕엘 들어가야 했다
누가 물으면 어머니가 미리 일러준 대로
다섯 살이라고 거짓말을 하곤 했는데
언젠가 한번은 입속에 준비해둔 다섯살 대신
일곱살이 튀어나와 곤욕을 치르기도 하였다
나이보다 실하게 여물었구나, 누가 고추를 만지기라도 하면
잔뜩 성이 나서 물속으로 텀벙 뛰어들던 목욕탕
어머니를 따라갈 수 없으리만치 커버린 뒤론
함께 와서 서로 등을 밀어주는 부자들을
은근히 부러운 눈으로 바라보곤 하였다
그때마다 혼자서 원망했고, 좀더 철이 들어서는
돈이 무서워서 목욕탕도 가지 않는 걸 거라고
아무렇게나 함부로 비난했던 아버지
등짝에 살이 시커멓게 죽은 지게자국을 본 건
당신이 쓰러지고 난 뒤의 일이다

의식을 잃고 쓰러져 병원까지 실려온 뒤의 일이다
그렇게 밀어 드리고 싶었지만, 부끄러워서 차마
자식에게도 보여줄 수 없었던 등
해 지면 달 지고, 달 지면 해를 지고 걸어온 길 끝
적막하디적막한 등짝에 낙인처럼 찍혀 지워지지 않는 지게자국
아버지는 병원 욕실에 업혀 들어와서야 비로소
자식의 소원 하나를 들어주신 것이었다

읽기 자료 ⑨ 「나의 자식들에게」 / 김광규

위험한 곳에는 아예 가지 말고
의심받을 짓은 안 하는 것이 좋다고
돌아가신 아버지는 늘 말씀하셨다
그분의 말씀대로 집에만 있으면
양지바른 툇마루의 고양이처럼
나는 언제나 귀여운 자식이었다
평온하게 살아가는 사람
아무 것도 하지 않는 사람
아무 흔적도 남기지 않는 사람
그분의 말씀대로 살아간다면
인생이 힘들 것 무엇이랴 싶었지만
그렇게 살기도 쉬운 일이 아니다
수양이 부족한 탓일까
태풍이 부는 날은
집안에 들어앉아
때묻은 책을 골라내고
옛날 일기장을 불태우고
아무 것도 남기지 않기 위해
자꾸 찢어 버린다

이래도 무엇인가 남을까
어느날 갑자기 이 짓을 못하게 되어도
누군가 나를 기억할까
어쩌면 그러기 전에 낯선 전화가
울려 올지도 모른다
지진이 일어나는 날은
집에만 있는 것도 위험하고
아무 짓을 안 해도 의심받는다
조용히 사는 죄악을 피해
나는 자식들에게 이렇게 말하겠다
평온하게 살지 마라
무슨 짓인가 해라
아무리 부끄러운 흔적이라도
무엇인가 남겨라

　　교수자는 학습자들에게 시를 여러 번 반복하여 읽은 후 다음의 과제를 진행하도록 요구하였다. 이것은 학습자들이 자신의 생각을 완결된 글로 완성하고 이를 통해 대상을 이해하기 위해서 매우 중요한 과정이다.

　　다음의 시를 정독해봅니다. 이후 제시된 읽기 자료 중에서 가장 마음에 와 닿는 작품을 골라 다시 읽습니다. 왜 그 작품이 왜 마음에 들었는지를 생각합니다. 특히 작품을 읽으면서 '나의 아버지'와 관련하여 어떤 점이 감동적이었는지, 혹은 시를 읽으면서 어떤 생각이 떠올랐는지를 구체적인 구절을 인용하면서 상세하게 기술합니다. 작품 감상을 하면서 나의 아버지를 떠올려보고 그 느낌을 글로 써 보세요.
　　※ 겉표지 없음, 폰트 (함초롬)바탕, 글자 크기 10, 행간 160, 분량 A4 1/2에서 1장 분량.

위에서 제시한 과제 보고서를 제출한 학습자의 수는 약 110여 명이다. 학습자들이 과제에서 언급한 작가의 빈도는 다음과 같다. 언급숫자는 중복되는 경우를 포함하여 집계한 것이다.

작품번호	1	2	3	4	5	6	7	8	9
작가명	공광규	박목월	김현승	박 현	나희덕	김종길	이수익	손택수	김광규
언급횟수	19	15	28	13	11	3	1	18	6

학습자들은 김현승(「아버지의 마음」), 공광규(「소주병」), 손택수(「아버지의 등을 밀며」), 박목월(「가정」) 등의 시에서 자신들의 아버지를 연상했다고 기술하였다. 학습자들은 "양심을 지키라고 낮은 목소리로 가르친다."(「아버지의 마음」)와 같은 구절에서 자신에게 도덕적 지표가 되었던 아버지를 연상하는 경우가 많았다. 또 "자기를 계속 따라주면서 속을 비워간다."(「소주병」)와 같은 구절을 인용하면서 자신의 것을 무한정 자식에게 주는 아버지의 모습을 발견하고 있었다. "눈과 얼음의 길", "굴욕과 굶주림과 추운 길"(「가정」)을 걷는 시 속 아버지의 모습에서 자신의 아버지를 떠올리고, 신산한 삶을 살지만 궁극적으로 그것이 가족들을 위한 희생임을 깨닫는 과정에서 자신의 아버지를 발견하고 있었다.

특기할 만한 것은 이수익의 시가 언급된 빈도가 매우 낮다는 점이다. 그 이유는 다른 텍스트들에 비하여 학습자들이 상대적으로 이해하기 어려웠기 때문으로 판단된다. 텍스트 내 화자의 경험이 학습자들의 경험과 일치하지 않는다는 점도 이 시를 통해 공감대를 얻기 어려웠던 이유일 것이다. 텍스트 내의 화자는 극심한 가난을 경험했지만 학습자들은 그런 경험이 결여되어 있기 때문이다. 또한 아버지의 죽음이라는 경험태를 시로 승화시킨 텍스트 내의 화자와 학습자의 공감대가 형성되지 않았기 때문으로 판단된다.

① "아버지의 눈에는 눈물이 보이지 않으나, 아버지가 마시는 술에는 눈물이 절반이다"라는 구절에서 나의 아버지가 가족들 앞에서 강한 모습을 보이려 하셨지만, 어디에도 기댈 곳 없이 술로 밤을 새던 모습이 얼마나 외로웠을까? 하며 이제야 느껴진다. (자연과학대학 12학번 수강생)

② 저는 나희덕 작가의 못 위의 잠이라는 시가 가장 마음에 와 닿았습니다. 그 이유는 어렸을 때 저희 가정과 유사한 점이 많았기 때문입니다. 초등학교 때 아버지의 사업이 어려웠던 시절 어머니가 회사에서 늦게까지 일을 하고 귀가하셨고 반대로 아버지는 집에서 계시던 때가 생각났습니다. 당시에는 너무 어렸기 때문에 갑자기 찾아온 경제적 시련에 따른 여러 가지 문제가 상당히 힘들게 느껴져서 아버지를 많이 원망했었습니다. 그러나 꽤 많은 시간이 지난 지금 다시 생각해보면 오히려 아버지의 입장에서 나도 그렇게 힘들었는데 오히려 그분은 얼마나 더 힘드셨을까 그리고 사회 속에서 한순간에 여러 가지를 잃은 상황에서 가정을 부양해야 한다는 책임감과 부담감을 느끼셨을 아버지의 심정을 생각해보니 그때의 저는 너무나 어렸고 심지어 어리석었었다고 생각합니다. (사회과학대학 13학번 수강생)

③ "아버지는 가장 외로운 사람들이다"라는 구절이 와 닿는다. 회사가 부도나서 아버지께서 힘들었을 때, 가족 중 아무도 아버지에게 따뜻한 위로의 말을 건네지 않았다. (인문대학 13학번 수강생)

④ 나의 아버지를 상기시켜준 시는 1번, 5번, 8번의 시였다. 그 이유는 1번, 5번, 8번 읽기 자료에서 표현한 아버지의 모습에서 나의 아버

지의 모습이 보였기 때문이다. 1번 읽기 자료에서는 자식들에게 자신이 줄 수 있는 것들을 아낌없이 퍼주고 정작 자신은 가진 것이 없는 아버지의 모습, 5번 자료에서는 실업이라는 상황에서 위축되고 한없이 작아지는 아버지의 모습, 8번 자료에서는 가족 부양을 위해 고된 일을 하시고 그 결과로 신체에 이상이 생기신 아버지의 모습에서 나의 아버지가 보였다. (농업생명과학대 11학번 수강생)

인용한 글은 학습자가 제출한 과제문 중 일부이다. 「아버지의 마음」 「소주병」 「못 위의 잠」 「아버지의 등을 밀며」 등의 텍스트를 읽고 자신의 아버지에 대한 생각과 느낌을 적은 글이다. 주목할 것은 학습자가 텍스트를 읽으면서 하게 되는 아버지에 대한 생각과 감정이 매우 구체적이라는 점이다. 학습자들이 텍스트 없이 아버지를 연상한 경우 그 내용은 매우 관념적이고 추상적이었다. 그러나 텍스트를 정독하게 한 후 텍스트에 그려진 아버지와 자신의 아버지를 연결하여 연상하도록 유도하여 그 느낌을 서술하게 한 경우에 훨씬 구체적이고 치밀한 감정을 기술하고 있었다. 특히 학습자들이 텍스트를 읽은 후 아버지의 삶을 '발견'하고 나아가 아버지의 삶을 '이해'하게 되었다는 진술은 글쓰기 훈련에서 양질의 텍스트를 제공하는 것이 매우 중요함을 반증한다.

⑤ '한 때는 용왕을 꿈꾸고 삼천정병을 이끌고 토끼를 잡으러 가고 싶었을 게다.', '마루 끝에 쪼그려 앉은 빈 소주병이었다.' 종이 위의 시들을 쭉 읽은 후 가장 마음 깊숙이 닿았던 두 개의 시의 두 개의 구절이다. 이 두 개의 구절들은 나에게 단지 '아버지'라고만 여기어왔던 한 남자의 젊은 날을 상상해보게 된 계기가 되었고 아버지에 대해 약간은 더 잘 이해할 수 있는 계기가 되었다. 지금은 우리에게 한없이 술을 부어주시지만 아버지도 나처럼 젊었을 때가 있었을 것이다. 큼지막한 토끼 한 마리

잡는 꿈을 꾸면서 잠들었을 것이다. 하지만 아버지의 그때는 나와는 달랐다. 꿈보다는 내일의 끼니를 걱정해야 할 만큼 너무나도 가난했고 옆에서 도움을 주는 사람도 없었다. 때문에 항상 전투적인 삶을 살아야 했고 때로는 무모한 전진도 필요했을 것이다. 아무것도 가지지 못한 채 시작한 사회생활을 하면서 아버지는 강해져야만 했다. 아버지는 점점 독단적인 성격이 되어가고 있었다. 아니 그렇게 되어야만 했을 것이다.
(「아버지의 독단적인 성격」, 자연과학대학 12학번 수강생)

이 글을 쓴 학습자는 자신의 아버지가 "의견을 굽히지 않고 독단적인 성격을 지니셨다."라고 진술하였다. 그러한 아버지의 성격을 "너무나도 싫어했고 짜증났다."라고 평가하였다. 그러나 "국어 작문의 '아버지'에 관한 주제로의 연습 때문에" "아버지의 그런 성격은 우리를 위해 생긴 성격인지도 모르겠다."라며 자신의 생각에 변화가 있음을 언급하고 있다. 생각의 변화가 이루어지게 된 계기는 시에 있었지만 그것을 통해 아버지의 독단적 성격이 선천적인 것이 아니라 강해질 수밖에 없었던 아버지의 삶에 근원하고 있음을 발견하며 학습자는 아버지에 대한 이해에 도달하고 있음을 볼 수 있다.

4. 글쓰기로의 체화와 대상의 재인식

교수자는 마지막 단계로 텍스트에 구애받지 말고 아버지를 주제로 한 글을 제출하도록 요구하였다. 이 과정에서 아버지에 대한 느낌을 기술하지 말고 아버지의 행위와 그것이 무슨 의미를 지니고 있을까 하는 질문을 하도록 유도하였다. 이것은 글쓰기의 목적이 아버지와 관련된 '현상'이 중요한 것이 아니라 그 행위가 '왜' 이루어지는가에 대한 질문을 유도함으로써 아버지 또는 아버지의 행위를 이해할 수 있도록 이끌기 위함이다. 예를 들어 '아버지가 술을 좋아한다'라는 현상적 차원을 기술하지 말고 '아버지는 왜 술을 드시는가?', '아버지의 음주 빈도는 어떻게 달라졌는가?', '아버지의 음주 빈도가 늘었다면 왜 늘었을까?' 등과 같은 질문을 유도함으로써 아버지의 행위를 이해할 수 있도록 한 것이다. 이해의 과정을 거쳐야 공감할 수 있고, 그 과정을 넘어설 때 비로소 아버지와 소통할 수 있기 때문이다.

과제를 취합하고 이를 피드백하는 과정에서 매우 놀라웠던 점은 상당수의 학습자들이 아버지에 대해 이렇게 고백하고 있다는 점이었다. "가족 중 아버지를 이해해주는 사람이 별로 없었다.", "아버지에 대해서 알고 있는 것이 거의 없는 것 같다.", "아버지에 대해서 생각을 해보지 않았다.", "아버지와의 기억이 별로 없다." 이것은 물론 학습자들만의 문제라고 단언할 수는 없다. 반대로 아버지들의 문제라고 비난할 근거 역시 없다. 이것을 단순히 소통의 문제로 치부하기에는 그 원인이 매우 복잡하기 때문이다. 다만 교수자가 아버지를 소재로 글쓰기를 시도했던 것은 문제의 사태를 드러내고 이를 통해 학습자 스스로 생각의 전환을 할 수 있으리라 생각했기 때문이다.

'글을 쓰기 이전과 글을 쓴 이후에 아버지에 대한 생각이 달라졌는가?'라는 질문[17]에 응답자 85명 중 9명(10%)의 학습자는 달라진

---

17 교수자는 단계를 거치는 글쓰기 이후에 학습자들을 대상으로 다음과 같은 설문 조사를 실시하였다. 총 85명의 학습자들이 질문에 답변을 하였다.
  1. 출생년도는 언제인가요?
  2. 몇 학번인가요?

것이 없다고 답변한 반면 76명(90%)은 달라진 것이 있다고 답변하였다.

① 과제를 하면서, 왜 하필 주제가 아버지인지는 모르겠지만, 아무리 대충 하고 싶어도, 그럴 수 없는 제 자신이 답답하기도 합니다. 한 문장, 한 문장 쓰면서 글을 잘 써야겠다는 생각보다는, 자꾸 아버지가 떠오르기 때문입니다. 생각해보니, 참 대화도 별로 없고, 하고 싶은 말이 딱히 있는 것은 아니지만, 분명 언젠가 후회할 날이 올 것 같기 때문입니다. (「아버지의 어깨」, 공과대학 12학번 수강생)

② 그러나 이제는 아버지의 과거, 현재, 미래를 듣고 싶습니다. 이 청춘을 무슨 일을 하면서 보내셨는지, 힘든 상황, 시기를 무슨 생각으로 버티셨는지, 과거에 후회스러운 일은 무엇이며 청춘인 아들에게 충고하고 싶은 말은 없는지. 이와 같은 진지한 이야기부터 연애는 몇 번이나 해보셨고, 여자는 무슨 마음으로 만났는지, 우리 어머니와의 결혼 스토

3. 아버지의 출생년도는 몇 년인가요?
4. 글을 쓰기 이전과 글을 쓴 이후에 아버지에 대한 생각이 달라졌습니까?
    ① 달라진 것이 없다.
    ② 달라진 것이 있다.
5. 시를 읽고 난 후에 글쓰기가 더 수월해졌습니까?
    ① 수월해지지 않았다.
    ② 수월해졌다.
6. 글을 쓰기 이전에 아버지와의 관계는 어떠했습니까?
    ① 좋은 편이었다.
    ② 좋지 않은 편이었다.
    ③ 보통이었다.
7. 글을 쓰는 과정에서 혹은 글을 쓴 이후에 아버지와의 관계가 변하였습니까?
    ① 좋은 편에서 좋지 않은 편으로 변했다.
    ② 좋지 않은 편에서(혹은 보통에서) 좋은 편으로 변했다.
    ③ 변함없다.

리 등 남자끼리 할 수 있는 솔직한 이야기까지. 이제는 학생, 어린 티를 벗어던지고 21살인 성인 남자로써, 아직 21살밖에 되지 않았지만 그래도 이제는 아버지와 대화가 통하는 아들 자격으로 제 이야기가 아닌 지금까지 몰랐던 속모를 아버지의 솔직한 이야기를 듣고 싶습니다. (「알 수 없는 아버지」, 자연과학대학 13학번 수강생)

③ 나는 아버지께 요새 우울하게 퇴근하시는 이유를 여쭤봤다. 아버지는 항상 자신은 즐겁게 집에 퇴근하는데 바쁜 가족들은 자신을 반겨주는 기분이 들지 않았고, 그냥 자신이 돈 벌어다주는 기계처럼 보였기 때문에 상처를 받았다고 그냥 장난식으로 말씀하셨지만 나에겐 충격적으로 다가왔다. (「상처받은 아버지」, 사회과학대학 12학번 수강생)

학습자들의 글을 피드백하는 과정에서 나타나는 가장 큰 특징은 아버지라는 존재를 심각하게 인지하고 있지 못하다는 점이다. 여기서 심각하지 않다는 것은 학습자들이 아버지가 '당연히' 그리고 '언제나' 자신들의 곁에 있을 것이라는 확고한 믿음을 지니고 있다는 의미이다. 이 확고한 믿음은 대상에 대한 절실함 혹은 진정성 있는 이해로 다가서지 못하고 경우에 따라서는 단 한 번도 진지하게 생각해보지 않았다는 고백의 원인이 된다.

교수자가 아버지에 대한 글쓰기를 진행하면서 학습자들의 행동 혹은 태도가 완벽하게 그리고 단시간에 바뀔 것이라고 기대한 것은 아니다. 다만 글쓰기 과정을 거치면서 학습자들이 아버지라는 대상을 새롭게 인지하고, 아버지에 대해 생각할 수 있는 계기를 갖게 하려는 의도였다. 나아가 글쓰기를 통해 학습자들의 생각이 변화한다면 점진적이나마 아버지에 대한 행동과 태도가 달라질 수 있을 것이며, 이것이 아버지와의 소통에 기여할 수 있을 것이라 판단하였기 때문이다.

5. 현대시를 이용한 글쓰기 교수·학습의 의의와 한계

교수자는 '글을 쓰는 과정에서 혹은 글을 쓴 이후에 아버지와의 관계가 변하였는가'를 물었다(설문번호 7). 이 질문에서 변함없다는 학습자의 대답이 65명(76.5%), 좋지 않은 편에서(혹은 보통에서) 좋은 편으로 변했다는 응답이 19명(22.4%)[18]이었다.

주목할 것은 글쓰기 과정을 통해서 아버지와의 관계가 변했다는 19명의 응답이다. 이것은 글쓰기 교육을 통한 관계 개선의 가능성을 보여주는 유의미한 결과이기 때문이다.[19] 설문 조사와 별도로 교수자는 "아버지에 대한 글쓰기를 진행하면서 아버지에 대한 생각이나 태도가 달라졌는가?"에 대한 답변을 서술하도록 요구하였다. 이것은 글을 쓰는 과정을 통해 대상을 이해하고자 노력했는가, 또 그러한 노력을 통해 대상에 대한 공감에 도달하였는가에 대한 대답을 얻기 위함이다. 이 질문에 많은 학습자들은 글을 쓰는 과정에서 아버지를 이해할 수 있게 되었다고 진술하였다.

현대시로 글쓰기

---

18 아버지에 대한 생각이 변했는가와 아버지에 대한 태도가 변했는가에 대한 학습자들의 응답 비율은 조금 달랐다. 아버지에 대한 태도가 변했는가에 대한 질문에 그렇다고 대답한 학습자는 22.4%였다. 그러나 글쓰기 이전과 글쓰기 이후에 아버지에 대한 생각이 어떻게 변했는가를 써서 제출하라는 피드백에는 대다수의 수강생들이 자신의 생각이 변했음을 진술하고 있다. 이것은 학습자들의 '생각'은 변했지만 실천이 전제되는 '태도'로의 변화에까지는 이르지 못하고 있음을 보여주는 결과라 판단된다.

19 본 교수의 의도가 글쓰기 치료에 있었던 것은 아니다. 그러나 이러한 결과를 살펴보면 교수자의 교수 역량에 따라 글쓰기를 통해 대상과의 관계 개선이 가능할 수 있음을 확인할 수 있으며 나아가 치료로서의 글쓰기 효과를 발견할 수 있다. 글쓰기를 포함하는 독서치료에 대한 상술은 서기자(『대학생을 위한 독서치료』, 충남대학교 출판부, 2010)의 책을 참조할 수 있다.

① '아버지'에 관한 글쓰기를 한 후, 식상한 말이지만 아버지를 좀 더 이해할 수 있게 된 것 같아서 참 좋았다. 정말 매 과제를 할 때마다 나도 모르게 두세 시간을 훌쩍 넘기면서 글쓰기에 몰두하는 나를 발견할 수 있었다. 글을 쓰는 시간보다는 아버지에 대해 생각하는 시간이 대부분이었던 것 같다. 잊고 있었던 기억들을 떠올려보며 아버지에 대한 추억도 되새길 수 있었고, 아버지의 입장도 더 깊이 헤아려볼 수 있었다. 거짓말 같이 이번 주말에 고향에 가서 아버지를 보았는데 나도 모르게 전보다 아버지가 더 친숙해 보였다. 이제는 조금 더 아버지에게 다가가는 아들이 되고 싶다고 생각했다. 아버지와 진솔한 대화 한번 제대로 한 적 없던 내가 이런 생각을 갖게 되었다는 것도 참 큰 변화인 것 같다. (공과대학 07학번 수강생)

② 글짓기를 하면서 나에게 '아버지'라는 단어가 조금 낯설게 다가왔다. 언제나 나에게 든든한 버팀목이 되어줄 것만 같았던 '아버지'가 한때는 지금의 나처럼 무엇을 할지 고민하고, 꿈을 좇으며 하루를 살았던 시절을 거쳐, 하고 싶은 일을 뒤로 한 채 꼭 해야 하는 일을 할 수밖에 없었던……. 욕심도 갖고 싶은 물건도 있는, 비로소 '아버지'가 아닌 '한 사람'으로 느껴지게 되었다. (자연과학대학 12학번 수강생)

③ 나는 현재까지 아버지에 대해서 아버지의 입장에서 깊게 생각해보지 않고, 그냥 우두커니 있는 존재로 아버지를 바라보았던 것 같다. 그러나 이번 국작 과제로 여러 짧은 글을 써보면서 아버지에 대해서 더 자세하고 깊게 생각해보게 되었다. 단지 아버지의 현재 모습만 바라보았던 내가 아버지의 과거와 미래가 궁금해졌으며, 아버지로서의 아버지가 아닌 한 인간, 남자로서 아버지를 바라보게 되었다. 또한 여러 가지로 아버지를 동감하게 되었던 시간이었다. (자연과학대학 10학번 수강생)

앞의 설문에서 교수자는 학습자들에게 '시를 읽고 난 후에 글쓰기가 더 수월해졌는가?' (설문 번호 5)를 물었다. 이에 대해 수월해지지 않았다는 대답은 20명(24%)이었고, 수월해졌다는 대답은 65명(76%)이었다. 여기에 교수자는 강좌 피드백을 위해 학습자들에게 자료를 이용해 글을 썼을 때의 느낌을 솔직하게 적어보라는 요구를 하였다. 학습자들은 제시된 자료 속의 아버지를 통해 자신의 아버지를 발견하기도 하고, 자신의 아버지와의 차이점에 대해서 생각해보기도 하였다고 진술하였다. 학습자들은 시 읽기를 통해 아버지라는 타자에 대한 이해와 동일시에 이르는 경험을 하였고, 아버지를 새롭게 인지하는 계기를 마련하고 있었다.

① 솔직히 자료를 통해서 글을 썼을 때와 그냥 글을 썼을 때 별로 차이를 느끼지 못했다. 어차피 내가 쓰고 싶은 글감을 다루는 시나 노래를 골라서 쓰는 것이라서 쓰는 것이라서 내가 하고자 했던 말은 비슷했을 것 같다. 오히려 작품에만 연관을 짓고 글을 쓰다 보니 여러 가지 하고 싶은 말을 못 할 수도 있다는 단점이 있는 것 같다. (공과대학 09학번 수강생)

② 자료를 통해 글을 썼을 때 가장 많이 든 생각은 '아버지를 이렇게 해석 가능하구나. 세상에는 다양한 아버지가 존재하는구나.' 였습니다. 아무래도 저는 저의 아버지와만 생활해봤으니깐 다른 아버지의 이미지가 그리 선명하지 못하였습니다. 그러나 남의 시, 노래를 통해 나의 아버지와는 다른 아버지의 모습을 볼 수 있었고, 이를 통해 우리 아버지의 소중함도 다시 한 번 느낄 수 있었습니다. (자연과학대학 13학번 수강생)

③ 자료를 참고하여 글을 쓰니 아버지에 대한 기억 중 잊고 있던 기억도 떠오르게 되고 그러다 보니 일관된 주제와 화제를 가지고 글을 쓰기 수월했던 것 같다. 이번 기회를 참고하여 다음에 글을 쓸 때는 내가 쓰려고 하는 주제와 비슷한 주제를 가진 글을 많이 찾아 읽어보고 글을 쓰

면 아무 준비 없이 쓴 글보다는 조금 더 다듬어진 글을 쓸 수 있을 것 같다는 자신감이 생겼다. (공과대학 08학번 수강생)

　인용한 자료 ①의 수강생처럼 별 차이를 느끼지 못하거나 오히려 제시된 자료를 단점으로 인식하는 학습자도 있었다. 다만 이 경우는 교수 의도의 파악이 정확히 되지 않은 것으로 보인다. 교수자는 자료 속에 묘사된 많은 아버지의 모습을 살피면서 학습자들 스스로가 아버지에 대하여 깊이 있는 관찰을 하도록 유도한 것인데, 학습자는 작품 속의 아버지와 자신의 아버지의 공통점을 찾으라는 것으로 잘못 이해하고 있다. 그러나 이와 같은 사례를 제외하고 대부분의 학습자들은 자료를 통해 글을 썼을 때 훨씬 수월함을 느꼈고, 이러한 글쓰기 과정을 통해 아버지에 대한 이해에 도달할 수 있었다고 진술하였다.

　현대시를 활용한 글쓰기 교수·학습을 진행하면서 교수자는 자료의 다양성을 고민하였다. 예를 들면 학습자들에게 주제와 연관되는 소설을 읽히는 방법이 있을 수 있다. 또 영화나 단막 드라마와 같은 영상물을 이용하여 학습 효과를 높이는 방법도 고려할 수 있을 것이다. 다만 이러한 경우는 강의 시수와 시간 등을 고려하여 탄력적으로 교수·학습 프로그램을 구성해야 할 것이다.

　극소수이기는 하지만 아버지에 대한 글쓰기를 이 단계에서 멈추지 말고 이를 확장하여 시나 소설 등의 장르로 글쓰기를 하는 것을 제안하는 학습자도 있었다. 교수자는 학습자들의 학습량 등을 고려하여 이와 같은 과정을 진행하지는 않았지만, 이러한 의견을 수용하여 표현의 다양성을 익히는 방법 또한 의미 있는 방법이라 생각한다.

타자의 시 읽기, 주체의 글쓰기

6. 결론

글쓰기 지도 과정에서 교수자들이 느끼는 곤혹스러움 중의 하나는 학습자들이 글쓰기의 중요성을 인지하고 있음에도 불구하고 여러 가지 이유로 글쓰기 교육의 성과를 내지 못하고 있다는 점이다. 이것은 이론적 토대와 별개로 작동하는 학습자들의 글쓰기 능력 부족에서 오는 괴리 때문으로 볼 수 있다. 따라서 글쓰기 교육의 현실적 목표는 이 이론과 현실의 괴리를 줄이고 어떤 방식을 활용하여서든 학습자들이 글쓰기 능력을 향상시킬 수 있도록 방법을 강구해야 한다는 데 있다.

표준화된 커리큘럼의 부재, 교수자의 주전공 문제, 고등학교 과정에서 글쓰기 선행 학습 여부, 학습자 개개인이 갖고 있는 배경지식으로서의 독서량, 글쓰기에 대한 개인의 역량의 차이, 각 대학에서 논술을 전형 요소로 사용하는가의 여부, 이에 따라 논술 선행 학습이 이루어졌는가에 대한 경험 등 학습자들의 처지와 상황은 전부 다르다. 이러한 환경에서 교수자는 글쓰기 방법론을 더 철저하게 고민하여 학습자들에게 글쓰기의 성과를 낼 수 있는 학습 방법을 강구해야 한다.

적어도 글쓰기 교육에 있어서는 절대적으로 옳은 방법도, 절대적으로 그른 방법도 없다. 무엇보다 중요한 것은 학습자들이 글을 쓸 수 있다는 자신감을 얻게 하는 것과 그 자신감을 바탕으로 성과를 만들어내는 것이다. 나아가 글 쓰는 과정을 통해 대상과의 새로운 관계를 형성하고 또 거기에서 의미를 발견해낼 수 있다면 '에네르게이아'로서의 글쓰기가 가능할 것이다.

영화로 글쓰기

1. 들어가는 말

현대사회에서 글쓰기를 통한 자기표현과 의사소통은 매우 중요하다. 그럼에도 불구하고 학습자들이 가지고 있는 글쓰기에 대한 두려움은 글쓰기를 대학 교과 영역에서 의무적으로 수강해야 하는 과목이거나 졸업을 위해 어쩔 수 없이 선택하는 교과목 정도의 인식에 머물게 한다. 글쓰기에 대한 당위와 그 대척점의 부박한 현실'에서 효

---

1 부박한 글쓰기의 대표적 사례로는 전자 미디어의 발달과 함께 나타난 SNS 글쓰기를 들 수 있다. 즉각적인 반응을 감지할 수 있는 '트위터'나 메시지의 핵심을 단어 혹은 단문 형식으로 보내는 '카카오톡' 문자메시지 등의 글쓰기는 스마트폰의 보급으로 더욱 활성화되고 있는 실정이다. 이것은 집중적 사고력과 문장 구성 능력을 요구하는 글쓰기가 아니라 상황을 단편적이고 파편화된 문장으로 표현하거나, 음소로 분절된 기호 차원에서 메시지를 구성하기 때문에 글쓰기 본연의 모습이라 보기 어렵다. 이러한 글쓰기 환경의 변화는 사회적 관점에서 소통 방식의 다양함을 부분적으로 증명하는 것일 수도 있으나, 쓰기의 본질을 생각하면 재고할 필요가 있다.

과적인 글쓰기 교육 방법에 대한 고민은 더 이상 선택의 문제가 아니다. 특히 매체[2]의 변화와 연동한 글쓰기[3] 환경의 변화는 과거보다 훨씬 더 다양한 방법론을 요구한다.

글을 쓴다는 것은 사고의 직간접적 발현이다. 특히 말과 글과 생각의 연관 관계를 고려할 때, 올바른 글쓰기는 올바른 사고를 갖는 것과 동일한 맥락이다. 다시 말하면 말과 글과 생각은 개별적으로 작동하는 것이 아니라, 이 세 가지 요소가 유기적 관련성 속에서 작동하기 때문에 어느 한 부분을 떼어놓고 생각할 수 없다. 다만 말에 비해 글은 사고의 정제 과정을 통해 기술하고, 집필 후 퇴고의 과정을 통해 자신의 논리적 입장을 드러낼 수 있기 때문에 교육과 훈련에 의해 그 능력을 배양할 수 있다는 특징을 갖는다.

이 책은 대학에서 이루어지는 '대학국어작문' 혹은 '국어와 작문' 류의 교과목에 실제 적용할 수 있는 '영상 매체를 이용한 비평적 글쓰기 교수 방법'을 사례화한 것이다.[4] 다양한 글쓰기 교수 방법에 대

---

2 이 책에서 말하는 매체는 메시지를 담을 수 있으며, 의미를 조직하여 전달할 수 있는 수단으로서의 시, 소설, 드라마(대본), 영화 혹은 시나리오, 신문(기사), 사진, 그림, SNS 등을 포괄하는 개념이다. 특히 전자 미디어의 발달이 불러온 SNS 매체는 글쓰기와 관련하여 새로운 고민을 안겨주고 있다.

3 박현정, 「전자매체 시대의 글쓰기 지도 방안—'이미지 단락을 이용한 이야기 만들기'를 중심으로」, 『배달말교육』 제30호, 배달말학회, 2009, 145~177쪽. 이 연구는 고등학교 학생들을 대상으로 '전자말을 통한 편지글 고쳐쓰기'와 '전자말을 통한 이야기 만들기'의 활동을 수행한 보고서이다. 이 논문은 인터넷에 익숙한 중고등학생들이 구사하는 언어 생활의 실태와 그 수정 방안을 모색하고 있다는 점에서 의미를 지닌다.

4 이 책에서 인용한 수업 자료는 충남대학교 2013년 여름 계절학기 '국어와 작문' 강의를 들었던 수강생들이 직접 작성·발표한 것이다. 교수자는 본격적인 글쓰기에 들어가기 전에 학습자들에게 컴퓨터를 이용한 한글 문서 작성법을 숙지시켰다. 컴퓨터를 잘 다루는 것과 컴퓨터를 이용하여 규준 문서를 잘 작성하는 것은 다르

한 고민은 학습자들에게 글쓰기의 어려움과 두려움을 덜어주고, 체계적인 글쓰기를 위한 교육과 훈련의 수월성을 위해 반드시 선행되어야 한다.

다양한 영상 매체 중 하나인 영화가 글쓰기에 효과를 가진다는 것은 분명한 사실이다.[5] 영화를 글쓰기 교육의 한 도구로 이용할 수 있는 가장 큰 이유는 영화가 글과 마찬가지로 구조화되어 있는 소통 수단이기 때문이다. 글이 문자로 구조화되어 있듯이 영화는 인간의 사고를 영상 언어를 통해 구조적으로 드러낸다. 따라서 표현 방법의 차이에도 불구하고 담론을 형성하여 그것을 구조적으로 드러낸다는 점에서 영화와 글쓰기의 공통점을 발견할 수 있다.

아울러 현실적인 상황에서 학습자들이 문자 텍스트보다는 영상 텍스트에 익숙해 있다는 사실을 고려한 것이다. 영화를 통한 글쓰기 훈련은 우선 학습자들의 흥미를 유발할 수 있고, 이론에 입각한 강의보다 지루해하지 않으며, 시각적으로 정보를 기억하기 때문에 지식의 저장 기간이 길다는 장점을 지닌다. 또한 영화는 교수자의 준비 정도

영화로 글쓰기

기 때문이다. 후자의 경우 학습자들이 실제로 연습을 해본 경험이 부족하기 때문에 문서 작성법을 숙지시키는 것은 글쓰기의 전제 단계로서 반드시 필요하다. 교수 내용에는 ① 이메일 보내는 방법과 유의점, ② 리포트 표지 작성법, ③ 목차 만들기, ④ 한글 문서 작성하기, ⑤ 각주의 중요성과 붙이는 방법, ⑥ 리포트 작성, 제출, 보관 방법 등이 포함된다.

5 이것은 영화를 이용한 글쓰기 연구의 결과물을 보아도 알 수 있다. 김용석, 「영화 텍스트와 철학적 글쓰기」, 『철학논총』 43집, 새한철학회, 2006, 433~478쪽; 이상금 · 허남영, 「언어학습에서 창의적 글쓰기와 영화매체의 효용성」, 『교사교육연구』 48권, 2009, 79~100쪽; 장혜진, 「영화를 이용한 작문수업 활성화 방안: 스쿨 오브 락(School of Rock)과 퀸카로 살아남는 법(Mean Girls)을 이용하여」, 『영상언어교육』 7권 1호, 영상영어교육학회, 2006, 71~94쪽; 한귀은, 「영화를 통한 타자성 지향의 글쓰기 교육」, 『국어교육』 135권, 한국어교육학회, 2011, 305~328쪽.

와 역량에 따라 학습자의 배경지식을 신장하도록 도와줄 수 있는 부수적 효과도 함께 지닌다.

2. 〈박하사탕〉을 활용한 소재 발견 훈련

주지하는 바와 같이 한 편의 글이 완성되는 일반적인 절차는 ① 주제 정하기, ② 소재 정하기, ③ 개요 작성하기, ④ 집필하기, ⑤ 퇴고하기의 과정을 따른다. 이러한 글쓰기의 과정에 영화 제작의 과정을 대응시키면 ①과 ②는 동일하게 적용될 수 있다. ③은 시나리오를 토대로 한 시놉시스에, ④는 실제 촬영에 대응된다. 마지막으로 ⑤는 편집 과정에 대응한다.

물론 이 두 과정이 기계적으로 완벽하게 일치한다고 할 수는 없으나[6], 영화의 제작 과정과 글쓰기 과정을 범박한 수준에서 대응시키면 '감독-글쓴이', '감독의 의도-글쓴이가 설정한 주제', '영화를 구성하는 다양한 미장센-집필 과정에서 필요한 다양한 수사', '편집-개요와 퇴고' 등으로 설명할 수 있다. 이와 같은 절차에 대한 설명은 영화를 시청하기 이전에 제시하여도 좋고, 영화 감상이 끝난 후에 학습자들과의 질의 · 응답을 통해 설명하여도 무방하다.

교수자는 영화를 감상하기 이전에 사전 정보를 제공하지 않는다. 사전 정보가 제공되는 경우 학습자들은 제공된 사전 정보에 입각하

타자의 시 읽기, 주체의 글쓰기

---

6 이는 감독과 글쓴이를 동일자로 볼 수 있느냐와 관련된 문제이다. 그러나 〈박하사탕〉의 경우는 이창동 감독이 직접 시나리오를 작성하고 이를 영화화하였기 때문에 감독과 글쓴이를 동일자로 보는 것이 가능하다. 다만 감독이 직접 시나리오를 쓰지 않고, 작가에 의해 집필되었을 경우에는 보다 세밀한 논의가 필요할 것이다.

여 영화를 감상하려 하기 때문이다. 이것은 학습자들의 협소하고 경직된 사고 프레임을 더욱 공고히 하는 역효과를 가져온다. 따라서 교수자는 사전 정보를 제공하지 않은 상태에서 학습자들에게 영화를 보면서 영화의 서사가 구축되는 과정에서 어떤 소재들이 사용되었는가를 자유롭게 기술 혹은 메모하도록 한다. 그리고 학습자들이 발견한 다양한 소재들이 글쓰기를 위한 배경지식이 됨을 강조하여 주지시킨다.

학습자들이 글쓰기를 어려워하는 이유는 다양하겠지만 그중에서 가장 큰 이유는 배경지식의 빈곤 혹은 부재를 꼽을 수 있다. 교수 현장의 경험으로 볼 때 학습자들은 글쓰기의 일반적 절차에 대하여 충분히 숙지하고 있다. 다만 그것을 이론적으로만 숙지하고 있다는 것이 문제이다. 이것은 글쓰기 교육의 실제적 지도와 관련하여 중요한 점을 시사한다. 즉 글쓰기 지도가 이론적 절차의 교육에 집중할 것이 아니라 배경지식의 신장이 선행되어 이루어져야 한다는 점이다. 배경지식의 문제를 개인적 차원의 것으로 국한할 경우 글쓰기 지도와 학습은 개인적 역량의 문제로 간주되고 만다. 그러나 글쓰기 학습의 과정을 통해 배경지식의 신장을 이끌어낼 수 있다면 글쓰기는 사회적 의미를 담보하게 된다.

배경지식의 신장은 글쓰기의 절차 중에서 '소재 정하기'의 측면과 밀접하게 연관되어 있다. 소재를 찾는다는 것은 주제를 뒷받침할 수 있는 다양한 글감을 발견하는 것이다. 그런데 글감을 발견하는 과정에서 가장 요구되는 것이 사고의 깊이와 넓이이다. 깊이 있고 확장된 사고는 사물을 다양한 관점에서 인식할 수 있게 할 뿐만 아니라, 보다 심층적이고 본질적인 문제 해결을 가능하게 하기 때문이다.

다음은 학습자들에게 〈박하사탕〉[7]이라는 영화를 보여준 후 영화와 관련한 질문지를 학습자들에게 배포하여 각자의 생각을 적게 한 것이다. 이 책에서 〈박하사탕〉을 1차 자료로 제시한 것은 이 영화가 '보는' 오락물의 차원을 넘어 비판적으로 '읽고 쓰는' 텍스트의 기능을 할 수 있기 때문이다. 또한 〈박하사탕〉은 독특한 시간 배열, 현대사의 질곡이 한 개인의 삶을 어떻게 왜곡시켰는가와 같은 질문과 맞물리면서 비평적 글쓰기를 위한 소재로 적합하다는 점도 고려하였다.

뿐만 아니라 〈박하사탕〉을 관통하는 1970년대부터 1990년대까지의 시간 속에 다양한 역사적 사건이 형상화되어 있다는 점도 고려하였다. 이것은 이 영화에 대한 이해를 통해 범박하게나마 역사에 대한 통시적 고찰이 가능하다는 의미를 내포한다. 또 이 영화를 구성하는 다양한 소재를 통해 상징과 은유에 대한 학습이 가능하다는 점도 텍스트 선정의 중요한 이유이다. 은유에 대한 이해는 사물이나 세계에 대한 통찰력을 기를 수 있는 효과적인 방식이라는 점에서 영화 속에 산포한 은유를 통해 세계를 해석하는 방식을 익힐 수 있기 때문이다.

◎ 「박하사탕」 보충 강의 자료

① 제목 〈박하사탕〉의 의미는 무엇인가?
　강영호의 순수성. 영호와 순임의 순수한 사랑

② '박하사탕'을 밟고 지나가는 군화를 클로즈-업의 기법으로 보여주는 의도는 무엇인가?
　곧 깨어질 강영호의 순수성과 사랑을 복선으로 보여주기 위해

③ 시간을 역순행적으로 구성한 이유는 무엇인가?
　각 챕터에서 일어난 사건에 대한 호기심을 불러일으키기 위해서

7　이창동 감독, 명계남·우에다 마코토 제작, 신도필름 배급, 〈박하사탕〉, 1999.

④ 각 장의 소제목과 시간을 쓰라. 각 장의 소제목은 어떤 역할을 하는가?

아유리 , 사진기. 삶은 아름답다. 고백, 기도, 면회 , 소통
- 각 장에서의 내용 전개에 영향을 미치는 소재, 사건, 말 등을 나타낸다.

⑤ 장에서 장으로 넘어갈 때 철길을 연결 장면으로 사용한 의도는 무엇인가?

영훈의 사랑과 몰락의 과정이 모두 철길을 배경으로 삼고 있기
(다양한 삶의 결을 나타내기 위해서) 때문이다.

⑥ 영화에서 〈나 어떡해〉, 〈내일〉, 〈기다리게 해 놓고〉 등의 노래가 담당하는 역할은 각각 무엇인가?

나 어떡해-영화 시작과 끝에 이어줌으로써 영훈의 처지를 대비시켜준다
내일-타락한 영훈과 대비되는 내용의 가사가 비참함을 강화시킨다
기다리게 해놓고-여자와 순임이의 처지를 연결시켜 기다림의 애절함을
강조하고 있다.

⑦ 주인공의 이름은 각각 무엇인가? 그 질감은 어떠한가?

영훈, 홍자, 순임, 종자-세 이름 다 촌스럽지만 순수함을
느낄 수 있는 이름이다.

⑧ '가리봉동'의 사회적 의미는 무엇인가? 왜 '가리봉동'인가?

가리봉동은 구로공단이 있던 곳으로, 영훈과 순임이가 노동자들의 현실 속에서
사랑을 하고, 몰락해가는 과정을 잘 다룰 수 있는 공간적 배경으로써의 의미가
있다.

⑨ 김영호가 몰락하게 된 직접적인 원인은 무엇인가?

IMF때의 사업 실패, 사기로 인한 피해

⑩ 김영호의 삶이 일그러지게 된 근본적인 원인은 무엇인가? 그것을 통해 감독이 말하고자 하는 바는 무엇인가?

5.18 민주화운동때 여고생을 죽임으로써 무너진
김영호의 순수성때문이다. 감독은 이를 통해 시대적 풍파
때문에 짓밟히는 한 인간의 삶을 보여주고자 한 것 같다.

⑪ 영화 속에서 70년대, 80년대, 90년대의 상황은 어떻게 그려지고 있는가? 이것은 어떤 역사적 사건을 연상하게 하는가?

70년대-때묻지 않은 순수함이 묻어나는 시대
80년대-군부독재 아래에서의 암울한 시대
90년대-IMF을 인해 몰락한 사람들이 옛날을 그리워하려
향수에 젖는 시대

⑫ 이 영화의 주제는 무엇인가? 각각의 소재는 주제를 형성화하는 데 기여하고 있는가?

순수함을 잃은 중년 남성의 몰락과 이를 통한 순수성의
사회적 필요성, 각각의 소재들은 주제와 대비되거나
상응되거나 하여 주제를 형성화한다.

〈자료 1〉

질문지를 배포한 후 교수자는 학습자들에게 자신의 생각을 적도록 유도한다. 이때 스마트 폰이나 태블릿 PC를 이용하여 정보를 검색할 수 있도록 한다. 그 이유는 ⑥번이나 ⑧번, ⑪번 질문은 배경지식이 없는 상태에서 답을 제시하지 못하는 경우가 많기 때문이다. 이후 교수자는 이를 바탕으로 글쓰기의 지도 수업에 들어간다. 열거된 일련 번호 중에서 ⑫번은 글쓰기의 '주제 정하기'에 대응됨을 인지시킨다. 이 외의 질문들은 '소재 정하기'의 차원에서 설명할 수 있다. 이 과정에서 교수자는 좋은 글을 쓰기 위하여 반드시 필요한 것은 충분한 정보, 즉 배경지식이 있어야 함을 다시 강조한다.

〈자료 1〉은 학습자가 질문에 대한 답변을 기록한 사례이다. 이를 전제로 교수자는 〈박하사탕〉의 제작 과정과 글쓰기의 절차를 대응하여 학습 지도를 한다. 우선 감독이 설정한 주제가 무엇인가와 관련한 문제이다. 이미 영화를 본 학생들은 다양한 주제를 도출할 수 있다. 예를 들어 '불가항력적으로 휩쓸린 역사의 질곡에서 한 개인이 입은 트라우마와 그로 인해 왜곡된 삶'과 같은 주제를 찾을 수 있다. 이러한 주제는 역사와 개인의 관계와 관련된 문제로 사고의 확장이 가능하다.

주제에 대하여 학습자들이 생각을 정리·요약하면 그 주제를 뒷받침할 수 있는 소재 정하기의 단계로 수업을 진행한다. 학습자들은 영화에서 보았던 다양한 장면들과 미장센을 떠올리며 감독이 자신의 의도를 뒷받침하기 위하여 어떤 소재를 사용하였는가를 정리한다. 대체적으로 학습자들은 '박하사탕의 상징적 의미'나 '군화가 박하사탕을 밟고 가는 장면을 클로즈업을 통해 보여주는 이유', '챕터의 연결에서 철로를 사용한 이유' 등에 대한 대답은 쉽게 찾는 편이다. 그러나 이외의 질문[8]에 대해서는 교수자의 부연 설명이 필요하다.

첫째, ③, ④, ⑤와 관련하여 〈박하사탕〉은 역순행적 서사 구조와 시간을 갖는다는 점을 설명한다. 특히 각 장에는 소제목이 붙어 있어 전개될 서사를 압축하여 제시하는 역할을 한다. 소제목을 순서대로 열거하면 '야유회', '사진기', '삶은 아름답다', '고백', '기도', '면

타자의 시 읽기, 주체의 글쓰기

---

8 〈박하사탕〉의 경우는 서사 전반에 걸쳐 역사적 사건이 투영되어 있다는 점을 상기해야 한다. 이것은 이 영화를 온전히 이해하기 위해서는 역사적 사실에 대한 이해가 선행되어야 한다는 것을 의미한다. 그러나 많은 학습자들의 경우 역사에 대한 지식이 결여되어 있다는 것이 문제이다. 이것은 보다 근본적으로 중·고등학교에서의 역사 교육과 관련하여 해명해야 할 중요한 문제이다.

회', '소풍' 등이다. 첫 번째 장은 현재의 시간이다. 주인공 김영호
(설경구 분)가 모든 것을 다 잃고 난 후, 절망감에 빠져 가리봉동에서
함께 일했던 동료들의 야유회장에 나타나 난동을 부리는 장면이다.
이후 영화는 시간을 거꾸로 돌려 각각의 서사를 관객에게 보여준다.
이 역순행적 구성 방식의 서사는 관객에게 주인공 김영호가 몰락하
게 되는 원인에 대한 호기심을 갖게 하는 역할을 한다. 또 이것이 영
화의 서사적 긴장감을 유지할 수 있는 한 요인임을 설명한다.

둘째, ⑨, ⑩, ⑪과 관련하여 〈박하사탕〉은 한 개인의 삶이 사회와
어떤 방식으로 길항하는가를 보여주고 있다는 점을 설명한다. 영화
는 1970~90년대를 관통하는 굵직굵직한 사건들을 모티프로 삼아 서
사를 형성하고 있다. '가리봉동'으로 기호화된 공장 노동자들, 1980
년 5월 18일의 광주민주화운동, 박종철 군 고문치사 사건을 떠올리게
하는 김영호의 고문 장면, 이후 1990년대 후반 우리나라가 직면했던
IMF 구제금융 사태에 이르기까지 영화는 다양한 사회적 사건을 보
여주면서 그것이 한 개인의 삶을 어떻게 왜곡시키는지를 보여준다.

셋째, ①, ⑥과 관련하여 음악이나 소품 등 다양한 미장센의 의미
를 설명한다. 〈박하사탕〉에서 주목할 것 중의 하나는 노래이다. '야
유회'에서 김영호는 〈나 어떡해〉[9]라는 노래를 부르는데, 이 노래는
'소풍'에서 동료들과 부르는 노래와 같다. '야유회'와 '소풍'이 지니

---

9 〈나 어떡해〉(김창훈 작사 · 작곡)는 서울대학교 그룹사운드인 '샌드 페블즈'의 노
래로서, 1977년 제1회 MBC 대학가요제 대상을 수상한 곡이다. 가사의 전문은 다
음과 같다. "나 어떡해 너 갑자기 가버리면 나 어떡해 너를 잃고 살아갈까 나 어떡
해 너 갑자기 가버리면 그건 안 돼 정말 안 돼 가지 말아 누구 몰래 다정했던 비밀
있었나 다정했던 네가 상냥했던 네가 그럴 수 있나 못 믿겠어 떠난다는 그 말은 안
듣겠어 안녕이란 그 말은."

는 기호의 질감은 차치하더라도, 이미 과거의 순수성을 상실하고 현실에 적응한 인물들의 노래는 그 서사적 의미가 상이할 수밖에 없다. '소풍'의 〈나 어떡해〉가 유행가 혹은 '함께 노래 부르기'의 차원이라면, '야유회'의 〈나 어떡해〉는 방향성을 상실한 인간 김영호의 몰락을 예견하는 의미로 확장된다. 특히 김영호가 첫사랑 윤순임의 죽음을 목도한 후에 부르는 이 노래의 가사는 김영호의 슬픔과 절망감을 배가시키는 역할을 한다.

경찰이 된 김영호가 대학생을 고문한 후 회식 자리에서 부르는 노래 또한 의미심장하다. 이 노래는 〈내일〉[10]이라는 제목의 노래로서, 후렴구 가사인 "흘러 흘러 세월 가면 무엇이 될까? 멀고도 먼 방랑길을 나 홀로 가야 하나"라는 구절을 통해 과거의 순수함을 잃어버리고 고문 경찰로 전락한 자신의 삶, 방향성을 상실한 삶에 대한 김영호의 심정을 대변하고 있다.[11] 넷째, ⑧과 관련하여 공간이 지니는 사

---

10 〈내일〉(김수철 작사·작곡)은 1983년 김수철이 발매한 1집 앨범의 수록곡으로, 가사의 전문은 다음과 같다. "스쳐가는 은빛 사연들이 밤하늘에 가득 차고 풀나무에 맺힌 이슬처럼 외로움이 찾아드네 별 따라간 사랑 불러보다 옛 추억을 헤아리면 눈동자에 어린 얼굴들은 잊혀져간 나의 모습 흘러흘러 세월 가면 무엇이 될까 멀고도 먼 방랑길을 나 홀로 가야 하나 한 송이 꽃이 될까 내일 또 내일."

11 〈아침이슬〉(김민기 작사·작곡, 양희은 노래)의 서사적 기능도 중요하다. 이 노래는 영화의 제일 마지막 장인 '소풍'에서 야학을 함께 하던 김영호와 윤순임의 친구들이 부르는 노래이다. 카메라는 (익스트림)롱 쇼트로 강가를 걷는 인물을 보여주고 이들이 부르는 노래를 음향효과로 제시한다. 이 노래가 당시 금지곡이었다는 사실, 대학생들이 시위 현장에서 활발하게 불렸던 사실 등을 상기해볼 때 노동자들이 이 노래를 부르고 있다는 사실은 영화에서 생략된 많은 서사를 암시한다. 즉 노동자들이 야학을 하고 있다고 했지만 실제로는 야학의 수준을 넘어 노동자 의식화 교육을 받고 있었음을 암시한다. "김 형사도 군대 가기 전에 이 동네에서 공장 다녔다고 했지? 김 형사도 그때 노조 같은 거 했어?"라는 동료의 질문에 김영호가 대답을 하지 못하는 것이 이를 증명한다. 가사의 전문은 다음과 같다. "긴 밤 지새

회적·역사적 맥락에 대한 이해를 유도한다. 우리는 공간이 차별적 기의로 작동하는 사례를 흔히 발견할 수 있다. '서울'과 '지방', '강남'과 '강북'이 강제하는 이분법적 의미가 그것이다. 또는 '신림동', '관악', '청담동', '안산' 등이 그러하다. 이러한 공간은 그 공간을 구성하고 있는 주체들의 계층적, 계급적 차별성을 내포한다. 영화에서 호명되는 '가리봉동'은 1970년대 근대화 혹은 산업화의 표상 공간이다. '구로 공단'과 등가로 인지되는 이 공간은 공장과 노동자, 열악한 노동 조건, 저임금과 노동 착취 등으로 그 의미가 확장된다. 공간의 맥락에 대한 이해로는 김동리의 「역마」와 같은 텍스트를 사례로 들 수 있다. 「역마」는 학습자들이 고등학교 과정에서 모두 읽은 텍스트이기 때문에 학습자들의 이해도가 높다. 교수자는 「역마」의 인물 관계를 설명하면서 복잡한 인간관계가 개연성을 지닐 수 있는 이유를 공간에서 발견할 수 있음을 주지시킨다.

다섯째, ⑦과 관련하여 주인공의 이름에 대한 정보에서는 호명의 원리[12]를 인지할 수 있음을 설명한다. 교수자는 작중인물의 명명 원리에 대한 설명을 하면서 「춘향전」의 '춘향(春香)'과 '몽룡(夢龍)', '방자'와 '향단'이라는 이름이 갖는 질감의 차이를 이해시킨다. 이 외에도 「봄봄」의 '점순', 「구운몽(九雲夢)」의 '성진(性眞)'과 '양소유(梁小

우고 풀잎마다 맺힌 진주보다 더 고운 아침이슬처럼 내 맘에 설움이 알알이 맺힐 때 아침동산에 올라 작은 미소를 배운다 태양은 묘지 위에 붉게 떠오르고 한낮에 찌는 더위는 나의 시련일지라 나 이제 가노라 저 거친 광야에 서러움 모두 버리고 나 이제 가노라."

12 이름을 중심으로 글쓰기 학습이 이루어진 사례를 논구한 박현이의 논문을 주목할 만하다. 박현이, 「자아 정체성 구성으로서의 글쓰기 교육 연구」, 충남대학교 박사 학위 논문, 2010, 128~144쪽 참조.

遊'의 질감 차이를 설명하면서 작중인물의 명명이 전체 서사를 형성하는 데 어떤 기능을 하는가를 주지시킨다. 이것은 하나의 주제를 설정하여 글을 쓸 때 모든 소재, 즉 이름과 같이 사소해 보이는 것조차도 그것이 주제를 향하여 집중되어야 한다는 응집성의 원리와 관련되는 것이기 때문에 매우 중요하다.

이와 같이 한 편의 영화는 단순히 장르로서만 존재하는 것이 아니다. 글쓰기를 훈련의 차원으로 이해할 때[13] 가장 중요한 것은 훈련의 예비 단계로서 글쓰기 전반에 대한 지식을 습득할 수 있도록 지도하는 일이다. 따라서 교수자는 지식을 효율적이고 효과적으로 전달할 수 있는 방법을 강구해야 한다. 이 책에서 영화를 이용한 글쓰기 지도를 시도한 목적이 바로 여기에 있다.

3. 소재 적용을 통한 단락 구성 연습

글을 집필하는 과정에서 단락이 중요한 이유는 단락이 생각의 매듭이기 때문이다. 교수자는 우선 단락 구성의 원칙과 원리를 주지시킨다. 대개 단락은 일반적 진술과 구체적 진술의 짜임으로 이루어진다. 이때 일반적 진술은 주제문을 의미하고 구체적 진술은 주제문을 풀어 쓰는 문장, 즉 부연, 상술, 상세화, 구체화 등에 의해 진술되는 문장을 말한다.

단락의 짜임에 대한 숙지가 이루어지면 단락 구성의 원칙을 설명

---

13 대부분의 대학 작문 교재에 연습 문제가 첨부되어 있다는 것은 글쓰기를 훈련의 차원으로 인식하고 있다는 증거이다.

한다. 단락을 구성하는 원칙에는 완결성[14], 통일성[15], 일관성[16], 긴밀성[17] 등이 있다. 이 원칙이 모두 중요하지만 특히 통일성과 완결성의 원칙을 강조한다. 그 이유는 학습자들이 실제 글을 집필하는 과정에서 가장 많은 오류를 보이는 것이 통일성과 완결성의 원칙이기 때문이다.

통일성은 주제문에 어긋나는 내용이 뒷받침 문장으로 진술되지 않아야 한다는 점이다. 완결성은 주제문에서 언급한 범위를 뒷받침 문장에서 포괄 진술해야 한다는 원칙이다. 교수자는 이 두 가지 원칙을 예문을 통해 이해시킬 수 있다. 예를 들어 "과학기술은 양면성을 지닌다."라든가, "한옥의 지붕 모양에는 맞배지붕, 우진각지붕, 팔작지붕 등의 기본형이 있다."와 같은 문장, "자동차, 전화기, 항생제 등은 인간의 삶을 획기적으로 변화시켰다."와 같은 예문을 이용하여 부연 문장을 써보게 함으로써 단락 구성의 원리를 체화시킬 수 있다.

---

14 완결성의 원리에는 다음과 같은 것이 있다. 첫째, 하나의 단락이 완성되기 위해서는 '화제의 진술-화제의 상세화-화제의 정리' 구조를 갖추어야 한다. 둘째, 한 단락이 이루어지기 위해서는 그 단락의 중심을 이루는 소주제문과 그것을 뒷받침해 주는 근거가 포함되어 있어야 한다. 셋째, 단락의 완결성을 위해서는 상세, 예증, 인용, 이유, 제시, 분류와 분석 등 다양한 방법이 사용된다. 김정태 외, 『과학기술자의 글쓰기』, 충남대학교 출판문화원, 2011, 92쪽.

15 통일성의 원리에는 다음과 같은 것이 있다. 첫째, 주제를 한정된 개념으로 정해야 한다. 둘째, 주제를 단일한 개념으로 정해야 한다. 셋째, 주제를 향한 집중적인 뒷받침을 해야 한다. 위의 책, 95쪽.

16 일관성은 단락을 이루는 여러 문장들이 서로 긴밀한 결합력을 보이는 기본 성질을 뜻한다. J. M. 맥크리먼은 "일관성이란 충실한 결합을 뜻한다. 단락은 문장끼리 빈틈없이 짜여지거나 서로 간 자연스럽게 결합되어 있을 때 일관성이 있다. 독자는 문장을 차례로 읽어나갈 수 있고, 단락을 독립된 문장의 혼집이 아닌 하나의 통일된 덩어리로서 파악한다."라고 말한다. 위의 책, 같은 쪽.

17 긴밀성을 유지하는 방법에는 첫째, 동일어나 동의어 사용, 둘째, 지시어 사용, 셋째, 단락의 구조어 사용 등이 있다. 국어작문교재편찬위원회, 『사고와 표현』, 충남대학교 출판부, 2009, 89쪽.

이와 같이 단락에 대한 기본 숙지가 이루어지면 학습자들이 감상한 영화를 이용하여 단락의 구성 원리를 연습시킨다. 다음은 그 실제 사례이다.

● 단락 구성의 원리를 바탕으로 표현하기

시간을 역순행적으로 구성한 이유는 무엇인가?

관객들에게 긴장감을 주고 궁금증을 유발시켜 영화에 집중시키고 감독이 전하고자하는 메세지의 의미를 극대화 할수 있기 때문이다. 영화 첫장면에서 주인공이 철길 위에서 자살을 시도하다가 다음장으로 넘어가면서 시간이 역행하는데, 이때 관객들로 하여금 긴장감을 유발시킨다. 그리고 장면에 대한 표현은 뒤에 배치하여 궁금증을 발생시키고, 각장면에 집중하게 하여 장면에 담긴 의미를 더욱 효과적으로 전달하는 것이다.

김영호가 몰락하게 된 직접적인 원인은 무엇인가?

IMF 금융위기와 동업하던 친구의 배신이 김영호의 몰락을 가져왔다. 극중에서 김영호의 대사와 김영호가 권총으로 친구를 죽이려는 장면을 통해 IMF와 친구의 배신이 김영호의 몰락에 직접적인 원인임을 알수 있다.

〈자료 2〉

● 단락 구성의 원리를 바탕으로 표현하기

② '박하사탕'을 밟고 지나가는 군화를 클로즈-업의 기법으로 보여주는 의도는 영호와 순임의 사랑이 사회적 개념의 영향을 받아 이루어지지 못했음을 상징적으로 보여주고자 하는 것이다. 극 중에서 순임은 군대에 간 영호에게 편지에 박하사탕을 하나씩 넣어 보낸다. 영화에서 '박하사탕'은 이러한 상황으로 보아 순임의 영호에 대한 사랑을 상징한다고 할 수 있다. 또한 밟고 지나가는 군화는 군부독재의 불안정한 시대를 상징한다. 그러므로 계엄령에 의해 소집되는 군인들의 군화에 밟히는 '박하사탕' 장면은 시대 배경에 의해 짓밟힌 순임의 순수한 사랑을 보여준다고 한 것이다.

⑤ 장에서 장으로 넘어갈 때 철길을 연결 장면으로 사용한 의도는 우선 기차에 몸을 던져 자살한 영호의 지난 삶을 역추적하는데 연결고리가 된다. 그러므로 후진하는 기차로 영화가

어떻게 기찻길에 도달하게 되었는가를 짚어보는 역순행 구성의 상징이 된다. 또한 후진할 수 없는 기차를 상징적으로 내세우면서 본래적으로 인생을 되돌릴 수는 없음을 은근히 드러낸다. 철길로 장면을 연결한 것은 결국 각각 과거의 상황들이 영호의 자살 기차에 치는 자살과 연관이 됨을 보여준다. 이 뿐만이 아니라, 기차를 후진시켜 보여주고 있지만 본래 인생은 되돌릴 수 없음을 전제에 깔아두어 더욱 안타깝게 한다.

〈자료 3〉

인용한 〈자료 2〉와 〈자료 3〉은 앞의 소재 정하기 단계에서 조사하고 학습한 내용을 토대로 단락을 구성한 사례이다. 먼저 〈자료 2〉는 "시간을 역순행적으로 구성한 이유는 무엇인가?"에 대한 해명을 단락 구성의 원리에 맞게 기술한 것이다. 학습자는 "관객들에게 긴장감을 주고 궁금증을 유발시켜 영화에 집중시키고 감독이 전하고자 하는 메시지의 의미를 극대화할 수 있기 때문이다."라는 일반적 진술을 기술하고, 뒷받침 문장을 서술하였다.

〈자료 3〉에서 학습자는 "'박하사탕'을 밟고 가는 장면을 클로즈업의 기법으로 보여준 의도는 무엇인가?"에 대한 질문에 대하여 "박하사탕을 밟고 지나가는 군화를 클로즈업의 기법으로 보여주는 의도는 영호와 순임의 사랑이 사회적 개입의 영향을 받아 이루어지지 못했음을 상징적으로 보여주고자 하는 것이다."와 같이 기술하였다.

이와 같은 단락 쓰기의 연습을 진행함에 있어 가장 중요한 것은 뒷받침 문장을 기술할 수 있도록 충분한 배경지식을 가져야 한다는 것을 다시 강조하는 것이다. 배경지식의 빈곤은 사고의 빈곤을 의미한다. 사고의 빈곤은 표현의 천박함으로 드러나게 된다는 점을 강조하여 학습자들에게 고급의 배경지식을 충분히 습득하는 것이 중요하다는 점을 역설한다.

4. 비평적 글쓰기의 체화

영화와 관련한 정보를 바탕으로 단락 쓰기를 연습한 후 교수자는 챕터를 뒤섞어 재배열하기를 주문한다. 만일 자신이 감독이라면 각각의 챕터, 즉 '야유회-사진기-삶은 아름답다-고백-기도-면회-소풍' 등을 어떻게 재배열할 것인가에 대하여 생각하게 한다. 이때 중요한 것은 어떤 배열을 하더라도 그것이 정답이 될 수 없다는 점을 인지시키는 것이다. 교수자가 정답을 요구할 경우 학습자들은 다양한 배열을 통해 자유로운 상상을 하기보다는 존재하지 않는 정답을 찾으려는 경직된 사고를 보이기 때문이다.

교수자는 일반적인 개요에 서론-본론-결론, 머리말-본문-맺음말, 기-승-전-결 등이 있음을 숙지하게 한다. 특히 개요의 층위와 형식, 효용[18] 등을 이해하게 하는 것이 중요하다. 아울러 개요는 배열 혹은 배치의 문제와 같음을 주지시킨 후 배열이 다른 글을 통해 개요의 중요성을 주지시킨다. 예를 들어 개요가 잘 짜인 글을 임의로 뒤섞어놓은 후 교수자는 학습자들에게 이것을 논지의 흐름에 맞게 재배열하도록 한다. 이러한 연습 과정을 통해 학습자는 개요의 원리를 쉽게 습득할 수 있다.

개요 연습 이후 교수자는 영화의 서사를 구축하는 다양한 수사 기교에 대한 지도를 진행한다. 이 과정은 글쓰기의 절차에서 내용을 표현하는 다양한 진술 방법과 연관된다. 일반적으로 글쓰기의 서술 방식은 크게 논증, 설명, 묘사, 서사 등으로 나뉜다.[19] 이러한 사전 지식

타자의 시 읽기, 주체의 글쓰기

---

18 국어작문교재편찬위원회, 앞의 책, 130~135쪽.
19 충남대학교 국어와 작문 과목의 주교재인 『사고와 표현』(국어작문교재편찬위원

을 제시한 후 〈박하사탕〉에 사용된 진술 방식을 묻는다. 영화의 진술 방식과 근접할 수 있는 것은 설명, 묘사, 서사 등인데, 특히 영화의 속성상 묘사와 서사가 주된 방법이 될 수 있음을 인지시킨 후 그 사례를 발견하여 기술하도록 하는 방법을 이용한다.

◎「박하사탕」보충 강의 자료

① 제목 〈박하사탕〉의 의미는 무엇인가?
② '박하사탕'을 밟고 지나가는 군화를 클로즈-업의 기법으로 보여주는 의도는 무엇인가?
③ 시간을 역순행적으로 구성한 이유는 무엇인가?
④ 각 장의 소제목과 시간을 쓰라. 각 장의 소제목은 어떤 역할을 하는가?
⑤ 장에서 장으로 넘어갈 때 철길을 연결 장면으로 사용한 의도는 무엇인가?
⑥ 영화에서 〈나 어떡해〉, 〈내일〉, 〈기다리게 해 놓고〉 등의 노래가 담당하는 역할은 각각 무엇인가?

회, 『사고와 표현』, 충남대학교 출판부, 2009)에서는 이 네 가지의 진술 방식을 나누어 설명하고 있다. 이 책에서는 논술문의 진술 방식으로 논증과 설명을, 예술문의 진술 방식으로 묘사와 서사를 들고 있다(같은 책, 163~180쪽). 그러나 이에 대한 엄정한 재고가 필요하다. 왜냐하면 묘사는 객관적 묘사와 주관적 묘사로 나뉘고, 객관적 묘사는 설명문과 논설문, 즉 논술문에서도 사용되는 진술 방식이기 때문이다. 또한 서사도 설명문이나 논설문에서 사건의 경과 등을 진술할 때 충분히 사용되는 진술 방식이기 때문에 이 네 가지를 기계적으로 나누어 적용하는 것은 문제가 있다. 아울러 "예술문"이라는 개념이 성립할 수 있는가에 대한 심도 있는 논의도 필요하다. 잘 쓴 논설문은 그 어떤 예술적인 목적의 글보다 더 미학적이기 때문이다. 한밭대학교 작문 교과목의 주교재는 『창의·실용 글쓰기』(성희제·김주리 지음, 『창의·실용 글쓰기』, 한성출판사, 2013)이다. 이 책은 문장의 유형을 설명문, 논증문, 묘사문, 서사문 등으로 나누고 정의, 비교(대조), 분류(구분), 분석, 인용, 예시, 증명 등을 부연 설명하고 있다. 그런데 이 분류에도 문제가 있다. 그것은 "묘사문"이라는 것을 독립된 양식으로 인정할 수 있는가 하는 점이다. 진술 방식으로서의 묘사가 있을 뿐 일반적으로 "묘사문"이라는 용어는 사용하지 않는다.

〈자료 4〉

개요에 대한 이해가 이루어진 후 교수자는 소재를 재구성하여 전체 단락을 구성할 수 있도록 지도한다. 이 과정은 학습자들이 찾아낸 많은 소재들을 동일한 항목으로 재구성하여 개요의 의미를 이해하고 체화할 수 있도록 유도하는 것이다. 〈자료 4〉는 학습자들이 스스로 답한 12개의 항목을 재배열한 과정을 보여주는 결과물이다. 이 과정에서 교수자는 학습자들이 '정답'에 매달리는 것을 막아야 한다. 주지하는 바와 같이 글쓰기에 '정답'은 존재하지 않는다. 그럼에도 불구하고 많은 학습자들은 스스로가 배열한 개요가 오답이 아닐까 하는 두려움을 갖게 된다.[20] 따라서 학습자는 과제를 진행하는 동

---

20 글쓰기에 정답이 존재하지 않음에도 불구하고 교수자는 학습자들에게 평가의 기

안 '정답'은 존재하지 않으며 생각의 배열은 스스로가 결정하는 독립적이고 유연한 과정임을 여러 차례 강조하여야 한다.

준을 제시할 필요는 있다. 그것은 작문의 과정에서 지나치게 유연성만을 강조할 경우 모범적인 글을 생산하지 못할 위험성이 다분하기 때문이다. 교수자는 모든 소재가 글감이 될 수는 있지만 그것이 반드시 좋은 글이 될 수는 없음을 인지시켜야 한다. 따라서 교수자가 학습자들에게 평가의 기준을 제시하는 것도 모범적 글쓰기 교수의 한 방법이 될 수 있다. 국제교육평가협의회(IEA, 1988)의 평가 범주(표 참조. 국어교육 미래 열기(원진숙 외), 『국어교육학개론』, 삼지원, 2010, 374~375쪽)를 미리 알려주어 글을 쓸 때 어떤 점에 유의해야 하는가를 교육하는 것도 효과적이다.

작문 능력의 구성 요인		평가 기준
A. 텍스트의 구조화 기능		
가. 인지적 구조화 기능(의미 처리 작용)		
1) 아이디어 생성	→	아이디어의 질과 범위
2) 아이디어 조직	→	내용의 조직과 전개
나. 사회적 기능(사회적 상호 작용)		
1) 표현의 규준 및 관습에 대한 숙달	→	문체 및 어조의 적절성
B. 텍스트 산출 기능		
가. 텍스트 관련 문법적 기능	→	어법 및 문장 구조의 적절성
나. 심동적 기능	→	글씨

교수자가 학습자들에게 글의 평가 기준을 제시해야 하는 현실적 근거는 평가가 곧 학점과 직결되기 때문이다. 대학 교육에서 요구하는 글쓰기의 이상적 목표와 학습자들이 생각하는 글쓰기의 현실적 목표에는 상당한 괴리가 있다. 많은 대학에서 글쓰기 관련 과목을 교양필수의 영역에 배치하고 있다. 그러나 이를 받아들이는 학습자의 태도는 대학의 입장과 상이하다. 대학이 글쓰기를 필수로 지정한 것은 글쓰기를 현실적 필요성을 넘어서는, 인간에 대한 이해를 포함하는 고차원적인 관점으로 이해하고 있기 때문이다. 그러나 학습자들의 관점에서는 필수 교과목이기 때문에 의무적으로 들어야 한다는 생각이 매우 강하다. 따라서 좋은 글을 쓰는 방법을 익히려 하기보다는 좋은 학점을 받는 것에 더 관심이 있는 것이 현실이다. 따라서 교수자가 학습자에게 평가 기준을 제시하는 것은 좋은 글에 대한 평가 기준을 알려주는 의미도 있지만 좋은 학점을 받기 위해서는 위의 기준을 잘 지켜야 한다는 현실적 필요를 충족시켜 강의 집중도를 높일 수 있는 한 방법이기 때문이다.

또한 교수자는 12개의 질문 중 전체 흐름에 맞지 않는 내용은 삭제할 수도 있음을 알려준다. 다시 말하면 자신이 전달하고자 하는 주제와 관련이 없거나, 글의 흐름에 맞지 않는 내용은 개요의 작성 과정에서 생략할 수 있으며, 반대로 주제를 부각시킬 수 있는 새로운 소재를 발굴하여 개요 안에 포함할 수도 있다는 점을 알려주어야 한다.

한 사례로 〈박하사탕〉의 글감은 다음과 같이 재배열하여 개요를 작성할 수 있다. 먼저 구성적 측면에서 질문 ④, ⑤, ⑥을 묶을 수 있다. ④는 각 장의 소제목과 그 역할에 관한 질문이다. ⑤는 사건을 역순행적으로 배열한 이유에 대한 질문이고, ⑥은 기차와 철길을 연결 장면으로 사용한 효과에 대한 질문이다.

다음으로 ⑧, ⑨, ⑩, ⑪을 사건과 관련하여 묶을 수 있다. ⑧은 가리봉동에서 공장 생활을 하는 주인공 김영호의 사회적 계급에 대한 질문이라는 점에서 김영호의 삶을 이해하는 중요한 질문이다. ⑩은 김영호가 군 입대 후 광주민주화운동 당시에 진압군으로 투입되었다가 오발 사고를 내게 되며, 이를 통해 김영호의 삶이 일그러지게 되는 결정적 계기가 되는 사건을 묻는 질문이다. ⑨는 경찰을 그만 둔 김영호가 가구점 사장이 되어 중산층의 삶을 살다가 1997년 IMF 경제 위기를 맞이하면서 몰락하게 되는 과정에 대한 질문이다. ⑪은 ⑧, ⑨, ⑩을 포괄하는 시간으로서 김영호의 삶을 관통하는 시간의 의미를 묻는 질문이다.

①과 ② 그리고 ⑫는 영화 전체의 주제와 관련된 질문으로 재배열할 수 있다. ⑥번과 ⑦번은 삭제하거나 기타 항목의 보충 단락으로 배열할 수 있다. 물론 이 배열은 임의적인 것이다. 경우에 따라 ⑦과 ⑧은 이름의 미학적 의미를 답하는 소재로 재배열할 수 있기 때문에

소재의 재배열에 정답이 없다는 사실을 다시 한 번 주지시킨다. 이 과정은 학습자들에게 사전에 알려주기보다는 학습자 스스로가 소재를 재배열하고 그것을 바탕으로 전체 글을 작성한 후 보충 설명하는 것이 더 유용하다. 왜냐하면 사전 정보로 제공되는 경우 학습자들은 교수자의 재배열을 정답으로 인지하여 암기하려는 성향이 강하게 나타나기 때문이다.

이와 같은 재배열 이후 학습자는 그동안 숙지한 단락 쓰기, 구성하기 등의 지식을 동원하여 전체 글쓰기를 진행한다.

앞의 학습자는 형식 단락을 모두 5개로 나누어 글을 집필하였다. 그런데 형식 단락의 균형이 맞지 않는 것이 눈에 띈다. ①번 단락은 주인공 김영호를 중심으로 집필한 단락이다. 김영호가 살았던 삶을 요약하고, 김영호가 몰락하게 되는 근본적인 원인에 대하여 서술하고 있다. ②번 단락은 소재를 중심으로 서술한 단락이다. 영화의 제목이며 핵심 소재인 박하사탕의 의미, 군화가 박하사탕을 짓밟는 장면의 상징적 의미 등을 서술하고 있다.

③번과 ④번 단락은 영화의 구성과 관련한 진술이다. ③번 단락에서 학습자는 영화의 시간을 중심으로 서술하고 있다. 시간을 역순행적으로 구성한 의도가 서사적 긴장감을 유지하기 위함이라는 내용을 잘 진술하고 있다. ④번 단락에서는 시간의 연결이 기차와 철길을 통해 이루어지는 이유를 설명하고 있다. 다만 ③번과 ④번 단락은 대등 관계로서 단락의 밸런스가 맞아야 하는데 학습자는 이를 지키지 못하고 있다. ⑤번 단락은 주인공의 이름에 대한 내용을 서술하고 있다. ④번 단락과 마찬가지로 ⑤번 단락 또한 전체 밸런스가 맞지 않음을 지적할 수 있다.

영화의 여러장면에서 등장한다. 순임이 영호를 위해 박하사탕을 보내고, 영호는 그 박하사탕을 소중히 여기는 여러 장면에서는 둘의 순수하고 애틋한 사랑을 느낄 수 있다. 하지만 오염된 박하사탕이 군화에 짓밟혀 있는 장면을 통해, 둘의 순수한 사랑은 이루어질 수 없음을 나타내고 있다. 시간이 흘러, 순임이 영호를 닮은 우영 영호는 박하사탕을 들고 찾아간다. 이것은 시대의 흐름과 환경에 얽혀서 이룰 수 없었던 그들의 ~~ 순수한 사랑을 다시 한번 강조하고 있다. 다음의 소재는 바로 주인공의 이름이다. '김영호'란 이름을 통해서 영화에서는 한 개인의 삶을 조명하고 있지만, 더 깊이 들여다보면 그 시대의 모든 범인들의 삶을 나타내고 있는 것이다. '김영호'라는 이름은 독특하고 순해 보이는, 말할 수 없는 씁쓸함같은 느낌으로. '김영호'란 이름의 평범적 의미를 역으로 부각시키고 있다. 마지막 소재는 지역명인 '가리봉동'이다. 순임이 영호를 면회하기 위해 병사와 나누는 대화에 잠깐 등장한다. 이 장면에서 병사는 '가리봉동'이란 말을 듣고, 냉소를 짓는다. 바로 이것과 연관시켜 보면 '가리봉동'의 그 시절 의미가 나타난다. 급변화를 장려하던 시대의 흐름에 따라 '가리봉동'은 공단지대가 되었고, 그곳에 들어와서 일하는 사람들은 꿈과 희망이 없는 사회적 약자로 전락되었다. 즉, 순임이 '가리봉동'에서 왔음을 통해 사회적 약자임을 간접적으로 드러내고 있다.

두번째 방법은 영화의 씬을 구성 방식이다. 시간을 역행적으로 구성함로써 서사의 긴장을 불러넣고 있다. 한 사건의 전말을 바로 보여주기 보다는, 다음 혹은 그 다음 장면에서 보여줌으로서 관객들에게 사유의 시간을 제공하고 있다. 또한 하나의 스토리이지만 각각의 장으로 나누고, 소제목과 시간을 통시하는 방법을 사용했다. 이것은 관객들에게 그 장의 주된 소재나 주제를 짐작하는데 도움을 주고 있고, 어떻게 보면 이해할 수 있는 내용의 이해를 돕고 있다. 마지막으로 각 장의 마지막에 일관되게 철길의 장면을 넣고 있다. 이것은 표면적으로 영화가 과거로 흘러감을 나타내고 있지만 (과거로 넘어 가도록 연결해 주고 있지만) 결국은 그럴 수 없는 ~~ ~~ 나타내는 것이다. 각 장의 마지막에 반복됨으로서, 관객들에게 계속해서 현실에서는 시간의 흐름을 되돌릴 수 없음을 상기시키고 있다.

세번째 방법은 주인공 영호의 삶 자체를 보여주는 방식이다. 영화에서 다른 곳에 주의를 흐트리지 않고 일관되게 영호의 삶만을 조명하고 있다. 이름 모를 동료를 지고 싶다던, 순수한 청년의 모습, 군부독재 치하에 군에서 다리를 다치고, 그 반사고로 소녀를 죽이는 모습, 고문 형사로서 악명을 떨치는 모습, 가정 사랑이란 타이틀을 달지만 IMF로 선회 순식간에 모든 것을 잃는 모습을 철저하게 개인의 삶을 묘사하고 있지만, 그 이면에는 개인의 의지에 반하는 사회의 힘이 영호를 이끌어감을 알 수 있다. 즉, 사회가 영호의 삶을 몰락하게, 일그러지게 만든 것이다.

영화 〈박하사탕〉은 위에서 제시한 3가지 방법을 통해 주제를 효과적으로 드러내고 ~~ 있는 것이다.

따라서

〈자료 6〉

앞의 학습자는 모두 3개의 형식단락으로 글을 구성하여 기술하고 있다. 학습자는 〈박하사탕〉의 주제를 나타내는 방법으로 (1) 소재, (2) 구성 방식, (3) 주인공의 삶을 보여주는 방식으로 대별하였다. (1) 소재는 다시 ① 박하사탕의 상징적 의미와 ② 이름의 의미를 상술함으로써 이 소재가 어떻게 주제 구현에 기여하고 있는가를 서술하고 있다. (2) 구성 방식은 ① 시간을 역순행적으로 구성한 이유, ② 장의 소제목과 시간의 의미, ③ 철길을 연결 장면으로 사용한 이유 등에 대해 상술하고 있다.

마지막으로 (3) 주인공의 삶을 일관되게 보여주고 있는 방식에 대해 부연하면서 주인공 김영호가 몰락한 이유를 상술하고 있다. 위의 학습자의 개요는 개요의 층위에 적확하게 맞지 않는 것이다. 따라서 교수자는 학습자의 개요를 수정하여 화제 개요나 문장 개요로 재구성하게 한다. 이를 통해 개요의 층위에 대한 학습을 유도할 수 있기 때문이다.

이상과 같이 교수자는 학습자들이 작성한 글에 대한 피드백을 통해 학습자들이 글쓰기의 원리를 잘 이해하고 이를 정확하게 적용하고 있는가를 검토해야 한다. 아울러 문장의 정확성, 단락의 원칙, 주제문을 중심으로 뒷받침 문장이 작성되는가의 여부, 단락의 균등성 등을 점검하며 학습자들이 글쓰기에 대한 이해가 충분히 이루어지고 있는가를 확인한다.

5. 〈박하사탕〉을 활용한 비평적 글쓰기의 의의

이 책에서 영화를 활용한 비평적 글쓰기 교수 방법을 제안하는 이유는 명료하다. 그것은 학습자들에게 지루하지 않은 글쓰기 교육이 이루어져야 한다는 현실적 필요성 때문이다. 대개의 대학이 글쓰기와 관련한 과목을 필수과목으로 지정하고 있는 형편임을 감안할 때, 사실 글쓰기 교과목은 학생들의 자발적 선택이라기보다는 졸업 사정에 맞추기 위하여 의무적으로 수강하는 강좌라 보는 것이 더 타당해 보인다.

특히 중·고등학교의 국어 교육이 대학 입시를 위한 커리큘럼 중심으로 편제되어 있는 현실을 감안할 때 실제 대학생들의 독서 능력이나 글쓰기 능력은 장담할 수 있는 형편이 되지 못한다. 이러한 문제적 현실 앞에서 글쓰기의 중요성을 교수자가 아무리 강조한다고 해도 학습자의 흥미를 유발시키지 못한다면 글쓰기 교육의 실효성은 매우 낮을 것이 자명하다. 그러므로 교수자는 글쓰기에 대한 학생들의 흥미를 유발하기 위한 다양한 방법들을 고민하여야 할 것이고, 그러한 고민의 결과로 이와 같은 방법을 제안하는 것이다.

〈학습 사례 보고 1〉
〈박하사탕〉이란 영화가 기존의 영화와는 다른 역순행적 진행으로 구성되어 있어서 영화의 몰입도가 높았다. 또한 영상이다 보니 글로만 배우는 것보다 배우들의 연기를 통해 자연스럽게 흥미를 갖게 되어 영화의 구성 원리를 자연스럽게 알게 되었다. 글쓰기에서 중요한 소재 파악하는 단계를 영상을 통해 보니 보다 쉽고 다양하게 찾게 되었고, 집필 과정에 상당한 도움이 되었다. 감독의 입장이 되어 시나리오를 쓰듯이 영화를 구성하는 원리도 파악하게 되고, 글쓰기의 구성 원리도 쉽게 파악하게 되었다. (자연과학대학 수강생)

〈학습 사례 보고 2〉
글쓰기에 필요한 글감(소재) 찾는 법을 효과적으로 익힐 수 있었습니다. 보통 글쓰기를 할 때 본인의 과거 기억이나 책과 같은 다른 글 속에서 간접적으로 글감을 찾아야 합니다. 하지만 영화 감상은 영상과 소리로 직접 느끼고 쓸 수 있습니다. 이러한 생생한 기억과 경험은 글감을 찾는 데 많은 도움이 되었습니다. 말 또는 글을 통해서만 글감 찾는 법을 익혔을 때는 그 방법이 직접 와 닿지 않았습니다. 하지만 영화를 통한 글감 찾는 방법은 훨씬 직관적이고 효과적으로 학습할 수 있었습니다. 수업 후에 영화나 여러 매체에 대한 비판 혹은 분석적인 사고를 갖게 되었습니다. 수업 전에는 영화를 아무런 생각 없이 오락의 목적으로만 접했습니다. 하지만 영화를 통한 글쓰기 수업을 듣고 난 후에는 영화 같은 미디어 매체의 주제와 내포된 의미를 찾는 습관이 생겼습니다. 속에 담긴 의미를 발견해서 생각하고 그것을 글로 옮기면서 제가 가지고 있는 사고를 확장할 수 있었습니다. 결국 이 수업을 통해 다양한 매체를 접한 후 사고력을 높이기 위한 글쓰기 방법을 배울 수 있었습니다. (공과대학 수강생)

〈학습 사례 보고 3〉

저는 개인적으로 영화를 이용한 글쓰기가 좋았습니다. 한 영화에는 의미를 함축한 소재들이 사용된다는 것만 알았지 실제로 어떻게 쓰이는지에 대한 통찰력은 부족했습니다. '박하사탕'에서는 실제로 엄청나게 많은 소재가 사용되었다는 것도, 그리하여 감독이 작품에서 많은 것을 전해주려는 것을 전달받을 수 있어서 좋았습니다. 또 수업을 통해 이런 소재들이 각 장면에서 어떻게 사용되고 그것들을 각 조가 토의하여 글로 재구성하는 과정 자체가 제게는 새로운 시도였습니다. (공과대학 수강생)

〈학습 사례 보고 4〉

영화를 통한 글쓰기 방법은 처음 접해보는 새로운 느낌의 학습 방법이었습니다. 일반적으로 글쓰기 방법을 배울 때 주제 정하기부터 소재 고르기, 개요 작성 후 글쓰기, 퇴고하기 순서로 배우는데 말로 이것을 배우면 상당히 추상적인 느낌입니다. 가슴에 와 닿지 않는다고 할까요? 그런데 영화를 통한 글쓰기는 그렇지 않았습니다. 마치 완성된 건축물의 조감도를 미리 보고 그것을 하나하나 분해하면서 어떤 재료들로 건

물이 구성되어 있나 확인해가며 결국에는 벽돌 한 장 한 장의 성분까지 분석해보는 것과 같았습니다.

영화를 통한 글쓰기는 소재를 찾아내기가 상당히 용이했습니다. 무작정 글을 쓰고자 할 때 보통 소재를 찾기가 어려운 점이 많습니다. 교수님 말씀대로 배경지식의 부족이 큰 이유일 것입니다. 이는 대부분 학생의 문제점이 아닐까 생각이 듭니다. 그래서 학생들은 수업을 통해서 글을 쓰는 방법을 우선 배우는 것이 목표인데 어찌 보면 소재를 모으는 중간 과정에서 막혀서 글쓰기 진도가 안 나가는 경우가 많습니다. 하지만 영화 감상 후 영화 속에서 소재를 하나하나 찾아가는 것은 그리 어렵지 않았습니다. 만약 영화가 아닌 완성된 글을 먼저 읽고 주제를 찾고 소재를 찾고 개요표를 작성해보았다면 영화를 이용한 글쓰기보다 쉽지 않았을 것입니다. 글을 읽는 것이 학생들에게 또 하나의 부담으로 다가왔을지도 모릅니다. 이유는 첫째 요즘 학생들이 시각적인 것에 많이들 익숙한 세대이기 때문일 것이고, 둘째 글자보다는 이미지로 저장된 기억은 뇌가 쉽게 기억하기 때문입니다.

국어 작문 수업의 목표는 글쓰기 방법을 배우는 것입니다. 예를 들어 만화가들은 처음에 유명 작가의 캐릭터를 똑같이 그려보는 것으로 시작해 익숙해지면 여러 만화 캐릭터의 각 특징을 조합해가면서 결국엔 자신만의 독특한 캐릭터를 완성합니다. 음악가 역시 여러 유명한 음악을 듣고 따라서 연주해보면서 여러 음악을 조합해가는 과정을 통해 자신만의 스타일 있는 음악을 완성한다고 합니다. 글쓰기 역시 좋은 글을 많이 읽고 읽은 글을 완벽히 분석할 수 있는 능력이 있어야만 좋은 글을 쓸 수가 있다고 생각합니다. 하지만 글을 분석하는 것은 여러 배경지식도 필요하고 평범한 학생들 수준에서는 간단한 일이 아닙니다. 그렇기 때문에 영화라는 수단을 통해 내용 전체를 이미지로 저장 후 그것을 하나하나 다시 꺼내서 글을 작성해보는 것은 글쓰기 초보자들에게 최고로 효과적인 수업 방법이 아닐까 생각합니다. (농업생명과학대학 수강생)

〈학습 사례 보고 5〉

이전까지는 단문 형식의 글쓰기는 많이 해봤지만, 하나의 주제를 갖고 장문의 글쓰기를 제대로 해본 적은 처음이었다. 이를 통해 문단 구성, 소재 파악 등 글쓰기의 원리를 익힐 수 있었다. 글쓰기의 체계를 바로 잡는 계기가 되었고, 무엇보다도 글쓰기의 두려움이 줄고, 자신감이 생겼다. (자연과학대학 수강생)

이상은 교수자의 강의를 수강한 학습자들의 피드백이다. 인용한 사례 보고의 분석을 통해 영상 매체를 이용한 글쓰기의 의의를 정리해보기로 한다. 우선 "글쓰기에서 중요한 소재 파악의 단계를 영상을 통해 보니 보다 쉽고 다양하게 찾게 되었다"(학습 사례 보고 1)거나 "글쓰기에 필요한 글감 찾는 방법을 효과적으로 익힐 수 있었"(학습 사례 보고 2)다는 평가이다. "말 또는 글을 통해서만 글감 찾는 방법을 익혔을 때는 그 방법이 직접 와 닿지 않았다"(학습 사례보고 2)라는 학습자의 고백은 교수자의 입장에서 글쓰기에 대한 체감 효과를 높이기 위한 방안으로 고민할 만한 가치가 있다고 판단한다. "말로 배우면 상당히 추상적인 느낌"을 주는 글쓰기가 "영화를 통한 글쓰기는 소재를 찾아내기가 상당히 용이"(학습 사례 보고 4)한 것으로 전환되었다는 피드백은 영상 매체를 이용한 글쓰기의 효과를 단적으로 보여주는 것이다.

또한 "글쓰기의 구성 원리도 쉽게 파악하게 되었다"(학습 사례 보고 1)거나, "문단 구성의 원리를 익힐 수 있었다", "글쓰기의 체계를 바로 잡는 계기가 되었"(학습 사례보고 5)다는 피드백은 영상 매체를 이용한 글쓰기 교수 방법이 글쓰기에 대해 막연한 두려움을 지닌 학습자들에게 효과를 발휘하여 "글쓰기의 두려움이 줄고, 자신감이 생"(학습 사례보고 5)기게 할 수 있음을 보여준다.

글에 대한 "통찰력"을 가지게 되었다는 점(학습 사례 보고 3), "미

디어 매체의 주제와 내포된 의미를 찾는 습관이 생겼"다는 점, "속에
담긴 의미를 발견해서 생각하고 그것을 글로 옮기면서 사고를 확장
할 수 있었"고, 이것이 궁극적으로 "사고력을 높이기 위한 글쓰기 방
법을 배"(학습 사례 보고 2)우는 데 도움을 주었다는 학습자들의 피
드백은 영상 매체를 이용한 글쓰기가 학습자의 사고를 확장시킬 수
있음을 잘 보여주는 것이다.

결론적으로 영상 매체를 이용한 글쓰기는 다양한 배경지식의 배
양, 글쓰기에 대한 두려움의 감소, 글쓰기 절차의 용이한 이해와 적
용, 나아가 사고력과 통찰력의 향상 등에 기여함을 알 수 있다. 학습
자들은 글쓰기의 절차를 몰라서 글을 쓰지 못하는 것이 아니라, 무엇
을 쓸 것인가 또는 그것을 어떻게 표현할 것인가 등과 관련한 어려움
에 때문에 글쓰기에 대한 두려움을 갖는다. 따라서 학습자들이 글쓰
기에 대해 갖는 두려움을 제거하고 효과적인 글쓰기 학습을 이룰 수
있다는 점에서 영화를 이용한 비평적 글쓰기 교수가 지니는 의의를
발견할 수 있다.

'말하기'와 '글쓰기' 통합 수업 설계

1. '말하기'와 '글쓰기' 통합 교육의 가능성

이 책은 글쓰기의 교수 효과를 높이기 위한 방법으로 '말하기'[1]
와 '글쓰기'를 통합하여 수업을 설계하고, 이러한 절차를 준수한 교
수·학습이 학습자들의 글쓰기 능력을 향상시키는 데 실제적인 효과
가 있음을 증명한 것이다. 이 책은 이와 같은 통합 설계 과정을 통해
글쓰기 교수·학습에 대한 새로운 방법을 제시하고자 한다.[2]

---

1 국어 교육의 영역은 듣기 교육, 말하기 교육, 읽기 교육, 쓰기 교육, 문법 교육, 문
학 교육으로 나뉜다. 여기서 말하기는 말하는 이가 듣는 이에게 자신의 생각과 감
정을 표현하는 과정이다(국어교육 미래 열기, 『국어교육학개론』, 삼지원, 2010,
218쪽). 따라서 이 말하기는 '화법', 'speech', 'speaking', 'the art of speech' 등의
개념에 대응될 수 있다(구현정·전정미, 『화법의 이론과 실제』, 박이정, 2012, 17
쪽). 그러나 이 책에서 사용한 '말하기' 혹은 '발표'는 엄밀하게 '프레젠테이션'의
개념으로만 한정하여 사용하였다. 설명하기, 설득하기, 감정 표현하기, 내용에 따
른 말하기, 유머 화법, 토론, 연설, 면접 등의 말하기가 글쓰기와 전혀 상관없는 것
은 아니지만 글쓰기 학습의 효과를 제고하는 데는 한계가 있기 때문이다.
2 글쓰기 교육의 중요성과 관련하여 쓰기 교육과 관련한 연구 성과는 그 양이 매우

언어는 에르곤이 아니라 에네르게이아³라는 명제를 상기하지 않더라도 언어가 사태와 현상을 기술하는 차원에 머무는 것이 아니라 언어 활동을 통해 새로운 세계를 창조해낸다는 것은 자명한 사실이다. 언어 활동의 가장 대표적인 행위는 바로 글쓰기이다. 대학의 교육에서, 특히 교양 교육에서 글쓰기가 중요한 것은 대학 교육이 지향하는 목표가 완전한 인간상의 확립, 즉 전인교육에 있기 때문이다. 더욱이 중·고등학교에서 글쓰기 교육이 전혀 체계적으로 이루어지지 않고 있는 현실에서 대학의 글쓰기 교육은 사유하는 인간, 표현하는 인간을 양성할 수 있는 유일한 교육과정이라 하여도 과언이 아니다.

글쓰기의 일차적 목표는 대학인으로서 갖추어야 할 창의적인 사고력과 표현 능력을 증진시키는 데 있다. 이를 위해 기본적인 글쓰기 원리와 다양한 종류의 글쓰기 방법에 대한 이론을 학습하고, 구체적이고 체계적인 작문 실습을 실시하여 논리적이고 창의적인 글쓰기 능력을 배양하도록 한다.

그러나 글쓰기 교육이 단순히 글쓰기 방법을 습득하는 1차적 목표에 머물러서는 안 된다. 다시 말하면 대학 교양 교육으로서의 글쓰기

방대하다. 마찬가지로 말하기와 관련한 연구도 양적 충족이 이루어졌다. 그러나 기왕의 연구는 쓰기와 말하기를 분리하여 별개의 영역으로 인지하고 각각의 교육 방법론을 개발, 적용한 것이다. 대학 교양 국어라는 영역으로 수렴되는 읽기, 말하기, 글쓰기 등의 영역별 수업 개선 방향을 연구한 것이 가장 보편적인 사례이다(최혜진 외, 「대학교양국어의 개선방안과 수업모형 개발」, 『한국언어문학』 80집, 한국언어문학회, 2012, 387~419쪽). 리포트 쓰기와 발표하기를 통합하여 교수하기 위한 방법을 연구한 성과물이 있지만(김지영, 「보고서 쓰기와 발표하기를 통합한 한국어 고급 단계의 프로젝트 수업 연구 : 학문 목적의 학습자를 대상으로」, 『한국어교육』 제18권, 국제한국어교육학회, 2007, 49~79쪽) 이것은 외국인 유학생을 대상으로 한 것이어서 이 책의 논점과는 거리가 있다.

3 이성준, 『훔볼트의 언어철학』, 고려대학교 출판부, 1999, 84~98쪽 참조.

교육은 글을 쓰는 스킬의 습득에 그 목표가 있는 것이 아니라 글을 쓰는 과정을 통해 인간과 세계, 자아와 세계, 철학적 사유의 삶 등과 같은 형이상학적 사고를 가능하게 하고 그 실천력을 추동하는 데 있다. 나아가 이 과정을 통해 지적 성찰이 가능한 인간을 형성해 나가는 것에 궁극적인 목표가 있다.

글쓰기 못지않게 중요한 것은 말하기이다. 비록 쓰기와 방법적 메커니즘에 차이가 있을지라도 말하기의 궁극적 목표 또한 소통에 있기 때문이다. 많은 대학의 글쓰기 교재에서 말하기와 관련된 내용을 독립적으로 편제하고 있다는 것은 대학이 학습자들에게 말하기의 방법과 기술을 가르치는 것이 매우 중요하다는 것을 스스로 인정하고 있다는 의미이다.[4] 기업체에서 치르는 면접의 방식이 갈수록 다양해지고, 특히 프레젠테이션 면접과 같은 방식을 도입하면서 발표의 방법을 숙지하는 것이 글쓰기 못지않게 자기표현의 방식으로 중요하다

---

4 충남대학교 교양 교과목 '표현과 논술' 교재인 『사고와 표현』에는 약 30페이지 (253~283쪽) 분량으로 발표문 쓰기 항목이 편제되어 있다. 교재는 프레젠테이션의 목적과 종류, 인문사회 계열의 프레젠테이션, 자연이공 계열의 프레젠테이션, 실습과 강평 등으로 구성되어 있다(국어작문교재편찬위원회, 『사고와 표현』, 충남대학교 출판부, 2009). 충남대학교 '기초 글쓰기' 주교재인 『사고와 표현』에는 발표문 쓰기 항목이 따로 지정되어 있다. 이 항목에는 프레젠테이션의 정의와 과정, 프레젠테이션의 사례가 인문사회 계열, 자연이공 계열 등으로 나뉘어 수록되어 있다(기초글쓰기교재편찬위원회, 『사고와 표현』, 궁미디어, 2014). 홍익대학교 '논리적 사고와 글쓰기'의 주교재인 『논리적 사고와 표현』에는 발표의 기초(187~204쪽), 발표의 실제(212~248쪽) 등으로 나눈 후 자기소개, 면접, 프레젠테이션, 토론 및 토의 등으로 내용을 편성하고 있다. 충북대학교의 『국어와 작문』에는 '프레젠테이션' 항목을 독립적으로 수록하고 있다(교양교재재편찬위원회, 『국어와 작문』, 개신, 2008, 238~263쪽). 이화여대 글쓰기 교재에도 발표와 토론 항목이 따로 편성되어 있다(이화여자대학교 교양국어편찬위원회, 『우리말·글·생각』, 이화여자대학교 출판부, 2006, 45~55쪽).

는 것을 인식한 결과이다.

글을 쓰는 행위나 말을 하는 행위는 자기표현의 대표적인 방식이다. 우리는 이 두 가지 방식을 통하여 세계와 소통하고 그 안에서 새로운 관계를 구축하며 각자의 삶을 설계하고 영위한다. 이런 점 때문에 활자의 죽음을 선언한 맥루한 이후로[5] 최근의 대학 교육에서 말하기와 글쓰기 교육에 집중하고 있는 역설적인 양상을 볼 수 있다.

본격적인 논의에 앞서 실제 수업 사례를 분석한 본 연구의 변별점을 명확히 할 필요가 있다. 우선 본 수업 사례는 발표 방식을 학습자들에게 익히도록 하려는 의도가 아님을 분명히 한다. 다시 말하면 글쓰기로부터 독립된, 글쓰기와 대등한 자기표현의 방식으로서의 발표를 논의하려는 것이 아니라, 글쓰기를 좀더 수월하게 하기 위한 방법으로서 발표를 이용한다는 점이다. 물론 강의가 진행되는 과정에서 발표의 중요성이나 기술적 요소, 발표자가 갖추어야 하는 태도, 발표문을 작성하는 요령 등의 강의가 이루어지지만 궁극적인 목표는 글쓰기 방법을 효과적으로 익히는 것에 발표가 수렴된다는 점이다.

2. '말하기'와 '글쓰기' 통합 수업 설계와 적용

'말하기'[6]와 '글쓰기' 통합 수업은 일반적인 글쓰기 교재가 제시하

---

5 마샬 맥루한, 박정규 역, 『미디어의 이해』, 커뮤니케이션북스, 2007.

6 엄밀하게 말하면 '말하기', 즉 발표는 '발표용 원고를 작성하는 것'과 '발표하는 행위'로 나뉜다. '발표용 원고를 작성하는 것'은 쓰기의 영역이고, '발표하는 행위'는 말하기의 영역이기 때문에 발표는 쓰기를 내포하고 있다고 볼 수 있다. 이 책에서는 발표를 '발표용 원고를 작성하는 행위'를 포함하여 말하기의 영역으로 둘 것이다. 일반적으로 '발표용 원고를 작성하는 행위'는 프레젠테이션 화면을 구

는 글쓰기의 절차를 숙지시키는 것으로 설계한다. 이 과정에서 한글 문서를 작성하는 방법[7]이라든지, 양질의 소재를 찾기 위하여 정보를 검색하는 방법,[8] 인용 방식[9] 등을 최대한 자세하게 사례 중심으로 강의하는 것이 중요하다. 아울러 학습자들에게 글쓰기의 평가와 관련된 요소[10]를 인지시킴으로써 독자를 고려한 글쓰기 습관을 길들일 수 있도록 지도하여야 한다.

교수자는 효율적으로 수업을 진행하기 위하여 4명에서 5명 정도의 학습자들로 모둠을 구성하게 하였다. 이때 교수자의 의지를 배제하고 순수하게 학습자들의 선택으로 모둠을 구성하도록 하였다. 모둠이 구

성하는 것을 의미하기 때문에 완결된 글쓰기와는 상당히 다르지만 발표용 원고를 효과적으로 작성하기 위해서도 글쓰기의 절차를 숙지하는 것은 매우 중요하기 때문에 글쓰기의 절차에 대한 이해가 선행되어야 한다.

7 한글 문서 작성 방법(컴퓨터 글쓰기)을 일러주어야 하는 이유는 우선 교수자가 요구하는 리포트가 컴퓨터로 작성된 문서 형태이기 때문이다. 또 학습자들이 컴퓨터를 잘 다룬다는 것은 기계에 대한 능숙함일 뿐 한글 프로그램을 이용하여 문서를 능숙하게 작성하는 능력이 뛰어난 것은 아니기 때문에 시간을 할애해서 교육한다. 이 과정에서 숙지시켜야 할 것은 글자 모양과 크기, 행간의 조정, 정렬 방식, 문단 나누기와 들여쓰기, 특수문자 사용 방법, 엔터(enter) 키의 이용 방식 등 아주 기본적인 것이다.

8 소재를 찾기 위하여 포털사이트를 이용할 수도 있지만 되도록 국립중앙도서관(www.nl.go.kr), 국회전자도서관(www.nanet.go.kr), 국가전자도서관(www.dli-brary.go.kr), 한국교육학술정보원(www.riss.kr) 등의 사이트를 이용하도록 권유한다. 또 대학교 도서관에서 정보를 검색할 수 있다는 점도 알린다. 만일 인터넷이 연결되는 전자강의실이라면 학습자들에게 직접 사이트 접속 과정이나 정보를 찾는 방법 등을 보여줌으로써 학습 효과를 극대화할 수 있다.

9 이 과정에서 교수자는 글쓰기의 윤리에 대해 강의하여야 한다. 교수자는 인용과 표절의 차이를 숙지시키고 특히 표절의 문제점과 위험성에 대하여 강력하게 교육한다. 글쓰기의 윤리와 관련하여서는 다음의 책을 참조할 수 있다. 정희모 외, 『대학 글쓰기』, 삼인, 2011, 278~289쪽.

10 국어교육 미래 열기, 『국어교육학개론』, 삼지원, 2010, 375쪽 표 참조.

성된 후 교수자는 앞에서 언급한 대로 글쓰기의 절차에 입각하여 주
제 정하기,[11] 소재 정하기, 개요 작성하기, 집필하기, 퇴고하기 등의 방
법을 강의하였다. 이후 모둠에서 스스로 정한 주제[12]를 피드백한 후에
발표 슬라이드를 작성하도록 요구하였다. 이때 주제와 관련된 자료를
자유롭게 찾을 수 있도록 하는 것이 중요하다. 그 이유는 글을 쓰는
과정에서 무엇보다 중요한 것은 풍부한 배경지식을 지녀야 한다는 사
실을 학습자 스스로가 깨달을 수 있도록 유도해야 하기 때문이다.

---

11 주제 정하기와 관련한 지식을 습득한 후 학습자들이 정한 주제로는 ① SNS와 인간
의 삶, ② 성범죄 처벌에 대한 실태와 그에 대한 방안, ③ 남북통일의 필요성과 통
일이 가져올 변화, ④ 외모지상주의를 강요하는 사회적 시선과 그에 대한 비판, ⑤
게임을 보는 이중적 시각, ⑥ SNS와 현대인의 삶, ⑦ 대학 내 잔류해 있는 군사문
화, ⑧ 첨단 기술이 가져올 사회의 변화상, ⑨ '동해' 표기의 중요성과 우리나라에
미치는 영향, ⑩ 게임에 대한 인식과 정부의 규제, ⑪ 개인 정보 유출 등이 있다.
12 교수자는 강의가 끝난 후 교수 방법으로의 환류를 위하여 몇 가지 질문을 학습자에
게 하였다. 주제 정하기와 관련하여 발표 주제를 스스로 정하는 것이 좋은가 아니면
교수자가 전해주는 것이 좋은가 하는 질문에 대부분의 학습자들이 교수자가 정해
주는 것이 좋다고 응답하였다. 그 이유로 "여러 명이 의견을 절충하여 주제를 정하
는 것도 좋은 연습이지만 교수님이 정해주시는 수준이 높은, 우리가 더 공부하는 데
알맞으며 도움이 되는 것을 다루는 것이 좋다고 생각합니다.", "더 좋은 주제가 주
어지면 조사와 글쓰기의 퀄리티가 높아질 수 있을 것 같다." 등의 답변을 함으로서
좋은 주제를 정하는 것이 좋은 글을 쓰는 출발점임을 인식하는 대답이 있었다.
　물론 스스로 정하는 것이 좋다는 응답에는 "교수님이 정해주시는 것보다 스스로
정하기 위해서 리서치해보고 생각하는 과정이 도움이 더 많이 된다고 생각한다.",
"주제 탐색을 통해 여러 방면으로 생각하고 자료를 조사하는 것도 우리에게 필요한
능력이라고 생각되기 때문.", "획일적으로 정해주는 것보다는 다양한 주제가 나올
수 있고 조원들이 스스로 정했기 때문에 몰입도도 높기 때문.", "스스로 정하는 것
이 조금 더 능동적으로 공부하고 조사할 수 있을 것이기 때문.", "교수님이 정해준
다면 타성에 젖어 능동적으로 하기 힘들 것 같기 때문.", "스스로 정하는 것이 자기
계발에 도움이 될 것 같기 때문이다." 등이 있었다. 설문 조사의 응답방식이 번호를
고르는 것이 아니라 직접 서술을 하는 방식이었다는 점을 고려하고, 모든 학습자들
이 응답하였다는 점을 감안하면 답변의 신뢰도는 상당히 높은 것으로 판단한다.

타자의 시 읽기, 주체의 글쓰기

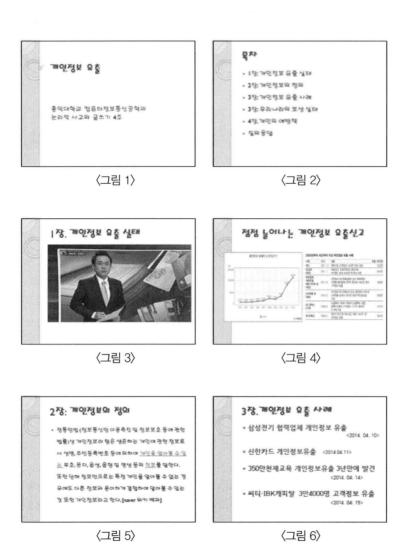

〈그림 1〉　　　〈그림 2〉

〈그림 3〉　　　〈그림 4〉

〈그림 5〉　　　〈그림 6〉

〈그림 7〉

〈그림 8〉

타자의 시 읽기, 주체의 글쓰기

〈그림 9〉

〈그림 10〉

〈그림 11〉

〈그림 12〉

〈그림 13〉

〈그림 14〉

〈그림 15〉

〈그림 16〉

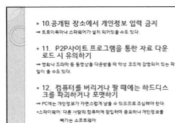

〈그림 17〉

〈그림 18〉

〈그림 19〉

〈그림 20〉

앞의 그림은 발표 모둠이 "개인 정보 유출"을 주제로 준비한 슬라이드이다. 강의는 모둠에서 선정한 발표자가 실제 발표를 진행하는 방식으로 이루어진다. 이때 교수자는 발표자의 발표 태도에 주목하고 꼼꼼하게 메모한다. 발표자의 발표가 끝난 이후에 교수자는 직접적인 교정을 해주어 발표의 기술을 잘 익힐 수 있도록 지도한다.[13]

---

13 교수자가 집중하여 점검할 사항에는 다음과 같은 것이 있다. ① 발표자가 인사를 잘 하는가? ② 발표자가 자신의 소개와 더불어 조원 소개를 다 하였는가? ③ 발표 주제와 관련한 모두 발언을 잘 하였는가? ④ 음성, 표정, 손짓 등 비언어적 요소가 적절하게 사용되고 있는가? ⑤ 불필요한 몸짓을 하여 집중력을 떨어뜨리지는 않는가? ⑥ 군말을 사용하고 있지는 않은가? ⑦ 만연체의 문장을 사용하여 말하지 않는가? ⑧ 발음이 명료하지 않거나 말끝을 흐리지는 않는가? ⑨ 시선은 적절하게 안배하고 있는가? ⑩ 발표 시간을 한정하였을 경우에 시간을 준수하였는가? ⑪ 발

발표 태도에 대한 점검이 끝난 후에 내용과 관련한 피드백을 해주도록 한다. 발표는 최종적으로 쓰기에 수렴되어야 하므로 이 과정에서 글쓰기의 절차에 따라 피드백을 하는 것이 효율적이다. 먼저 교수자는 발표 내용 전체의 주제를 살핀다. 위의 모둠은 제목을 "개인 정보 유출"로 제시하고 있는데(〈그림 1〉) 이것은 올바른 제목이라고 볼 수 없다. 이때 교수자는 참 주제를 설정하는 방법에 대하여 다시 숙지할 수 있도록 한 후 이를 교정한다. 발표 모둠이 구성한 슬라이드를 근거로 제목을 수정한다면 "개인 정보 유출에 따른 보상 실태와 개인 정보 보호 방안" 정도가 될 것이다.

다음으로 살필 부분은 목차이다. 목차는 개요와 관련되는 것으로서 매우 중요하게 다루어져야 한다. 따라서 교수자는 목차의 수정을 통해 개요가 배치의 문제와 관련된다는 사실과 주제를 효과적으로 전달하기 위하여 목차, 즉 개요 작성을 치밀하게 해야 함을 강조한다. 발표를 준비한 모둠은 개인정보의 유출과 관련한 논제에 대하여 〈그림 2〉와 같은 목차를 작성하고 발표 자료를 준비하였다.

〈그림 2〉의 목차는 약간의 수정이 필요함을 알 수 있다. 교수자는 발표가 끝난 이후에 목차를 수정하여 학습자들이 글을 쓸 때 올바른 방향을 잡을 수 있도록 한다. 학습자의 발표 주제가 "개인 정보 유출에 따른 보상 실태와 개인 정보 보호 방안"이라고 할 때 사고의 흐름에서 개인 정보의 정의를 먼저 말하는 것이 논지 전개상 더 매끄럽다. 다음으로 1장(개인 정보의 유출 실태)과 3장(개인 정보의 유출 사

타자의 시 읽기, 주제의 글쓰기

표에 적절한 복장을 갖추고 있는가? ⑫ 질문에 성의껏 응답하는가? 감정적으로 응대하지는 않는가? ⑬ 발표가 모두 끝난 후 마무리 발언을 잘 하였는가? 이외에 프레젠테이션의 기술과 관련한 세부 사항은 다음의 책을 참조할 수 있다. 서울시립대학교 교양교재편찬위원회, 『新 대학인의 글쓰기』, 새문사, 2005, 182~189쪽.

례)은 같은 내용이므로 두 장을 합치거나, 한 장을 생략하도록 권고하였다. 마지막으로 5장은 개인 정보 유출의 대안을 개인적 측면에서만 설정한 것이므로 사고의 폭을 확장하고, 다양하게 고민하도록 유도하여 제도를 포함하는 국가적 차원의 해결 방안을 강구해보도록 지도하였다.[14]

학습자들에게 발표 자료를 시각 자료로 준비하도록 요구할 때의 장점은 무엇보다도 현장에서 즉각적인 피드백이 가능하여 학습자들이 체감하는 학습 효과를 극대화할 수 있다는 점이다. 다시 말하면 개요의 배열이 잘못된 경우 교수자는 학습자들에게 슬라이드를 이동하도록 요구하고 학습자들은 슬라이드를 재배열하는 과정을 통해서 글쓰기에서 매우 중요한 '개요'의 개념을 더 구체적으로 습득하고 체화할 수 있다. 바로 여기에 발표 과정을 쓰기에 수렴하여 글쓰기 교육을 실시하고자 하는 목적이 있다.

다음으로 구성된 슬라이드의 내용적인 면을 살펴보아야 한다. 발표 모둠의 슬라이드는 대체적으로 그 내용이 대단히 장황하게 기술되어 있다. 그 이유는 슬라이드 구성에 익숙하지 않다는 스킬적인 문제뿐만 아니라 실제 발표 시에 슬라이드의 내용을 읽는 것으로 발표를 진행하려고 하기 때문이다. 그러나 이와 같은 방법은 좋은 발표가 아니라는 점을 명확하게 숙지시킬 필요가 있다.

모둠이 제시한 슬라이드 〈그림 5〉를 살펴보면 화면을 구성하는 내용이 지나치게 많기 때문에 전달력이 떨어질 뿐만 아니라 모둠이 조

'말하기'와 '글쓰기' 통합 수업 설계

---

14 수정 제시한 목차는 다음과 같다. 1장: 개인정보의 정의, 2장: 개인정보 유출 사례와 실태, 3장: 개인정보 유출에 따른 문제점, 4장: 개인정보 유출에 따른 보상 실태, 5장: 대안.

사한 개념의 출처가 "naver 위키 백과"로 되어 있다. 교수자는 이와 같은 곳은 정보의 출처로 적절하지 않음을 다시 알려주고 앞에서 말한 국회전자도서관 등을 이용할 수 있도록 지도한다.

〈그림 9〉, 〈그림 10〉, 〈그림 11〉, 〈그림 12〉, 〈그림 13〉처럼 슬라이드에 지나치게 많은 내용이 들어감으로써 전달력이 떨어지는 사례가 많다. 이것은 학습자들이 아직 슬라이드를 구성하는 원칙이나 방법 등을 정확하게 알지 못하고, 또 슬라이드를 이용하는 것에 익숙하지 않음을 방증하는 것이다. 따라서 계속적인 반복과 수정을 통해 슬라이드 구성법을 익힐 수 있도록 돕는 것이 중요하다.

질의와 응답을 포함하여 발표를 마치고 나면 이 슬라이드를 토대로 완결된 글을 작성하도록 지도한다. 이때 발표를 진행하는 과정에서 수정된 제목, 주제, 개요 등을 반영하여 글을 쓰도록 요구한다. 아울러 수정된 주제와 관련이 없는 내용을 과감하게 삭제할 것과 새로운 소재가 필요하다면 충분히 찾아서 글을 쓸 것을 요구한다. 다음은 이러한 절차에 따라 학습자가 쓴 글이다. 그런데 인용한 사례에서 볼 수 있듯이 학습자 모두가 규준 문서를 문제 없이 작성하는 능력을 갖추고 있는 것은 아니다.

타자의 시 읽기, 주체의 글쓰기

제목:개인정보유출의 실태와 예방책

①요즈음 개인정보유출사태가 빈번히 일어나고 있다.
개인정보는 단순히 개인의 프라이버시일 뿐만 아니라, 더 나아가 개인의 인권이라 할 수 있다. 그러므로 개인정보가 유출되는 사태는 개인의 인권침해이며
정통망법에 의하면 개인정보라 함은 생존하는 개인에 관한 정보로서 성명, 주민등록번호 등에 의하여 개인이 알아볼 수 있는 부호, 문자, 음성, 음향 및 영상 등의 정보를 말한다.
또한 해당 정보만으로는 특정개인이 알아볼 수 없는 경우에도 다른정보와 용이하게 결합하여 알아볼 수 있는 것 또한 개인정보라고 한다.

②그렇다면 이러한 개인정보 유출의 사례에는 어떤 것들이 있을까?
최근 자료를 보면 일반인들 뿐만 아니라 공인인 박근혜 대통령과 반기문 UN사무총장의 개인정보까지 유출될 정도로 개인정보 유출에 대한 범죄가 기승을 부리고 있다.

위에 인용한 자료를 살펴보면 글쓴이는 한글 프로그램을 이용한 컴퓨터 글쓰기에 대한 지식이 거의 없다고 판단할 수 있다. 대학 생활에서 대부분의 리포트가 컴퓨터 글쓰기에 의해 진행되고 있는 현실을 감안하면 적어도 교수자는 신입생에 한하여서라도 컴퓨터 글쓰기 요령을 숙지시킬 필요성이 있다. 예를 들면 활자 모양 지정하기, 단락, 행간, 들여쓰기 방식, 특수 기호 사용 방식 등 한글 문서 작성 요령에 대한 교육을 해야 한다는 의미이다.

제출한 글에 대한 피드백이 이루어지는 과정을 살펴보자. 글쓰기 교육에 있어서 가장 중요한 것은 글쓰기 교육의 목표가 이론의 숙지가 되어서는 안 된다는 점이다. 궁극적인 글쓰기 교육의 목표는 학습자들이 자신의 생각을 실제로 표현할 수 있도록 지도하는 것이다. 이를 위해서 반드시 병행해야 하는 것이 첨삭 지도를 통한 피드백이다.

먼저 가장 일반적인 첨삭 지도의 방법으로는 현장에서 직접 첨삭을 하는 방법이 있다. 이것은 대체적으로 글감이 가볍고 즉각적인 평가가 가능한 경우에 사용할 수 있다. 어휘 자유 연상이나 문장 자유 연상, 브레인스토밍, 부정적 사고 모형 등과 같이 즉각적인 피드백이 가능한 경우에 사용하면 유용하다.

그런데 글쓰기의 절차를 인지하고 주제를 정한 뒤에 쓴 통글의 경우는 즉각적인 피드백이 불가능하다. 이런 경우에 사용할 수 있는 것이 '학습자 상호 피드백'이다. 이것은 학습자들에게 다른 학습자가 쓴 글을 주고 자신의 눈으로 남의 글을 읽도록 하는 것이다. 이 방법

'말하기'와 '글쓰기' 통합 수업 설계

은 좋은 글과 나쁜 글을 가려낼 수 있는 안목을 길러줄 수 있다는 점에서 매우 효과적이다.

교수자는 '학습자 상호 피드백'을 진행하기에 앞서 다른 사람의 글을 읽을 때 집중해야 하는 점을 설명한다. 첫째, 주제가 잘 드러났는가 하는 점이다. 둘째, 단락이 적절하게 나뉘었는가, 단락의 원칙에 어긋남이 없는가 하는 점이다. 셋째, 문장을 쓸 때 어휘 사용에 문제가 없는가, 어법에 잘 맞는가, 띄어쓰기 등은 잘 지켜지고 있는가 하는 점이다. 마지막으로 컴퓨터 글쓰기 요령을 잘 지키고 있는가 하는 부분을 점검하도록 요구한다. 아래의 자료는 실제 강의를 진행하면서 학습자들이 상호 피드백을 실시했던 자료의 일부이다.

타자의 시 읽기, 주체의 글쓰기

1) 개인정보란 살아있는 개인에 관한 정보로서 성명, 주민등록번호 및 영상 등을 통하여 개인을 알아볼 수 있는 정보 또는 그러한 정보와 결합된 사람관련정보를 말한다. 김희정, [세상을 바꾸는 정책토론회 : 개인정보보호법제 개선 토론회 1 : 프라이버시 보호 신화에서 현실로. 3] (김희정 외원실, 2013) → "개인정보의 정의"

2) 현재 개인정보 유출이 빈번하고 실태가 점점 더 심각해져서 큰 문제이다. 지난 2013년 6월 대한민국 주요 카드사의 1억 4000만 건이 넘는 개인정보가 유출되었으나 2014년 1월에 뒤늦게 밝혀져 큰 이슈가 되었다. 이로 인해 국민 2명 중 1명꼴로 개인정보가 유출되는 큰 피해가 발생하였다. 카드사의 유출 사건이 잠잠해질 무렵, 올해 3월 대한민국 3대 통신사 중 하나인 K사의 홈페이지가 해킹되어 1200만 명의 개인정보가 유출되었다. 이처럼 유출이 빈번하게 일어나다 보니 국민들은 계속해서 개인정보 유출 소식을 듣게 되어도 별다른 반응을 하지 않게 되는 것 같다. 실제로 발표 조사를 하는 동안에도 계속해서 개인정보 유출이 되다보니 자료가 넘쳐났다. → "개인정보유출의 실태 & 심각성"

3) 실제로 한 지인이 통신사 유출사건 이후에 개인정보 유출로 인해 피해를 입었다. 한 포털 사이트에서 휴대폰 소액결제로 여러 차례 결제되어 지인이 50만원 피해를 입게 된 것이다. 다행히 통신사 유출로 인한 피해로 밝혀져 보상을 받게 되었다. 또한 그 지인의 번호로 다른 사람에게 스미싱 문자가 가서 여러 차례 지인의 번호로 따지는 전화가 와서 일일이 상황 설명을 했다고 한다. → "유사 사례"

4) 이처럼 개인정보 유출로 인한 피해사례가 점점 급증하고 있다. 본인도 모르게 자신의 명의로 휴대전화가 개통되는 피해, 보이스 피싱, 스미싱 문자, 휴대폰 소액결제, 통장에서 돈이 유출되는 등 다양한 피해사례가 있다. → "개인정보 유출로 인한 다양한 피해사례"

5) 개인정보 유출로 인한 국내와 외국의 보상에 대해 비교를 하면 외국에서는 개인정보 수집을 최소화하고 개인정보가 유출이 될 경우 과징금과 배상금을 크게 부과한다. 예를 들어 외국에서 개인정보 유출이 되었을 때 일본에서는 약 407억원을 배상 했으며 영국은 4억 2000만원의 과징금을 부과하였고 미국 같은 경우 에는 106억원의 과징금과 53억원의 배상

> 을 하였다.
> 6) 그러나 우리나라에서 개인정보 유출에 관한 과징금 제도가 없어 수천만 건의 개인정보가 유출되어도 과태료가 겨우 600만원을 부과하는 것이 전부이다. 또한 개인정보가 유출 됐다는 사실 하나로 보상을 받기 힘들고 개인정보유출로 피해가 있을 경우에만 보상을 받을 수 있다. 그러나 개인정보 유출로 인한 피해 사실을 밝힐 수 없을 경우 보상을 받기는 더더욱 힘들다. → '현재와 앞의 보상 비교,
> 7) 이제부터 개인정보 유출을 막기 위한 대안은 제도, 정책적으로는 우리나라도 외국처럼 서비스를 이용하거나 가입하기 전에 개인정보 수집을 최소화 하고 개인정보 유출시 과징금과 배상금에 대한 제도가 생겨야 한다. 통신사, 카드사의 개인정보 유출이 일어났을 때 개인정보 유출 조회를 하는 과정에서 또 개인정보를 입력해서 조회하는 그런 일은 없어져야 할 것이다.
> 8) 제도, 정책만의 대안뿐만 아니라 개인적으로도 대안이 필요하다. 가입된 사이트에서 주기적인 비밀번호 변경과 개인정보를 입력해서 참여하는 이벤트를 자제하고 한국인터넷 진흥원 사이트에서 주민등록번호 이용내역 확인을 해주고 인터넷에서 자료나 프로그램을 함부로 다운받지 않도록 하고 웹사이트 방문 시 '보안경고' 창이 뜰 때는 신뢰할 수 있는 기관의 서명이 있는 경우에만 프로그램 설치에 동의하여야한다. 또한 스마트폰에 알약이나 v3 어플을 다운받아 스미싱 문자 피해를 막을 수 있다. → '개인정보 유출 막기 위한 대안,
>
> ⇒ 단락의 구분이 잘 되어 있을뿐만 정책적인 개념과 단락의 배분도 잘 되었다.
> 주제가 잘 드러났다.

위에 인용한 자료를 보면 형식 단락의 앞에 번호가 붙어 있다. 이것은 교수자가 학습자에게 형식 단락의 일련번호를 붙이게 하였기 때문이다. 학습자는 형식 단락에 일련번호를 붙이는 과정을 통해서 단락이 갖추어야 하는 균형감을 익힐 수 있다. 아울러 단락은 생각의 덩어리이기 때문에 단락 밸런스를 갖추는 것이 매우 중요하다는 점을 인식시키는 데 효과적이다. 또 각 단락의 주제문에 밑줄을 치도록 하였는데 이것은 단락의 짜임을 숙지할 수 있게 하기 위함이다. 교수자는 단락을 쓸 때 일반적 진술, 즉 주제문을 먼저 쓰고 구체적 진술, 즉 뒷받침 문장을 쓰도록 지도하였는데 학습자들이 이러한 원리대로 단락을 쓰고 있는지를 확인한다.

이 외에 앞서 말한 대로 맞춤법에 어긋난 어휘가 사용되고 있지는 않은가, 인용을 한 자료인 경우 출처가 명백하게 밝혀졌으며 각주 표

기의 원칙에 어긋나지 않는가, 비문을 사용하고 있지는 않은가, 주제는 명료하게 드러났는가 하는 점을 집중적으로 살펴서 총평을 기록하게 하였다. 이와 같이 독자의 의미 있는 평가는 추후에 교수자가 피드백을 할 때 적절하게 활용할 수 있다.

교수자는 첨삭과 관련한 일련의 과정을 거친 후 학습자 각자가 쓴 글에 대하여 피드백을 진행하도록 한다. 이 과정에서 매우 많은 시간이 소요되지만 학습자들은 자신이 쓴 글에 대하여 개별적인 첨삭 지도를 받기를 매우 원하기 때문이다. 개별적인 글에 대한 첨삭 지도가 끝나면 이를 토대로 수정한 글을 다시 써서 제출하도록 요구한다.

글로 생각을 논리적으로 표현하는 것이 결코 쉬운 일은 아니다. 글쓰기에 익숙하지 않은 저학년 대학생들을 대상으로 한 글쓰기 교육은 더욱 많은 공력을 필요로 한다. 따라서 교수자는 글 쓰는 행위의 실제적이고 철학적인 의미를 상기하여 학습자들이 좀더 쉽게 글쓰기를 익힐 수 있는 방법을 고민해야 한다. '말하기'와 '글쓰기'의 통합 수업은 그런 면에서 의미 있는 교수 설계의 한 사례가 될 것이다.

타자의 시 읽기, 주제의 글쓰기

3. 피드백을 통한 교수 방법으로의 환류

교수자는 '말하기'와 '글쓰기' 통합 수업을 진행한 이후 학습자들을 대상으로 간단한 설문 조사[15]를 실시하였다. 이것은 피드백을 통

---

15 다음의 질문에 편안하게 답변해주시기 바랍니다.
　1. 수업 진행 방식이 동일한 주제에 대한 '발표'와 '글쓰기'로 이루어졌습니다.

해 더 나은 교수 방법으로의 환류를 위해서라는 점을 학습자들에게 설명한 후 솔직하게 답해줄 것을 요구하였다. 첫 번째 질문은 동일한 주제에 대한 '말하기'와 '글쓰기'로 수업이 이루어졌음을 전제로 발표와 글쓰기를 병행하는 것이 좋았는지 분리하여 진행하는 것이 좋

이와 같은 강의 방식에 대하여 평가해주시기 바랍니다.

① 발표와 글쓰기를 병행하는 것이 좋았다. (병행하는 것이 좋았다면 그 이유를 써주십시오.)

② 발표와 글쓰기를 분리하여 진행하는 것이 좋을 것 같다. (분리하는 것이 좋을 것 같다면 그 이유를 써주십시오.)

2. 발표와 관련한 질문입니다. **발표를 한 학생의 경우** 실제 발표를 한 것이 도움이 되었습니까?

① 실제 도움이 되었다. (도움이 되었다면 어떻게 도움이 되었는지 구체적으로 써주십시오.)

② 실제 도움이 되지 않았다. (도움이 되지 않았다면 왜 그러한지 구체적으로 써주십시오.)

3. **발표를 하지 않고 발표자를 지켜본 학생**의 경우입니다. 발표자의 발표를 본 것이 도움이 되었습니까?

① 발표자의 발표를 보는 것이 도움이 되었다. (도움이 되었다면 어떻게 도움이 되었는지 구체적으로 써주십시오.)

② 발표자의 발표를 보는 것이 도움이 되지 않았다. (도움이 되지 않았다면 왜 그러한지 구체적으로 써주십시오.)

4. 주제 정하기와 관련한 질문입니다. 발표 주제를 발표팀이 자체적으로 정하였는데 이에 대한 의견은 어떻습니까?

① 주제를 교수자가 정해주는 것이 좋다. (교수자가 정해주는 것이 좋다면 그 이유는 무엇입니까?)

② 주제를 팀 스스로 정하는 것이 좋다. (스스로 정하는 것이 더 좋다면 그 이유는 무엇입니까?)

5. 글쓰기와 관련한 질문입니다. 발표를 마친 후 글쓰기를 병행한 것이 글쓰기에 도움이 되었습니까?

① 발표를 마친 후 글쓰기를 병행한 것이 도움이 되었다. (도움이 되었다면 어떻게 도움이 되었는지 구체적으로 써주십시오.)

② 발표를 마친 후 글쓰기를 병행한 것이 도움이 되지 않았다. (도움이 되지 않았다면 왜 그러한지 구체적으로 써주십시오.)

을 것인지에 대하여 서술하는 것이었다. 이 질문에 대하여 대부분의 학습자들은 발표와 글쓰기를 병행한 수업 방식이 더 좋았다는 평가를 내렸고, 그 이유에 대하여 다음과 같이 서술하였다.

- 발표한 것에서 크게 벗어나는 주제를 하지 않고 그 주제에 대한 더 깊은 생각을 해볼 수 있어 좋았습니다.
- 발표 준비를 하기 위해 필연적으로 여러 지식을 습득하게 되는데 그 지식들을 바탕으로 글을 쓰니 더 완성도 있는 글이 나오는 것 같아서.
- 주제에 대해 심도 있는 고찰 후에 쓰는 글이라 글쓰기가 쉬웠다.
- 동일한 주제라 발표를 준비하면서 이미 조사가 충분히 이루어져 있었기 때문에 어렵지 않게 글쓰기에 접근할 수 있었기 때문이다.
- 발표와 글쓰기를 병행하며 주제에 대해 집중적으로 조사하고 생각할 수 있어서 효율적이었다.
- 발표를 하고 글쓰기를 하니까 글의 흐름이나 내용, 순서를 더 자연스럽고 정확하게 글을 쓸 수 있었다.
- 피드백을 확실히 받아서 그것을 토대로 좀 더 나은 퇴고 과정 또는 설계 과정을 거칠 수 있으므로 병행하는 것이 좋았습니다.
- 발표에서 부족했던 점을 보완하여 더 좋은 글을 쓸 수 있기 때문에.
- 발표로 못 한 부분을 채워주는 것이 글쓰기라고 생각하기 때문이다.

타자의 시 읽기, 주제의 글쓰기

학습자들의 응답에서 알 수 있듯이 "'말하기'와 '글쓰기'가 상호작용하였기 때문"에 "병행"하여 학습한 것이 훨씬 더 효과적이었다는 응답이 많았다. 이것으로 미루어 '말하기'와 '글쓰기'를 통합한 교수 설계가 타당성과 실효성을 지닌다는 사실을 증명할 수 있다.

물론 소수이기는 하지만 말하기와 글쓰기를 분리하여 진행하는 것이 더 좋을 것이라는 응답도 있었다. "발표를 망치면 글쓰기의 퀄리

티와도 연계가 되어서 문제가 있다고 생각되었다.", "발표 전에 대본을 완성글에 가깝게 써 냈는데 조원들 모두 그것과 비슷하거나 같게 썼다.", "조원들끼리 주제나 개요를 함께 정하다 보니 내용상 서로 비슷해져서.", "발표를 한 다음 글을 써서 그런지 글쓰기를 발표 대본 쓰듯이 써서 글의 성격이 달라졌다.", "발표와 글쓰기를 따로 진행하여 각 파트를 정확히 하는 것이 더 나았을 것 같습니다." 등의 의견이 있었다.

두 번째는 발표와 관련한 질문을 하였다. '발표를 한 학생의 경우 실제 발표를 한 것이 도움이 되었는가'를 묻는 질문에 전원이 도움이 되었다는 응답을 하였다. 답변 내용에서 보듯이 실제 발표를 해본 학습자들의 만족도가 매우 높은 것으로 미루어 교수 현장에서 발표의 기회를 늘릴 수 있는 방법을 강구하는 것도 좋을 것이다.

- 사회에 나가서 발표할 일이 많은데 그러한 것들을 간접 경험할 수 있어서 좋았습니다. 다음에는 더 떨지 않고 잘 발표할 수 있을 것 같습니다.
- 발표시에 태도, 문제점 관련해서 피드백을 얻고 더 좋은 발표를 할 수 있게 되었다.
- 내가 뻣뻣이 발표를 한다는 것을 알게 되었다. 발표의 무서움도 다시 깨닫게 되었다. 자신감 있는 발표 태도가 중요하다는 것을 알게 되었다.
- 제가 실제로 발표할 때의 자세나 어느 정도 긴장을 하는지와 같이 연습할 때에는 알 수 없던 것들에 대해 파악할 수 있어서 도움이 된 것 같습니다. 내용 전달에 있어서도 시각적인 부분과 텍스트의 한계에 대한 보완을 할 수 있어서 도움이 되는 것 같습니다.
- 많은 교정이 이루어졌다. 자세, 태도, 3자의 관점에서 본 자신의 태도 등 얻고 배운 게 아주 많다.

- 발표할 때 가져야 할 태도에 대해서 연습할 수 있는 기회가 되었다.
- 발표를 위해 내용을 더 많이 숙지하는 기회가 되었으며, PPT를 하기 위해 앞에서 나가 말해보는 연습을 해본 것도 좋았다.

세 번째는 발표를 하지 않고 발표자를 지켜본 학생의 경우에 발표자의 발표를 본 것이 도움이 되었는가를 물었다. 이 질문에 대하여 '발표자의 발표를 보는 것이 도움이 되지 않았다' 는 응답도 있었다. "발표를 본다면 직접 말하면서 발표하는 모습을 교수님에게 보여드리지 못해 피드백을 받지 못한다.", "발표를 하지 않은 학생들에게도 발표할 기회가 있었으면 좋겠다.", "대본을 보지 못하여 더듬거리는 부분이 많았다." 등의 답변으로 미루어 직접적인 참여의 기회가 부족한 것에 대한 아쉬움을 토로하는 학습자도 있었다. 그러나 이러한 몇몇의 의견을 제외하면 대다수가 '발표자의 발표를 보는 것이 도움이 되었다' 는 답변을 하였다.

타자의 시 읽기, 주체의 글쓰기

- 다른 학생의 경우를 보고 나도 저렇게 할 수 있겠다 타산지석 삼을 수 있어 좋았습니다. 청중이 지켜야 할 매너, 질문 방식을 알게 되어 좋았습니다.
- 발표자를 바라보고 내가 발표를 하게 된다면 어떻게 해야 할지, 발표자로서 기피해야 할 것들을 배웠다.
- 발표자의 자세나 어투, 질문에 대처하는 것들을 보고 내가 어떻게 발표를 진행해야 하는지에 대한 학습이 되었다.
- 다른 사람의 발표 태도나 몸짓, 어조 등을 지켜볼 수 있어서 잘한 점은 본받고 잘못된 점은 따라하지 않게 되기에, 서로의 발전에 도움이 되는 것 같다.
- 발표자를 관찰하고 무엇이 좋은지, 무엇이 나쁜지 생각할 수 있었다. 그리고 PPT를 띄워놓고 손짓이나 이동 동선 등을 관찰하여 어

떻게 해야 더 좋은 발표가 될 것인가 고민해볼 기회가 되었다.

- 나의 평소 발표 습관과 비교하면서 어떻게 고쳐나가야 하는지 대입해볼 수 있어서 좋았고, 발표를 잘하는 것이 무엇인지 알게 되었다.
- 간접적으로나마 발표를 경험할 수 있었고 함께 준비하는 과정에서 발표 준비를 어떻게 하는지 알 수 있었다.
- 발표자의 목소리 톤, 빠르기, 습관적으로 쓰는 말이 있는가의 여부, 발표자의 청중을 대하는 태도 등을 습득하는 데 도움이 되었다.

다섯 번째는 실제 글쓰기와 관련한 질문을 하였다. 학습자들에게 '발표를 마친 후 글쓰기를 진행한 것이 글쓰기에 도움이 되었는가'를 물었다. "혼자 개요를 작성하고 글쓰기를 들어간 편이 글의 순서 (개요) 짜기에 덜 헷갈렸을 것 같다."라며 도움이 되지 않았다는 응답도 있었다. 그러나 많은 학습자들은 '발표를 마친 후 글쓰기를 병행한 것이 도움이 되었다.'라고 응답하였다.

- 같은 주제를 가지고 글로 표현하는 데 있어 주의할 점이나 고려해야 할 점을 배울 수 있어서 더 와 닿았다.
- 발표 내용에 대해 조사한 내용을 조금 더 자세하게 습득하게 되고, 개요에 따라 일목요연하게 정렬하여 내용을 정리할 수 있어서 더 좋았다.
- 발표한 자료를 토대로 구체적인 글을 쓸 수 있어 도움이 되었다. 글쓰기 양식에 맞춰 씀으로써 양식 익히는 데 도움이 되었다.
- 조사한 내용을 바탕으로 개요를 짜고 글을 작성하며, 글쓰기에 대해서 나 자신의 실력 향상을 꾀할 수 있었기 때문.
- 글을 좀 더 논리적으로 쓸 수 있도록 도와준다.
- 병행하며 주제에 대해 집중적으로 생각하고 글을 쓰게 되어 낯선

정보이더라도 비교적 쉽게 글을 써나갈 수 있었다.
- 생각이 어떤 주제 아래로 정리가 되어 난잡한 글이 나오지 않을 수
  있어서.
- 주제에 대해 좀 더 논리정연하게 생각할 수 있어서.

앞에서 말한 바와 같이 본 교수 모델의 목적은 발표를 통해 글쓰기를 보다 수월하게 할 수 있는 방법을 찾는 것이다. 따라서 학습자들이 응답한 대로 "글쓰기를 보다 수월하게 해준다."라는 반응은 교수자가 교수 모델을 설정한 의도와 정확하게 부합한다. 글쓰기에 대한 공포를 가지고 있는 학습자들에게 그 공포를 없애고 글쓰기에 더 쉽게 접근할 수 있도록 할 수 있는 방법이 있다면 최대한 그 방법을 활용해야 한다. 아울러 더 효과적인 교수 모델과 글쓰기 지도 방법을 개발하고 현장에 적용하려는 노력이 있어야 한다.

4. 통합 교육의 한계 및 전망

글쓰기 교육 현장에서 교수자가 겪게 되는 딜레마는 매우 다양하다. 따라서 교수자는 글쓰기에 대한 학습자 개개인의 능력이 전부 다른 상황에서 표준 강의안만을 가지고 실제 강의를 진행하는 것이 효과적인가 하는 문제를 고려해야 한다. 글쓰기 방법을 교육하는 데는 정해진 정답이 없기 때문에 교수자는 다양한 교수 방식에 대한 고민을 멈추어서는 안 된다. 그런 의미에서 본 연구가 제시하는 결론 또한 다양한 방법 중의 하나일 뿐 이것이 '언제', '어디서나', '누구에게나' 적용될 수 있는 원리로 일반화되는 것을 경계한다.

많은 장점이 있음에도 불구하고 본 교수 방식의 한계 또한 존재한

다. 첫째, 발표를 진행하는 데 많은 학습자들이 참여하지 못하는 한계를 지적할 수 있다. 강의가 끝난 이후 학습자들을 대상으로 조사한 설문 조사에서 비록 극소수이기는 하지만 발표에 참여하지 못한 학습자들은 '발표를 본다면 직접 말하면서 발표하는 모습을 교수님에게 보여드리지 못해 피드백을 받지 못한다.', '발표를 하지 않은 학생들에게도 발표할 기회가 있었으면 좋겠다.' 등과 같은 의견을 제시하였다. 이러한 의견을 수렴하여 많은 학습자들이 발표에 참여할 수 있는 방법을 강구할 필요가 있다.

둘째, 개인적인 차이를 고려하지 못하고 강의를 진행해야 하는 어려움이 있다. 발표 수업은 모둠이 구성될 때 모둠원의 질적 수준을 고려할 수 없기 때문에 모둠원의 편차가 생길 수밖에 없다. 이것은 경우에 따라 학습자들이 불만을 제기하는 원인이 되기도 한다. 스스로의 능력은 매우 뛰어나지만 모둠에 소속됨으로써 그 능력을 발휘하지 못하기 때문에 학점 등에서 손해를 본다고 느끼는 학습자들에 대한 이해 문제를 고려해야 한다.

셋째, 모둠원의 충실한 참여 문제 또한 교수자가 점검해야 하는 중요한 문제이다. 경우에 따라서 제 역할을 다하지 않는 모둠원이 발생하기 때문이다. 따라서 모둠을 구성할 때 반드시 모둠장을 선출해야 하며 모둠장의 리드로 과제를 효과적으로 진행할 수 있도록 지도해야 한다. 아울러 모둠장에게 일정한 권한을 부여함으로서 모둠장이 모둠을 효과적으로 이끌 수 있도록 유도한다.

학문에 정도가 없다는 말은 글쓰기에도 그대로 적용된다. 고전적인 사고방식처럼 '다독'과 '다상량'과 '다작'을 거치면 '좋은 글'에 이를 수 있으리라는 생각을 현실에 그대로 적용하는 것은 불가능하다. 따라서 글쓰기 교육을 담당하는 주체는 학습자들이 글쓰기를 보다 수월하게 익힐 수 있는 방법에 대해 진지하게 고민하여야 한다. 이러한 고민의 결과가 올바른 사고와 표현이 가능한 지성인의 양성이라는 대학 글쓰기의 궁극적 목표에 부합할 것이기 때문이다.

참고문헌

(사)성매매피해여성지원센터 살림 편,『너희는 봄을 사지만 우리는 겨울을 판다』, 삼인, 2006.

G. 레이코프 · M 존스, 노양진 · 나익주 역,『삶으로서의 은유』, 박이정, 2006.

고미숙 외,『들뢰즈와 문학기계』, 소명출판, 2002.

공광규,『소주병』, 실천문학사, 2004.

교양교재편찬위원회,『국어와 작문』, 개신, 2008.

교재개발위원회,『논리적 사고와 표현』, 홍익대학교출판부, 2014.

교재편찬위원회,『문학과 영상예술』, 삼영사, 2003.

구명숙,「박노해 시에 나타난 여성상 연구」,『여성문학』12, 한국여성문학회, 2004.

구현정 · 전정미,『화법의 이론과 실제』, 박이정, 2012.

국어교육 미래열기,『국어교육학개론』, 삼지원, 2010.

국어작문교재편찬위원회,『사고와 표현』, 충남대학교출판부, 2009.

권영민,『한국현대문학사』2, 민음사, 2004.

기초글쓰기교재편찬위원회,『사고와 표현』, 궁미디어, 2014.

김광규,『아니다 그렇지 않다』, 문학과지성사, 2001.

김기덕,〈봄 여름 가을 겨울 그리고 봄〉, Pandora Film · 엘제이 필름 제작, (주)코리아 픽쳐스 배급, 2003.

김남주, 『시와 혁명』, 나루, 1991.

_____, 『이 좋은 세상에』, 한길사, 1992.

_____, 『저 창살에 햇살이』 1, 창작과비평사, 1992.

_____, 『저 창살에 햇살이』 2, 창작과비평사, 1992.

_____, 『나와 함께 모든 노래가 사라진다면』, 창작과비평사, 1995.

_____, 『솔직히 말하자』, 풀빛, 1997.

_____, 『나의 칼 나의 피』, 실천문학사, 2001.

_____, 『조국은 하나다』, 실천문학사, 2001.

김동춘, 『미국의 엔진, 전쟁과 시장』, 창비, 2004.

김선우, 『내 혀가 입속에 갇혀 있길 거부한다면』, 창작과비평사, 2000.

_____, 『도화 아래 잠들다』, 창비, 2003.

김성곤, 『영화 속의 문화』, 서울대학교출판부, 2004

김성태, 『영화』, 은행나무, 2003.

김승희, 「한국 현대 여성시의 고백시적 경향과 언술 특성: 최승자, 박서원,
　　　이연주를 중심으로」, 『여성문학연구』 통권 18호, 한국여성문학회,
　　　2007.

김영희, 「'자기 탐색' 글쓰기의 효과와 의의: 대학 신입생 글쓰기 수업 사례
　　　를 중심으로」, 『작문연구』 11집, 한국작문학회, 2010.

김용석, 「영화 텍스트와 철학적 글쓰기」, 『철학논총』 43집, 새한철학회,
　　　2006.

김용희, 「김혜순 시에 나타난 여성 신체와 여성 환상 연구」, 『한국문학이론
　　　과 비평』 제22집, 한국문학이론과 비평학회, 2004.

김윤수, 『불교의 근본원리로 보는 반야심경 · 금강경 읽기』, 마고북스, 2005.

김인섭 편, 『김현승 시전집』, 2009, 민음사.

김정태 외, 『과학기술자의 글쓰기』, 충남대학교출판문화원, 2011.

김종길, 『황사현상: 김종길 시전집』, 민음사, 1986.

김지영, 「보고서 쓰기와 발표하기를 통합한 한국어 고급 단계의 프로젝트 수업 연구: 학문 목적의 학습자를 대상으로」, 『한국어교육』 제 18권, 국제한국어교육학회, 2007.

김향라, 「한국 현대 페미니즘시 연구: 고정희 · 최승자 · 김혜순의 시를 중심으로」, 경상대학교 박사학위 논문, 2010.

김형자 외, 『한국현대문학의 성과 매춘 연구』, 태학사, 1996.

김혜순, 『또 다른 별에서』, 문학과지성사, 1981.

_____, 『아버지가 세운 허수아비』, 문학과지성사, 1985.

_____, 『우리들의 陰畵』, 문학과지성사, 1990.

_____, 『나의 우파니샤드, 서울』, 문학과지성사, 1994.

_____, 『불쌍한 사랑기계』, 문학과지성사, 1997.

_____, 『여성이 글을 쓴다는 것은』, 문학동네, 2002.

김홍탁, 『광고, 리비도를 만나다』, 동아일보사, 2003.

나희덕, 『그 말이 잎을 물들였다』, 창작과비평사, 1994.

_____, 「다성적 공간으로서의 몸: 김혜순론」, 『현대문학의 연구』 제20집, 새미, 2003.

_____, 『사라진 손바닥』, 문학과지성사, 2004.

_____, 『어두워진다는 것』, 창작과비평사, 2001.

노 철, 「박노해 시의 리얼리즘적 성격과 의의」, 『작가연구』 15호, 깊은샘, 2003.

_____, 「김남주 시의 담론 고찰」, 상허학회, 『한국 문학과 탈식민주의』, 깊은샘, 2005.

노스럽 프라이, 임철규 역, 『비평의 해부』, 한길사, 2003.

다자키 히데야키 편, 김경자 역, 『노동하는 섹슈얼리티』, 삼인, 2006.

동국대학교 불교문화연구원 편, 『한국불교문화사전』, 운주사, 2009.

레이먼드 W. 깁스, 나익주 역, 『마음의 시학』, 한국문화사, 2003.

레이몬드 스포티스우드, 김소동 역, 『영화의 문법』, 집문당, 2001.

마르타 쿠를랏, 조영학 역, 『나쁜 감독―김기덕 바이오그래피』, 가쎄, 2009.

마샬 맥루한, 박정규 역, 『미디어의 이해』, 커뮤니케이션북스, 2007.

막달레나의 집 편, 『용감한 여성들, 늑대를 타고 달리는』, 삼인, 2002.

맹문재, 『한국 민중시 문학사』, 박이정, 2001.

문선영, 「추의 미 발견으로서 아웃사이더의 독백」, 『오늘의 문예비평』 통권 제5호, 1992.

문희경, 「바흐친의 카니발과 카니발 문학」, 『현대 비평과 이론』 제4호, 한신 문화사, 1992.

박국희, 『김남주 시의 탈식민성 연구』, 한국교원대학교 교육대학원, 2006.

박노해, 『노동의 새벽』, 느린걸음, 2004.

박명진, 『욕망하는 영화기계』, 연극과 인간, 2001.

박 선, 『김기덕 영화의 물의 이미지 연구』, 원광대학교 석사학위 논문, 2006.

박종덕, 「김남주 시의 탈식민성 연구」, 충남대학교 석사학위 논문, 2005.

_____, 「김남주 시의 여성 이미지 연구」, 『비평문학』 29호, 한국비평문학회, 2008.

_____, 「김혜순 시에 나타난 여성 억압의 근원과 대응 양상」, 『어문연구』 66 집, 어문연구학회, 2010.

_____, 「여성시의 어머니―몸 구현 양상 연구」, 『비평문학』 38호, 한국비평 문학회, 2010.

_____, 「「박하사탕」을 이용한 글쓰기 교수·학습 방법 연구」, 『인문학연구』 92호, 충남대학교 인문과학연구소, 2013.

박 현, 『굴비』, 종려나무, 2009.

박현이, 「자아 정체성 구성으로서의 글쓰기 교육 연구」, 충남대학교 박사학 위 논문, 2010.

박현정, 「전자매체 시대의 글쓰기 지도 방안―'이미지 단락을 이용한 이야기

만들기'를 중심으로」, 『배달말교육』 제30호, 배달말학회, 2009.

박호석, 『불교에서 유래한 상용어 · 지명 사전』, 불광출판사, 2011.

배리소온 · 매릴린 얄롬 편, 권오주 외 역, 『페미니즘의 시각에서 본 가족』,
　　한울아카데미, 2003.

번 벌로 · 보니 벌로, 서석연 · 박종만 역, 『매춘의 역사』, 까치, 1992.

벨라 발라즈, 이형식 역, 『영화의 이론』, 동문선, 2003.

볼프강 가스트, 조길예 역, 『영화』, 문학과지성사, 2006.

서기자 · 한복희, 『대학생을 위한 독서치료』, 충남대학교출판부, 2010.

서울대 여성연구소 기획 · 이재인 편, 『성매매의 정치학』, 한울아카데미, 2006.

서울시립대학교 교양교재편찬위원회, 『新 대학인의 글쓰기』, 새문사, 2005.

서정남, 『영화서사학』, 생각의 나무, 2004.

성희제 · 김주리, 『창의 · 실용 글쓰기』, 한성출판사, 2013.

손택수, 『호랑이 발자국』, 창비, 2012.

수유연구실+연구공간 '너머', 『철학극장, 욕망하는 영화기계』, 소명출판, 2002.

수잔 손택, 이재원 역, 『은유로서의 질병』, 이후, 2002.

시와 사회사 편집위원회 편, 『불씨 하나가 광야를 태우리라』, 시와 사회사,
　　1994.

신정남, 「이연주 시의 욕망의 표현 양상 연구」, 단국대학교 석사학위 논문,
　　2006.

신진숙, 「김혜순의 시에 나타난 몸적 주체와 탈근대성 고찰」, 『페미니즘연구』
　　통권 9권, 한국여성연구소, 2009.

아드리엔느 리치, 김인성 역, 『더 이상 어머니는 없다』, 평민사, 1996.

앙드레 고드로 · 프랑수아 조스트, 송지연 역, 『영화서술학』, 동문선, 2001.

양광준, 「이연주 시의 공간 연구」, 『비평문학』 30호, 한국비평문학회, 2008.

양선주, 「김선우 시에 나타난 모성성 연구」, 고려대학교 석사학위 논문, 2005.

양영희 · 서상준 · 손춘섭, 「'공문서 바로 쓰기' 교육의 개선 방안」, 『한국언어

문학』76집, 한국언어문학회, 2011.

양은창, 「김혜순 시에 나타난 신체 지칭어의 성격」, 『어문연구』 제56권, 어문연구학회, 2008.

엄경희, 『질주와 산책』, 새움, 2003.

엘리자베스 그로츠, 임옥희 역, 『뫼비우스 띠로서의 몸』, 여이연, 2001.

오세영 외, 『한국현대시사』, 민음사, 2010.

오유영, 『김기덕 영화에 나타난 인간의 본성 연구』, 충남대학교 석사학위 논문, 2011.

오현화 · 정재림, 「종교영화에 나타난 인간 존재론과 구원: 박찬욱 〈박쥐〉와 김기덕 〈봄 여름 가을 겨울 그리고 봄〉을 중심으로」, 『서강인문논총』 30집, 서강대학교 인문과학연구소, 2011.

유성호, 「민중적 서정과 존재 탐색의 공존과 통합」, 『작가연구』 15호, 깊은샘, 2003.

윤향기, 『한국 여성시의 에로티시즘 연구』, 경기대학교 박사학위 논문, 2009.

이남호 편, 『박목월 시전집』, 2003, 민음사.

이상갑, 「예술성과 운동성의 길항관계」, 『작가연구』 제 15호, 깊은샘, 2003.

이상금 · 허남영, 「언어학습에서 창의적 글쓰기와 영화매체의 효용성」, 『교사교육연구』 48권, 2009.

이성숙, 『매매춘과 페미니즘, 새로운 담론을 위하여』, 책세상, 2002.

이성준, 『훔볼트의 언어철학』, 고려대학교 출판부, 1999.

이송희, 「김혜순 시의 몸 상상력과 의미구조」, 『호남문화연구』 제36집, 전남대학교 호남문화연구소, 2005.

이수익, 『이수익 시선집: 물과 얼음의 콘서트』, 나남출판, 2002.

이승하, 「자살한 시인이 남긴 시집-이연주론」, 『작가세계』 가을호, 2000.

_____, 「한국 현대시에 나타난 폭력과 광기」, 『梨花語文論集』, 이화여자대학교 어문학회, 2002.

이승훈 편,『문학상징사전』, 고려원, 1995.

이연주,『매음녀가 있는 밤의 시장』, 세계사, 1991.

이재복,「몸과 죽음의 언어: 이연주론」,『현대시학』372호, 2000.

이주영,「김혜순 시의 몸 이미지에 대한 고찰」, 중앙대학교 석사학위 논문, 2000.

이창동,〈박하사탕〉, 명계남·우에다 마코토 제작, 신도필름 배급, 1999.

이형권,「김남주 시의 탈식민주의적 연구」,『비평문학』제 20호, 한국비평문학회, 2005.

_____,『한국시의 현대성과 탈식민성』, 푸른사상사, 2009.

_____·윤석진 편,『문학, 영화를 만나다』, 충남대출판부, 2008.

이혜원,『생명의 거미줄』, 소명출판, 2007.

이화어문학회,『우리문학의 여성성·남성성』, 월인, 2001.

이화여자대학교 교양국어 편찬위원회,『우리말·글·생각』, 이화여자대학교 출판부, 2006.

이효인,『영화로 읽는 한국사회문화사』, 개마고원, 2003.

임영선,「한국 여성시 비교 연구—이연주, 박서원의 시를 중심으로」,『문명연지』25호, 한국문명학회, 2010.

임정식,『김기덕 영화의 타자성 연구』, 고려대학교 석사학위 논문, 2008.

장혜진,「영화를 이용한 작문수업 활성화 방안: 스쿨 오브 락(School of Rock)과 퀸카로 살아남는 법(Mean Girls)을 이용하여」,『영상언어교육』7권 1호, 영상영어교육학회, 2006.

정기철,「글쓰기 능력 향상을 위한 자기표현의 글쓰기」,『한국언어문학』74집, 한국언어문학회, 2010.

정끝별,『오록의 노래』, 하늘연못, 2001.

정문순,「어머니 영원한 타자의 이름인가?—나희덕과 김선우 시의 모성적 인식에 대해」,『오늘의 문예비평』제 44호, 2002.

정성일 편,『김기덕, 야생 혹은 속죄양』, 행복한 책읽기, 2003.

정순영,「여성시의 무당적 상상력에 관한 연구: 김혜순·이연주·김언희 시를 중심으로」, 중앙대학교 석사학위 논문, 2009.

정순진,「인식의 사각지대, 여성 문제–김남주 시를 중심으로」,『여성문학연구』, 통권 9호, 한국여성문학학회 2003.

정효구,「살기 위해서 선택한 죽음: 이연주론」,『현대시학』341호, 1997.

정효진,『김기덕 영화의「감춤–드러냄」에 관한 연구: 〈나쁜 남자〉와 〈빈집〉을 중심으로」, 서강대학교 석사학위 논문, 2007.

정희모 외,『대학 글쓰기』, 삼인, 2011.

조 국 편,『성매매–새로운 법적 대책의 모색』, 사람생각, 2004,

조동길,「격동기 사회(1980년대)의 문학적 대응」,『어문연구』64호, 어문연구학회, 2010.

조영미,「신화를 모티브로 한 시 쓰기: 김선우 시에 나타나는 신화 이미지를 중심으로」,『한민족문화연구』제14집, 한민족문화학회, 2004.

조용림,「글쓰기 과목의 수업 방안 모색」,『한국언어문학』86호, 한국언어문학회, 2013.

조태일,「시를 찾아서, 시를 위하여」,『창작과 비평』겨울호, 1995.

최혜진 외,「대학교양국어의 개선방안과 수업모형 개발」,『한국언어문학』80집, 한국언어문학회, 2012.

하상일,「80년대 민족문학: 탈식민의 가능성과 좌절」,『작가연구』제15호, 깊은샘, 2003.

한국기호학회,『몸의 기호학』, 문학과지성사, 2002.

한국여성연구소,『여성의 몸: 시각·쟁점·역사』, 창비, 2005.

한국여성연구회,『여성학 강의』, 동녘, 1994.

한귀은,「영화를 통한 타자성 지향의 글쓰기 교육」,『국어교육』135권, 한국어교육학회, 2011.

허윤회, 「박애의 사상─80년대 노동시에 대하여」, 『작가연구』 15호, 깊은샘,
    2003.

헨리 지거리스트, 황상익 역, 『문명과 질병』, 한길사, 2008.

호미 바바, 나병철 역, 『문화의 위치』, 소명출판, 2003.

홍덕선 · 박규현 지음, 『몸과 문화』, 성균관대학교출판부, 2010.

홍성철, 『유곽의 역사』, 페이퍼로드, 2007.

찾아보기

인명, 용어 찾아보기

타자의 시 읽기, 주체의 글쓰기

작품 찾아보기

찾아보기

타자의 시 읽기, 주체의 글쓰기

타자의 시 읽기,
주체의 글쓰기

박종덕

Reading Poems of the Others,
Writing of the Subject

현대문학연구총서 39